16121 a

H.

MÉMOIRE

SUR

VÉNUS.

MÉMOIRE

SUR

VÉNUS,

*Auquel l'Académie Royale des Inscrip-
tions & Belles-Lettres a adjugé le Prix
de la Saint Martin 1775.*

PAR M. LARCHER,

De l'Académie des Sciences & Belles-Lettres de Dijon.

A PARIS;

Chez VALADE, Libraire, rue S. Jacques,
vis-à-vis la rue des Mathurins.

M. DCC. LXXV.

Avec Approbation & Privilége du Roi.

MÉMOIRE

SUR

VÉNUS.

L'ACADÉMIE a proposé pour sujet du Prix, *quels furent les Noms & les Attributs divers de Vénus chez les différens Peuples de la Grece & de l'Italie ; quelles furent l'origine & les raisons de ces Attributs ; quel a été son Culte ; quels ont été les Statues, les Temples, les Tableaux célèbres de cette Divinité, & les Artistes qui se sont illustrés par ces Ouvrages.*

Ce sujet flatte agréablement l'imagination. Les fleurs semblent éclorre sous les pas de la Déesse, & une mythologie enchanteresse offre mille tableaux riants. à la faveur d'un choix heureux, en proscrivant avec soin l'érudition, & en ne présentant que des surfaces légeres, on feroit sans doute un morceau piquant, agréable & pittoresque, *quæ legat ipsa Lycoris* ; mais on n'auroit pas rempli les

A

vues de l'Académie. Si on ne raſſemble
pas en effet tous les traits épars dans une
multitude d'Auteurs , cet ouvrage ſera
tronqué, imparfait, & ſans les autorités
ſur leſquelles ces faits ſont appuẏés, il
ſera dénué du genre de preuves qui en
eſt la baſe , & qui lui donne toute ſa
conſiſtance. Cette méthode indiſpenſa-
ble répand néceſſairement de la ſéchereſſe ſur un ſujet qui ne promettoit que
des graces , & cette ſéchereſſe doit aug-
menter par la nomenclature, ſouvent ſtérile, mais toujours néceſſaire, des noms,
ſurnoms & épithetes de cette Déeſſe,
& par celle de tous les Temples , Autels
& Statues qu'on lui a élevés. Mais à tra-
vers ces landes & ces terres arides, il ſe
trouve des fleurs à cueillir : toutes les
fois que mon ſujet me les offrira de lui-
même , je croirai bien mériter de mes
Juges , en mêlant pour eux l'agréable à
l'utile.

Qu'on ne s'imagine pas ſuffire au plan
de l'Académie à l'aide des Tables des
Matieres qui ſont à la fin des Auteurs,
& ſans la connoiſſance de la Langue Grecque. La plupart de ces Tables ſont très-
imparfaites, comme je l'ai éprouvé. La
ſeule lecture de Pauſanias m'a fourni plus
de trente, tant noms, que Temples & Autels de Vénus omis dans l'Index de cet
Auteur. A l'égard de l'intelligence de la

Langue Grecque, elle est indispensable; puisque sans elle on court risque à tout instant de tomber dans des contresens innombrables des Traducteurs Latins & François. Ce n'est point même assez de posséder passablement cette Langue, il faut encore la savoir en Critique; car on rencontre sur sa route beaucoup de passages altérés, & sans ce dégré de connoissance, on s'expose à faire dire à un Auteur le contraire de ce qu'il a voulu dire, & l'on donne contre des écueils fameux par plus d'un naufrage. J'ai souvent été obligé, par cette raison, de restituer des textes altérés, & j'ai cru suivre en cela les vues de l'Académie, qui sait que l'intelligence des faits dépend de celle des Auteurs.

Si nous avions l'Ouvrage de (1) Socrate de Cos sur les surnoms des Dieux, & les évenemens qui y avoient donné occasion, le plan de l'Académie seroit en partie rempli, & content d'y renvoyer, je passerois aux Temples & aux Statues élevés en l'honneur de Vénus. Mais, puisque ce Livre n'est point venu jusqu'à

---

(1) Diogen. Laert. lib. 2. segment. 47. pag. 109. Voyez aussi la Note de Ménage. Le Scholiaste d'Apollonius Rhodius (ex edit. Aldi, pag. 135. lin. 6.) cite ce Socrate de Cos, ἐν ταῖς ἐπικλήσεσι; mais il faut lire ἐπικλήσεσι dans les Dénominations. L'αι se confond souvent avec l'ε dans les manuscrits.

nous, je vais tâcher d'en réparer la
perte le mieux que je pourrai, en raf-
semblant en un feul & même corps tout
ce que les Anciens nous ont laissé sur
cette Déesse.

C'est avec raison que Théocrite féli-
licite Vénus sur la multitude de noms
qu'on lui a donnés & de Temples qu'on
lui a élevés, πολυώνυμε (1) καὶ πολύναε. Jamais Déesse a-t-elle en effet été connue sous un plus grand nombre de rapports, ou a-t-elle eu un culte plus
étendu ?

Née dans l'Orient, elle y fut connue
sous les noms de Mylitta, de Mitra,
d'Alitta, &c. Elle passa delà chez les
Peuples Occidentaux, qui l'appellerent
Uranie, & fut adorée sous ce nom en
différens lieux de la Grece, & particuliérement à Athènes. L'ordre exige donc
que je commence par la Vénus des Afia-
tiques ; mais comme l'Académie borne
les recherches sur les noms & les attributs de cette Déesse aux différens Peuples de la Grece & de l'Italie, je le ferai
d'une maniere succinte, & je me contenterai de rapporter les faits, sans bâtir
de systêmes, ce qui seroit très-aisé, &
sans analyser ceux des autres, ce qui

_____

(1) Theocrit. Idyll, xv. vers. 109.

le feroit encore davantage. Rien ne feroit en effet plus facile que de compiler les ouvrages des Bochart, des Selden, &c. & de furcharger cette Diſſertation d'une érudition Orientale, qui n'en impoſeroit qu'à ceux qui n'y feroient pas initiés. Mais ce feroit abuſer de la patience de l'Académie, & lui enlever un tems précieux aux Lettres, & dont elle fait faire un ſi bon emploi. Ajoutons que les Ecrits des Orientaux ne font pas venus juſqu'à nous. Les Grecs & les Latins, auxquels je fuis obligé de recourir, en diſent peu de choſe, & je me flatte que l'Académie, qui connoît mieux que perſonne le peu de fecours qu'on peut tirer de leurs Ouvrages, voudra bien excuſer ſi cette partie de mon Mémoire ne répond pas à l'idée que pourroient s'en former des perſonnes qui ſentent le prix des connoiſſances, & ignorent la modicité des reſſources.

Je n'examinerai point ſi l'Aſie, qui eſt le berceau de la vraie Religion, n'eſt pas auſſi celui de toutes les ſuperſtitions ; il ſuffit ſeulement de ſavoir que ſi elles n'y font pas nées, elles y trouverent un ſol fertile, une terre préparée à les recevoir & à les propager.

Les Grecs emprunterent leur Vénus des Orientaux. Mais quelle fut ſon ori-

6

M É M O I R E

gine chez ceux-ci ? Ils avoient plusieurs systêmes de Philosophie. Les uns vouloient que l'air fut le principe de tout; d'autres prétendoient que ce fut l'eau; d'autres enfin que ce fut le feu. Ces Peuples d'une imagination vive, & accoutumés à tout allégorifer, repréfentoient, fous l'emblême de Vénus, la force vivifiante de la Nature, la Caufe Univerfelle. Delà, elle eft tantôt l'air, tantôt elle naît de la mer, & tantôt c'eft une femence ignée qui tombe du ciel dans les eaux. Selon le premier de ces fyftêmes: « Les Affyriens, dit (1) Julius » Firmicus Maternus, & une partie des » Africains, non content de regarder l'air » comme le premier des élémens, l'ado-» roient & le repréfentoient d'une ma-» niere figurée. Ils le nommoient alors » Junon ou Vénus Vierge. »

Ce qui n'étoit d'abord qu'un emblême, qu'un type devint un être réel. Cette force vivifiante fut appellée chez les Affyriens Mylitta, ou plutôt Mylidath, qui fignifie Genetrix en Chaldéen, felon (2) Scaliger. Le Mitra des Perfes & l'Alitta ou Alilat des Arabes, dont parle

(1) Julius Firmicus Maternus de Errore Profanarum Religionum. pag. 9.
(2) Selden de Dîs Syris. Syntagm. 2. cap. 2. pag. 174 & 175.

(1) Hérodote, ont auſſi la même ſigni-
fication, ſi l'on en croit (2) Selden.

Ceux qui regardoient le feu comme
le principe générateur, la faiſoient fille de
Cœlus ou Uranus. Un (3) Anonyme,
dont les Extraits de Chronologie ſont
à la tête de Malalas, prétendoit qu'elle
étoit femme de Cœlus, & lui donnoit
Saturne pour fils. Mais je m'arrête d'autant moins à cette opinion, que cet
Auteur, quel qu'il ſoit, paroît très-ignorant.

Ceux qui croyoient l'eau le premier
principe, le premier agent, la firent
naître dans la mer. Je développerai cela
en un autre endroit. Elle étoit fille de
Cœlus & de Dies, ſuivant (4) Cicéron,
& c'eſt la premiere des quatre Vénus
qu'il compte d'après les Anciens. Platon
(5) ne lui donnoit point de mere. La
ſeconde, ſelon le même (6) Cicéron,

---

(1) Hérodot. lib. 1. §. 131. lib. 3. §. 8.

(2) Selden de Dîs Syris. Syntagm. 2. cap. 2.
pag. 179 & 180.

(3) Joan. Antiocheni Malalæ Hiſtoria Chronica,
lib. 2. pag. 19. comme les deux premiers livres de
Malalas ne ſont point venus juſqu'à nous, l'Editeur
y a ſuppléé par les Extraits de Chronologie d'un
Anonyme. C'eſt dans ces Extraits que ſe trouve le
paſſage que je cite.

(4) Cicero de Naturâ Deorum, lib. 3. §. 23.
Arnobe adverſus gentes (lib. IV. pag. 136.) en
compte a tant, mais ſans les ſpécifier.

(5) Plato Sympoſiac. tom. 3. pag. 180. D.

(6) Cicero loco ſuperius laudato.

A iv

engendrée de l'écume de la mer, eut de Mercure le second Cupidon; la troifieme, fille de Jupiter & de Dioné, époufa Vulcain, mais elle eut de Mars Antéros. La quatrieme eft la Syrienne, conçue à Tyr. Elle fe nomme Aftarte, & on lui donne Adonis pour époux.

Ces quatre Vénus tiennent à l'un ou à l'autre de ces fyftêmes, & font conféquemment au fonds les mêmes. Auffi la plupart des Ecrivains Anciens les ont-ils confondues. J'efpere qu'on ne me faura pas mauvais gré de l'avoir fait à leur exemple. J'obferverai cependant dans ce Mémoire le plus d'ordre qu'il me fera poffible.

La Vénus, que Cicéron nomme la premiere, comme je viens de le remarquer, étoit fille de Cœlus & de Dies; mais, fuivant (1) Platon, elle reconnoiffoit le même pere, & n'avoit point de mere. Plus connue fous le nom de Vénus Uranie ou Célefte, elle unit dès l'origine (2) du monde les deux fexes, & perpétua ainfi la race humaine. *Cæleftis Venus quæ primis rerum exordiis fexuum diverfitatem generato amore fociafti, & æterná fobole humano genere propagato, nunc.... coleris, &c.* Cet at-

_____

(1) Plato Sympos. tom. 3. pag. 180. D.
(2) Apul. Metamorphos. lib. XI. pag. 357 & 358.

tribut, qui lui eſt commun avec la mere de l'Amour, ou la fille de Dioné, fait voir que les Grecs & les Latins avoient emprunté leur Vénus des Orientaux, & qu'ils avoient embelli, ou pour mieux dire, dénaturé les fables de ces Peuples, comme tout ce qui paſſoit par leurs mains.

Elle étoit la Cauſe Univerſelle répandue dans toute la nature, πάντα (1) γὰρ ἐκ σέθεν ἐστὶν. C'eſt ſous ce point de vue qu'Orphée a dit, que tout ce qui reſpiroit dans le ciel, ſur la terre, & dans les abîmes de la mer, étoit ſon ouvrage.

(2) Γεννᾷς δὲ τὰ πάντα
ὅσσά τ' ἐν οὐρανῷ ἐστι καὶ ἐν γαίη πολυκάρπῳ,
Ἐν πόντῳ τε εὐίῳ τε.

Ces Vers prouvent que le ſentiment de Barthius, qui faiſoit dire à Lucrece (3) que Vénus avoit peuplé le Ciel, en faiſant de *ſubter labentia* un ſeul mot, régime de *concelebras*, n'étoit pas auſſi abſurde que le penſoit Creech, le meil-

---

(1) Orphei Hymn. 54. vers. 4.
(2) Orphei Hymn. 54. vers. 5.
(3) Dans ces vers de l'Invocation :

Æneadum genetrix, hominum Divûmque voluptas,
Alma Venus, cœli ſubter-labentia ſigna,
Quæ mare navigerum, quæ terras frugiferentes
Concelebras. . . . .

A v

leur Commentateur de ce Poëte Philofophe. Il ignoroit fans doute que, felon
l'ancienne mythologie, Vénus Uranie
étoit la mere des Dieux. Servius, au défaut d'Orphée, auroit pu le lui apprendre : *Dicunt* (1) *ipſam Venerem eſſe ma-*
trem Deûm.

Cette Déeſſe exerçoit un empire ſou-
verain ſur les Parques, (2) Κρατέεις τρισσῶν
Μοιρῶν. Auſſi Proclus de Lycie aſſure-
t-il, dans un Hymne, qu'il lui (3)
adreſſe, que les Grands de Lycie avoient
ſouvent évité les traits de la mort par ſa
puiſſance.

Elle étoit Vierge (4) Κουραφροδίτη. Julius Firmicus Maternus (5) parle auſſi
de Vénus Vierge, ce qui ne peut convenir qu'à Vénus Uranie ; mais comme
cet Auteur ne paroît point en avoir eu
connoiſſance, il ajoute tout de ſuite : *Si*
tamen Veneri placuit aliquando Virginitas.

Elle préſidoit aux chaſtes amours ; delà vient que le même Proclus finit ſon
premier Hymne à Vénus , par la prier
d'éloigner de lui ce qui peut le couvrir
de honte, de l'élever à l'amour de l'honnête, & de réprimer les deſirs effrénés

---

(1) Servius ad Virgilii Æneid. lib. x. vers. 83.
(2) Orph. Hymn. 54. vers. 5.
(3) Procli Hymn. 1. in Venerem. vers. 7. &c.
(4) Id. ibid. vers. 1.
(5) Julius Firmicus Maternus de Errore Profanarum Religionum, pag. 9.

d'un amour terrestre. De là vient auffi
qu'Orphée (1) la prie de recevoir favorablement les vœux qu'il lui adreffe avec
un cœur pur. Le fecond Hymne de Proclus , en fon honneur , roule entiere-
ment fur le même fujet ; mais je le laiffe
de côté , afin de ne point trop alonger
ce Mémoire.

Les Affyriens (2) l'honorerent avant
tous les autres Peuples. C'eft d'eux que
les habitans de Paphos reçurent fon culte , qu'ils communiquerent aux Phéniciens qui habitoient Afcalon en Paleftine ,
& les Phéniciens le tranfmirent à ceux de
Cytheres.

Hérodote (3) dit la même chofe , à
cela près qu'il affure que le Temple d'Afcalon étoit le plus ancien ; que celui de
Cypre en tiroit fon origine ; & que celui
de Cytheres avoit été bâti par des Phéniciens de la Paleftine. Cet Hiftorien
ne parle point en ce paffage des Affyriens; mais il avance (4) plus bas que
les Perfes tenoient le culte de Vénus Célefte des Affyriens & des Arabes; que
les Affyriens donnoient à Vénus le nom
de Mylitta , les Arabes celui d'Alitta ,

(1) Orphei Hymn. 54 vers. 28.
(2) Paufanias Attic. five , lib. 1. cap. xiv. pag 36.
(3) Herodot. lib. 1. §. 105.
(4) Id. ibid. §. 131.

A vj

& les Perfes celui de Mitra. Cela eſt
confirmé en partie par Saint Ambroiſe
contre Symmaque: (1) *Cœleſtem Afri,
Mitram Perſæ, plerique Venerem colunt,
pro diverſi.ate nominis, non pro numinis
varietate.*

On voit par-là que la Déeſſe Mylitta, adorée à Babylone, étoit la même qu'Uranie. Héſychius dit auſſi la
même choſe au mot Μύλιτα. Son culte
étoit pur dans l'origine ; mais bientôt
il dégénéra, & les endroits, où l'on
s'aſſembloit pour lui rendre hommage,
devinrent, dans la ſuite, des lieux de
proſtitution. C'eſt un fait avéré, & reconnu par tous les Ecrivains de l'antiquité. S'oppoſer à leur témoignage, c'eſt
établir dans l'Hiſtoire ancienne un Pyr-
rhoniſme capable de refluer ſur l'Hiſtoire moderne, & de lui porter des coups
très-dangereux.

Les femmes ſe proſtituoient à Babylone, une fois en leur vie, en l'honneur
de cette Déeſſe. Elles attendoient (2)
dans ſon Temple l'arrivée des étrangers.
Lorſqu'une femme y avoit pris place,
elle ne pouvoit s'en retourner chez elle,

_____

(1) Stus Ambroſius adverſus Symmachum. lib. 2.
pag. 840.
(2) Herodot. lib. 1, S. 199.

qu'un étranger ne lui eut jetté de l'argent
fur les genoux, en lui difant: J'invoque
la Déefle Mylitta, & qu il n'eût eu commerce avec elle hors du lieu facré. Le
Prophête Jérémie (1) parle clairement
de cet ufage, dans la Lettre qu'il écrit
aux Juifs, qui devoient être emmenés
captifs à Babylone.

Il y avoit des coutumes à peu près
femblables en quelques endroits de l'Ifle
de Cypre, comme le dit Hérodote au
même paragraphe, à (2) Héiopolis
en Phénicie, & à Aphaques, près du
Liban. Conftantin abolit cet ufage infame dans ces deux Villes & détruifit leurs
Temples.

Zofime, qui s'étend fur le culte de Vénus à Aphaques, ne parle point de
cette proftitution; il fe contente (3)
de faire remarquer que les jours de fête
de la Déefle, on appercevoit en l'air,
aux environs du Temple, un globe de
feu, ou une torche allumée, & que les
dons qu'on offroit à la Déefle fe mettoient fur les eaux du lac près de ce Temple, & que s'ils lui étoient agréables, ils

(1) Baruch cap. vi. ỳ. 42 & 43.
(2) Eufeb Vit. Conftantin. lib. 3. cap. lviii.
pag. 613. Socrat. Hift. Ecclefiaftic. lib. 1. cap. xviii.
tom. 2. pag. 48.
(3) Zofim. Hiftor. lib. 1. pag. 53.

alloient au fonds, & qu'autrement ils
furnageoient.

Ce fut en cette ville que Vénus donna
à Adonis le premier & le dernier em-
braſſement, ſuivant l'Auteur de l'Etymologicum Magnum, qui nous apprend au
au mot Αφακα, qu'Aphaca ſignifie en Syriaque (1) un baiſer. Cette Vénus avoit
auſſi nom (2) Architis, probablement
d'Arca, ville dans le voiſinage d'Apha-

---

(1) M. de Villoiſon, qui poſſéde auſſi-bien les
Langues Orientales que le Grec, m'a communiqué
cette note, ci après que le Prix m'a été adjugé.

« L'Auteur de l'Etymologicum magnum a bien
» raiſon d'obſerver que ce nom d'une Ville, ſituée
» près du Liban, eſt Syriaque, & qu'il ſignifie s'em-
» braſſer. On retrouve encore le mot d'Aphak en ce
» ſens, dans la verſion Syriaque des Actes des Apô-
» tres, chap. 20. verſ. 10. dans la verſion Syriaque
» de la Geneſe, chapitre 29. ꝟ. 13 & chap. 33. ꝟ. 4. &
» dans celle du quatrieme Livre des Rois, chap. IV.
» ꝟ. 16. Il eſt ſingulier que ce mot, propre & parti-
» culier au Syriaque, ne ſe retrouve ni dans le Chal-
» déen, ni dans l'Hébreu, ni dans l'Arabe, ni dans
» l'Ethiopien, langues qui ont le même fond, les
» mêmes racines & la même marche que le Syriaque,
» & qui ne ſont toutes que des dialectes de la Langue
» Orientale ; rapports ſi évidens, que Strabon en a
» été frappé, lorſqu'il obſerve (lib. 1. pag. 70. ed.
» d'Amſterd.) que les Arméniens, les Syriens & les
» Arabes ſe reſſemblent beaucoup dans leurs langues,
» leur maniere de vivre & la forme de leurs corps, »
τὸ γὰρ τῶν Ἀρμενίων ἔθνος καὶ τὸ τῶν Σύρων, καὶ τῶν
Ἀράβων, πολλὴν ὁμοφυλίαν ἐμφαίνει, κατά τε τὴν διάλεκ-
τον, καὶ τοὺς βίους, καὶ τοὺς τῶν σωμάτων χαρακτῆρας
καὶ μάλιστα καθὸ πλησιόχωροι εἰσι.

(2) Macrob. Saturnal. lib. 1. cap. XXI. pag. 209.

ques, où elle étoit adorée. Ainſi, je ne vois pas la néceſſité de changer avec Pontanus cette dénomination.

Valere Maxime nous apprend (1) qu'on obſervoit à Sicca Veneria en Afrique un uſage pareil à celui de Babylone. Cette ville étoit éloignée d'environ cent vingt milles de Carthage. C'étoit une Colonie Phéniciene. Or il eſt très-vraiſemblable que ſes habitans avoient reçu le culte de cette Vénus des Phéniciens.

Le Temple de Vénus Céleſte à Aſcalon (2) fut pillé par des Soldats de l'arriere-garde de cette Armée Scythe, qui aſſervit l'Aſie pendant vingt-huit ans, & qui, voulant pouſſer ſes conquêtes en Egypte, en fut détournée par les préſens que lui fit Pſammitichus. La Déeſſe ſe vengea ſur les Scythes qui avoient pillé ſon Temple, par une maladie honteuſe dont elle les affligea. Je n'entrerai point dans une explication de cette maladie ; cela m'éloigneroit trop de mon ſujet.

Les Babyloniens nommoient auſſi Vénus Molis. « Il jura (3) par Molis : car tel eſt » le nom que les Babyloniens donnent à » Vénus. » Seroit-ce une faute des copiſ-

---

(1) Valer. maxim. lib. 2. cap. VI. §. 15. pag. 181.
(2) Herodot. lib. 1. §. 105 & 106.
(3) Damaſcenus in excerptis Valeſianis, pag. 429

tes pour Mylitta? je n'oferois le décider.

Les Babyloniens l'appelloient encore Salambo, felon Héfychius; mais ils ne peuvent point s'être fervis de ce terme, qui eft grec, & qui tire fon origine de σάλα, qui fignifie au propre l'agitation de la mer, & au figuré celle de l'ame. De σάλα viennent σαλαίζειν (1) fe frapper le fein, comme dans le deuil, déplorer une perte. Σαλαίς des gémiffemens. Σαλάβη l'agitation de l'ame. «Σαλαμβάς une Déeffe » ainfi nommée, dit l'Auteur de l'Etymo- » logicum magnum, parce qu'elle va de » côté & d'autre pleurant Adónis. Ana- » créon emploie, continue le même Au- » teur, le mot σαλαίζειν pour pleurer, dé- » plorer; car une douleur & des gémif- » femens pareils agitent l'ame & la trou- » blent. » Ainfi, Salambo fignifie Vénus pleurant la mort d'Adonis.

Déléphat étoit pareillement un nom de Vénus, felon (2) Seiden; mais Héyf-chius, de l'autorité de qui il s'appuye, dit feulement que c'eft ainfi que les Chal-déens nommoient l'aftre de Vénus.

La Déeffe de Syrie paffoit auffi pour une Vénus; & il eft d'autant plus vrai-femblable que c'en étoit une, qu'on la

---

(1) Hefychiu Σαλα, φροντίς. Σαλαίζειν, κόπτεσθαι. Σαλαίς, κωκυτός. Σαλάβη, φροντίς.

(2) Selden de Dís Syrií. Syntagma, 2. c. IV. p. 210.

(1) regardoit comme la Nature & la premiere Caufe qui de l'humidité tire les
principes & les femences de toutes chofes,
& qui a découvert la fource de tous les
biens qui arrivent aux hommes. Hygin
affure pareillement que (2) cette Déeffe
étoit Vénus. Il tomba du ciel dans l'Euphrate, dit-il, un œuf d'une grandeur
merveilleufe. Les poiffons l'ayant roulé
fur le rivage, des colombes le couvèrent,
& l'ayant fait éclorre, Vénus en fortit.
Jupiter mit les poiffons au nombre des
aftres, à la priere de la Déeffe, dont il
vouloit récompenfer la juftice & la pro-
bité. Les Syriens, ajoute Hygin, regar-
dent par cette raifon les poiffons & les
colombes comme des dieux, & n'en man-
gent jamais.

Cette Déeffe s'appelloit Atargatis,
fuivant (3) Strabon; mais fi l'on en croit
Eratofthene dans fes (4) Κατωστερισμοί,
elle fe nommoit Derceto. Elle tomba,
dit-il, pendant la nuit, dans un lac près
de Bambyce , (c'eft la ville d'Héliopolis, felon (5) Appien de Bello Parthico,

---

(1) Plutarch. in Craffo, pag. 553. F.
(2) Hygini Fabulæ CXCVIII. Vide Auctores
Mythographos Latinos , pag. 327.
(3) Strabo , lib XVI. pag. 1085. A.
(4) Erathoftenis enarrationes eorum quæ in aftra
funt relata, pag. 13.
(5) Appianus , pag. 270. Conf. Strab. lib. XVI,
1084, lin. ultimâ & Plin. lib. v. cap. 23.

Ælien, de Naturâ Animalium, Lib. XII.
cap. 2. &c.) & fut fauvée par le Grand
Poiffon. Les Syriens de cette contrée lui
donnerent le nom de Déeffe de Syrie.
Ce Grand Poiffon, dont parle Eratofthene, eft celui qu'on dit avaler avec
avidité l'eau que répand le verfeau.
C'eft ainfi que s'exprime Théon (5) le
Scholiafte d'Aratus; mais on lui fait
dire : ἰχθὺς ὁ μέγας καλύμενος, ὃς κάμπτειν
λέγεται ὕδωρ ἀπὸ τῆς τῦ ὑδροχόυ χύσεως :
ce qui ne fait abfolument aucun fens.
Je lis avec un changement très-léger
κάπτειν, qui fignifie *avaler avec avidité*.
Cette correction paroîtra, je crois, indubitable à la favante Académie, qui arrête,
par fon exemple, les Lettres prêtes à
fuir d'un pays où elles ont été fi florif-
fantes, & qui en eft, fi j'ofe ainfi m'exprimer, le Jupiter Stateur. Si j'euffe eu
à être jugé par des hommes ordinaires,
je me ferois bien gardé de mettre de
la critique dans cette Differtation; mais
mes Juges font heureufement convain-
cus que malgré leurs favantes veilles,
il fe trouve encore dans la plupart des
Auteurs une infinité de paffages dont
on ne peut diffiper l'obfcurité qu'à l'aide

---

(4) Eratofthen. loco fuperius laudato.
(5) Ad Arati Phænomena, pag. 50. col. 1. lin.
ultimâ.

du flambeau de la critique. C'est à votre exemple, Messieurs, que je me suis engagé dans ces routes ténébreuses, & si je ne m'y suis point égaré, j'en ai obligation à la lumiere de vos doctes écrits.

Revenons à la Déeffe de Syrie. Elle n'étoit pas Vénus elle-même, suivant une tradition rapportée par le Scholiafte (1) d'Aratus, mais fille de cette Déeffe, & n'avoit point été fauvée par le Grand Poiffon, mais par les Poiffons qui en étoient nés, οὗτοι (ἰχθυές) δέ εἰσιν οἱ τοῦ μεγάλκ ἰχθύος ἔκγονοι, περὶ οὗ ἐν τοῖς ἑξῆς ἐρεῖ, ὅιτινες Δέρκην τὴν Ἀφροδίτης θυγατέρα ἐμπεσῦσαν εἰς θάλασσαν ἔσωσαν. Je rapporte ce paffage en entier, afin de faire voir la néceffité de lire Δέρκητιν au lieu de Δέρκην.

Le lac, où cet œuf étoit tombé, s'appelloit (2) lac de Vénus. Les Poiffons de ce lac étoient privés, & venoient à la voix des Sacriftains.

Selon (3) Manilius, Vénus fe changea elle-même en Poiffon, & s'enfuit dans l'Euphrate, afin d'échapper à la fureur de Typhon qui la pourfuivoit.

---

(1) Scholiaft. Arati ad Phænomena, pag. 32. Remarquez que cette page eft chiffrée 42.

(2) Plin. Hiftor. Natural. lib. xxxii. cap. 2. tom 2. pag. 574.

(3) Manilius Aftronomic. lib. iv. vers. 580.

In piscem sese Cytherea novavit
Cum Babyloniacas submersa profugit in undas
Anguipedem . . . . Typhona furentem.

Diodore de Sicile parle d'une autre
tradition, Livre II., §. 4, pag. 116;
mais si je voulois épuiser ce qu'en a
dit cet Historien, ainsi que ce que l'on
trouve dans Lucien, je m'engagerois
dans une discussion tout-à-fait étrangere
à l'objet de ce Mémoire.

Cette Vénus étoit connue sous différents noms. C'est la même que Cicéron appelle Astarte (1) & qui, suivant
lui, étoit Syrienne & née à Tyr. « Les
» Africains, dit (2) Hérodien, la nom-
» moient Uranie, & les Phéniciens Af-
» troarché. » L'Empereur Hélagabale la
maria à son Dieu Hélagabalus. D'Astarte,
les Grecs faisoient Astroarché, parce qu'ils
rapportoient tout à leur langue. On l'appelloit aussi Belthés, qu'Hésychius inter-
prête *Junon* ou *Vénus*. C'étoit par con-
séquent Uranie. Selden prouve (3) que
c'étoit l'Astarte des Tyriens.

On lui donnoit Adonis pour époux,
selon (4) Cicéron. Elle étoit aussi adorée

_____

(1) Cicero de Naturâ Deorum, lib. 3, §. 23.
(2) Herodian. lib. v. §. 15. pag. 193. Dio Caf-
sius Hist. Roman. lib. LXXIX, §. 12. tom. II. pag. 1360.
(3) Selden de Dis Syris. Syntagma. 2. §. 23.
(4) Cicero de Naturâ Deorum, lib. III. §. 23.

à Byblos. « J'ai vu à Byblos, dit l'Au-
» teur (1) de la Déeſſe de Syrie, un grand
» Temple de Vénus dans lequel on cé-
» lébre les Orgies d'Adonis. J'ai pris con-
» noiſſance de ces Orgies : car ils préten-
» dent qu'Adonis a été tué dans leur pays
» par le ſanglier ; tous les ans, ils ſe frappent
» en commémoration de ce malheur, ils ſe
» lamentent, ils célebrent leurs Orgies, &
» une grande triſteſſe couvre la ſurface de
» tout le pays. Quand on a ceſſé de pleu-
» rer & de ſe frapper, on fait à Adonis
» des ſacrifices tels qu'on en fait à un
» mort. Le jour ſuivant, on dit qu'il vit,
» on expoſe à l'air ſa ſtatue, & l'on ſe raſe
» la tête de la maniere dont le font les
» Egyptiens à la mort d'Apis. Toutes les
» femmes qui ne veulent pas ſe raſer ſont
» expoſées en vente, pour ſe proſtituer
» un ſeul jour. Le marché n'eſt ouvert
» qu'aux étrangers, & l'argent qu'on en
» retire s'applique à des ſacrifices qu'on
» fait à Vénus. »

Cette fête ſe célébroit, non-ſeulement
à Byblos, mais encore en Aſſyrie & preſque par-tout l'Orient, pour perpétuer,
diſent les Mythologues, les amours de la
Déeſſe avec Adonis. Ces amours lui avoient

---

(1) Lucianus de Syriâ Deâ, §. VI. tom. III. pag
454.

fait donner les noms d'Aδωναίν (1) &
d'Adonias (2). Mille Auteurs & Théocrite entr'autres, dans les Adoniazoufai,
parlent de cette fête, & fi l'on raffem-
bloit tous les détails épars de côté &
d'autre, on pourroit en donner une defcription curieufe & circonftanciée. Mais
je laiffe à d'autres ce foin. Il me fuffit de
rapporter l'explication qu'en donnoient
les Phyficiens. Ils entendoient par Adonis (3) le Soleil, par Vénus l'Hémifphere fupérieur de la terre, dont, fuivant eux, nous n'occupons qu'une partie,
& par Proferpine, l'Hémifphere inférieur.
Lorfque le Soleil, en parcourant les douze
fignes de zodiaque, entre dans les fix
inférieurs, Vénus eft alors cenfée pleurer,
parce que Proferpine retient Adonis ou le
Soleil auprès d'elle. Mais lorfqu'après avoir
parcouru ces fignes, il fe rapproche de
notre hémifphere, la Déeffe reprend fa
férénité accoutumée. Cette phyfique n'eft
pas d'une grande exactitude ; car le Soleil
n'eft jamais plus près de nous qu'en hiver. Quoi qu'il en foit, une ftatue de la
Déeffe fur le mont Liban, avoit la main
gauche dans fon habit, la tête couverte,
le vifage trifte, & même on croyoit voir

(1) Orphei Argonautic. verf. 30.
(2) Nonnus Dionyfiacor. lib. XXXIII. verf. 25.
(3) Macrob. Saturnal. lib. I. cap. XXI. pag. 209.

couler des larmes de ses yeux. Cette image représentoit l'hiver.

Le culte d'Adonis avoit pénétré jusqu'à Rome. Vénus y avoit un temple où elle étoit honorée avec Adonis, suivant le Rit Assyrien. Les Courtisannes de cette Capitale du monde avoient coutume de s'y trouver, & ceux qui en recherchoient les faveurs ne manquoient pas de s'y rendre, suivant le conseil que leur en donnoit Ovide :

(1) *Nec te prætereat Veneri ploratus Adonis.*

Nous avons remarqué qu'elle étoit particuliérement honorée sur le mont Liban. Son temple passoit pour avoir été bâti (2) par Cinyras. Elle prenoit delà le nom de (3) Libanitis. Mais je ne trouve pas que Nonnus le lui ait donné, comme l'avance Dom de Montfaucon dans son Antiquité Expliquée, mais bien celui de (4) Libaneïs, dont ne parle point ce sçavant. C'est en ce lieu que la vient trouver (5) Junon pour la prier de lui prêter ce Ceste enchanteur, dont je parlerai dans la suite ; & dont elle veut faire usage

---

(1) Ovid. Artis Amatoriæ. lib. 1. vers. 75.
(2) Lucianus de Syriâ Deâ. §. 9. Tom. III. p. 456.
(3) Id. adversus Indoctum. §. 3. pag. 101.
(4) Nonnus Dionysiacor. lib. XLIII. vers. 105.
(5) Idem, lib. XXXI. vers. 202.

pour tromper Jupiter, qui vouloit rendre Bacchus vainqueur des Indiens. On voit que Nonnus a emprunté cet Épisode d'Homere ; mais cela n'est pas de mon sujet. Il me suffit d'avoir prouvé par cet Auteur, le culte qu'on rendoit à la Déesse en Phénicie. Vénus étoit seule lorsque Junon l'aborda, quoique les Graces ne la quittassent point, comme je le dirai autre part. Mais Nonnus (1) fait observer qu'elle les avoit envoyé cueillir des fleurs en divers pays. Eschyle remarque pareillement que la Phénicie lui étoit consacrée ; aussi appelle-t-il cette contrée (2) τᾶς Ἀφροδίτας πολύπυραν αἶαν, la terre fertile en bleds de Vénus. On nommoit encore la Déesse (3) Assyrienne, & (4) Erythréene, à cause des honneurs qu'on lui rendoit en Assyrie & sur les bords de la Mer Rouge.

Il y avoit à Majuma, port de Gaza en Palestine, une statue de marbre de Vénus, nue, *quæ habebat aperta sua pudenda*, comme dit Marc Diacre *in vitâ Sancti Porphyrii Gazensis*. Cette statue étoit placée sur un autel de marbre. Les habitans de Majuma avoient pour elle

---

(1) Idem lib. xxxi vers. 205.
(2) Æschyl. Supplic. vers. 563.
(3) Nonnus Dionysiacor. lib. xxxi. vers. 203.
(4) Id. ibid. lib. xxxi. vers. 276.

la plus grande vénération, & principalement les femmes qui brûloient de l'encens & allumoient des lampes en fon honneur. Rodolphe Hofpinien (1) avance, je ne fais d'après quelle autorité, que cette fcandaleufe Statue fubfifta jufqu'au temps de l'Empereur Arcadius. Baronius & Louis de la Cerda, ont copié Marc Diacre & Hofpinien, le premier dans fes Annales Eccléfiaftiques, tome V fur l'année 399, n°. 30; le fecond, *in Adverfariis Sacris*; Cap. XX.

Cette Statue eft une preuve de l'extrême corruption des mœurs de ces temps.

Il y avoit un temple de Vénus avec une Statue de la Déeffe (2) à Jérufalem, qu'on appelloit *Ælia Capitolina*, depuis qu'Adrien l'avoit fait rebâtir. Ce temple étoit l'ouvrage de cet Empereur. Conftantin le fit détruire.

Nous remarquerons avant de quitter la Syrie que les fuperftitieux étoient dans l'ufage de (3) porter avec eux de petites Statues des Dieux. Le Philofophe Afclépiade en avoit toujours une de la Déeffe

---

(1) Hofpinianus de Origine Feftorum Ethnicarum, pag. 160.

(2) Socrat. Hiftor. Eccleftaft. lib. 1. cap. XVII. pag. 46. Sozom. Hift. Eccleftaft. lib. 2. cap. 1. pag. 44.

(3) Ammian. Marcellinus, lib. XXII. cap. XIII. pag. 254.

B

Célefte. Etant venu voir l'Empereur Julien, qui étoit pour lors à Antioche, il
plaça cette petite Statue dans le Temple
d'Apollon au faux-bourg de Daphné, &
ayant mis devant cette Statue des cierges
allumés, le feu prit à des matieres com-
buftibles qui brûlerent le Temple.

Les Arméniens, ainfi que plufieurs autres peuples de l'Afie, adoroient Vénus
fous le nom d'Anaïtis. Ils lui confa-
croient (1) non feulement les efclaves des
deux fexes (ce qui n'eft pas étonnant,
dit Strabon), mais encore les filles de la
premiere diftinction. Elles ne fe marioient
qu'après s'être long-temps proftituées auprès de la Déeffe, fuivant l'ufage du
pays, & perfonne ne dédaignoit de les
époufer. Le temple, qu'elle avoit (2) fous
ce nom à Zela dans le Pont, étoit célèbre par fa magnificence, la majefté des
cérémonies, & les fermens qu'y prê-
toient ceux qu'on chargeoit de l'admi-
niftration des affaires publiques. Il y avoit
autrefois en cette Ville beaucoup de perfonnes attachées au fervice de la Déeffe
& les Prêtres y jouiffoient d'un revenu
confidérable. Tout le pays lui étoit confacré & foumis à l'autorité du Pontife qui
étoit très-riche.

(1) Strab. lib. XI. pag. 805. B.
(2) Idem. lib. XII. pag. 838. A, B.

Strabon, qui en parle en quatre endroits de sa Géographie, la nomme seulement Anaïtis. Pausanias, qui dit qu'elle avoit en Lydie un temple magnifique, l'appelle (1) Diane Anaïtis, ainsi que (2) Plutarque, qui nous apprend que Diane étoit honorée sous ce nom à Ecbatanes. Mais Clément d'Alexandrie (3) nous instruit que Vénus Anaïtis étoit adorée à Suses & à Ecbatanes; car les Critiques ont très-bien vu qu'il falloit lire en cet endroit : τῆς Ἀφροδίτης Ἀναίτιδος, au lieu de τῆς Ἀφροδίτης Ταναίδος.

Les Anciens font rarement d'accord, lorsqu'ils donnent des noms grecs à des divinités étrangeres ; mais ici toutes les circonstances du culte d'Anaïtis, nous menent à croire que c'est la même Déesse que Mylitta chez les Assyriens, Alitta chez les Arabes, & Mitra chez les Perses. Or on ne peut douter d'après le témoignage unanime des Anciens que Vénus Uranie ne fut adorée sous ces noms.

Vénus étoit connue à (4) Comanes dans le Pont, & l'on y célébroit sa fête avec beaucoup de magnificence. On y

(1) Pausanias Laconic. sive. lib. III. cap. XVI. pag. 249.
(2) Plutarchus in Artoxerxe, pag. 1025. C.
(3) Clemens Alexandrin. in Protreptico. p. 57. lin. 8.
(4) Strabo. lib. XII. pag. 837. C.

B ij

voyoit un grand nombre de courtifannes de même qu'à Corinthe. Le Grand
Prêtre (1) & la Grande Prêtreſſe demeu-
roient dans l'enceinte du lieu ſacré ; la
chair de porc y étoit interdite, & même
on ne laiſſoit point entrer de pourceaux
dans la Ville. Cette défenſe, particuliere aux Orientaux, caractériſe Vénus
Uranie.

Les Arabes adoroient Vénus, comme
nous l'avons vu plus haut, ſous le nom
d'Alitta ou d'Alilat. Ils rendoient auſſi
leurs hommages à une pierre qu'ils appelloient Tête de Vénus. Euthymius (*in
Panoplia*) dit, qu'en examinant cette
pierre avec attention, on appercevoit
encore des traits qui indiquoient une tête.
Le Cathéchiſme des Sarraſins anathéma-
tiſe cette pierre, qu'il nomme figure
de Vénus. Vincent de Beauvais (2) nous
apprend, d'après un Auteur Chrétien,
qui a écrit en Arabe contre les Maho-
métans, que Mahomet laiſſa ſubſiſter une
coutume qu'il trouva établie à la Mec-
que en l'honneur de Vénus. Cet uſage
conſiſtoit à jetter de petites pierres derriere ſoi entre les jambes, c'eſt-à-dire,
comme s'exprime cet Auteur, *ſub ge-*

(1) Id. ibid, pag. 861. A,
(2) Vincentius Bellovacenſis, lib. IV. Speculi Hiſ-
toríalis,

nitalibus membris, eo quod Venus ma-
xime partibus illis dominetur. Breiden-
bach cite auffi la même chofe qu'il a puifée dans Pierre Alphonfe. *Voyez* la note
d'Ouzelius fur Minucius Felix, page 18.

Les Sarrafins adorerent jufqu'au temps
d'Héraclius Vénus fous le nom de Cha-
bar, qui fignifie la Grande en leur langue. *Voyez* Euthymius *in Panoplia* &
le Catéchifme des Sarrafins.

Les Perfes tenoient le culte de Vénus
Célefte des Affyriens & des Arabes,
comme nous l'avons remarqué plus haut
d'après (1) Hérodote, & l'adoroient fous
le nom de Mitra. Elle avoit un temple
dans l'Elymaïde, qui fut pillé par Antiochus, felon (2) Appien. Polybe racon-
toit (3), dans un livre qui n'eft point
venu jufqu'à nous, que ce temple étoit
celui de Diane chez les Perfes. On voit
le peu d'accord des Grecs, lorfqu'ils
parlent des divinités des autres nations.
Polybe ajoutoit qu'Antiochus tomba en
phthifie pour avoir voulu piller ce temple. Mais Jofeph, de qui nous tenons
cette particularité, nous dit que la fimple volonté de piller ce temple ne méritoit point d'être punie : que fi cette

(1) Herodot. lib. 1. §. 131.
(2) Appianus de Bellis Syriacis, pag. 212.
(3) Jofeph. Antiquit. Judaic. lib. XII. cap. IX.
§. 1. tom. 1. pag. 621.

B iij

volonté paroiſſoit à Polybe la cauſe de la mort de ce Prince, il étoit beaucoup plus vraiſemblable de croire qu'il étoit mort pour avoir pillé le temple de Jéruſalem. Mais, ajoute-t-il, je ne veux point diſputer là-deſſus avec ceux qui penſent devoir préférer le ſentiment du citoyen de Mégalopolis.

Le culte de Vénus avoit pénétré juſque dans l'Iſle de Taprobane, aujourd'hui Ceylan. On l'appelloit auſſi l'iſle de Vénus (1) Colias, parce que, dit Euſtathe dans ſon Commentaire ſur Denys le Périegete, ſes habitans étoient efféminés. Cela rend raiſon du nom de Vénus donné à cette iſle, mais n'explique pas pourquoi elle avoit été ſurnomée Colias.

Si nous paſſons delà en Egypte, nous y trouverons le culte de la Déeſſe établi. Les différens Nomes, villes & ports qui prenoient ſon nom, & dont il ſeroit trop long de faire l'énumération, font aſſez voir que cette Déeſſe y étoit en grande vénération. Les Tentyrites (2) lui avoient élevé un temple dans leur ville. Elle étoit adorée à (3) Chuſæ, bourgade du Nome d'Hermopolis, dont

---

(1) Dionyſii Periegeſis, vers. 592.
(2) Strabo, lib. XVII. pag. 1169. C.
(3) Ælian. de Naturâ Animal. lib. X, cap. XXVII. pag. 575.

les habitans honoroient les vaches, parce qu'ils étoient persuadés que cet animal appartenoit à la Déesse, à cause de l'ardeur qu'il sent pour les plaisirs. *Alexander ab Alexandro* la (1) nomme Vénus Cornuta, sans aucune autorité, & quoiqu'Elien assure que c'étoit Uranie. Son culte étoit établi (2) à Atarbechis, dans l'isle Prosopitis. Hérodote ne dit pas positivement que ce fut Uranie; mais l'on sait que les Egyptiens ne connurent la Vénus des Grecs, que lorsque ces derniers s'établirent parmi eux. Elle s'appelloit Athor dans la langue du pays. L'auteur de l'Etymologicum Magnum, dit au mot Athur: » Athur est un mois. Les Egyp- » tiens appellent Venus Athor, & ont » aussi donné le même nom au troisieme » mois de l'année: « Αθὺρ ὁ μὴν, καὶ τὴν Αφροδίτην Αιγύπτιοι καλοῦσιν Αθώρ. Καὶ μῆνα γε τὸν τρίτον τοῦ ἔτους ἐπώνυμον ταύτη πεποιήκασιν. Ainsi, la ville d'Atarbechis, où elle étoit principalement honorée, n'étoit autre que la ville de Vénus, puisqu'Atur ou Athor, comme l'écrit Orion le Thébain dans l'Etymologicum Magnum, étoit Vénus, & que Baki signifie encore aujourd'hui chez les Coptes une ville.

---

(1) Alexander ab Alexandro Genialium Dierum lib. 3. tom. 1. pag. 696.
(2) Herodot. lib. 2. §. 41.

B iv

C'étoit donc la même ville que Strabon
(1) appelle Aphroditès Polis , parce qu'il
interprétoit fon nom en grec.

Je crois que cette Déeſſe eſt la même
que celle qui étoit connue en Egypte ,
ſelon Héſychius, ſous le nom de Σκοτία,
ténébreuſe. On ſait qu'Athor ſignifie encore à préſent chez les Coptes la nuit.
Cela me paroît tenir au Syſtême Théolo-
gique du pays , où les ténebres (2) étoient
le principe de tout. On ſait que le prétendu Orphée , qui a beaucoup puiſé
dans les Livres ſacrés des Egyptiens, dit
dans l'Hymne de la Nuit : (3) « Je te chan-
» terai , ô Nuit , mere des Dieux & des
» hommes ; Nuit , principe de tout , &
» que nous appellerons Vénus ». Et dans
l'Hymne à Vénus , (4) « tout vient de
» vous , lui dit-il , vous avez uni le
» monde , vous exercez un empire ſou-
» verain ſur les trois Parques ; vous don-
» nez la vie à tout ce qui eſt dans le
» Ciel , ſur la terre , dans la mer & dans
» l'abyme. »

M. Jablonski (5) prétend qu'elle eſt la
même qu'Hécate Scotia , dont on voyoit

---

(1) Strabo , lib. XVII. pag. 1154. C.
(2) Damaſcius de Principiis in Anecdotis Wolfii,
tom. 3. pag. 256.
(3) Orphei Hymn. 2. vers. 1.
(4) Id. Hymn. 54. vers. 4.
(5) Panth. Ægyptiorum , lib. 1. cap. 1. §. 13.

le temple près (1) de Memphis ; comme
fi Hécate, qui n'eft autre que Proferpine, n'avoit pû elle-même être furnommée Scotia. M. Jablonski pouvoit tout
au plus déduire cette identité des principes qu'il a pofés, & qui ne me femblent pas auffi certains qu'ils le lui paroiffent.

Nephthys, Déeffe Egyptienne, fe rapportoit auffi, felon quelques-uns (2) à
Vénus. Je ne m'y arrête point, afin de
ne point entrer dans la mythologie de
ce pays qui m'écarteroit trop du plan
tracé par l'Académie.

Je finis ce que j'ai à dire des Egyptiens
par remarquer qu'ils appelloient la terre
(3) Vénus, & le foleil l'Amour. Car, difoient-ils, de même que la terre ne peut
rien fans la douce chaleur du foleil, de
même Vénus ne peut rien fans l'Amour.
Ce fentiment tient au fyftême des Orientaux fur la formation des êtres, dont
nous avons déja parlé & dont nous parlerons encore.

Les Egyptiens repréfentoient Mars &
Vénus (4) par deux éperviers ; parce
que la femelle de l'épervier vient tou-

---

(1) Diodor. Sicul. lib. 1. §. 96. pag. 108.
(2) Plutarch. de Ifide & Ofiride. pag. 31. ex edit.
Cantabrigienfi. 1744. in-8°.
(3) Id. in Amatorio, pag. 764. D.
(4) Horapollo. lib. 1. cap. VIII. pag. 12.

B v

jours à la voix du mâle , quand même elle auroit eu trente fois fa compagnie.

Ils les peignoient auffi fous l'emblême de deux Corneilles, l'une mâle, l'autre femelle, parce que cet oifeau pond deux œufs, d'où naiffent un mâle & une femelle, qui ne fe quittent jamais.

Indépendemment de ces Vénus particulieres aux Egyptiens & à la plus grande partie de l'Afie, on adoroit encore près de Momemphis la Vénus des Grecs fous le nom de (1) Vénus dorée. Delà venoit fans doute le nom de Plaine dorée qu'on donnoit à la plaine voifine de cette Ville. M. Danville, fe fiant à une édition vicieufe de Diodore de Sicile, a placé cette plaine près de Memphis. Une petite ifle, dans le voifinage de cette Ville, dont le nom moderne eft Gezirat-Iddahab ou ifle d'Or, l'a confirmé dans fon (2) erreur. Mais Eufébe, en rapportant le paffage entier de Diodore dans fa (3) Préparation Évangélique, met la ville de Momemphis & non point celle de Memphis; on fait d'ailleurs par, (4) Strabon, que les habitans de Momemphis avoient une grande

---

(1) Diodor. Sicul. lib. 1. §. 97. pag. 109 & 110.
(2) Memoires fur l'Egypte ancienne & moderne, pag. 131 & 132.
(3) Eufebii Præparatio Evangelica, lib. x. §. VIII, pag. 481.
(4) Strabo. lib. XVII. pag. 1155. B,

vénératiõ pour Vénus. Cette Plaine , n'é-
tant pas loin d'Alexandrie , devoit être
connue d'Histiæa, (1) célèbre grammai-
rienne d'Alexandrie , qui a écrit quelque
chofe fur l'Iliade d'Homere. Aussi en
parle-t-elle au rapport (2) d'Eustathe.

Il y avoit à Memphis dans le temple (3)
de Protée , une Chapelle dédiée à Vénus
furnommée l'Étrangere. Hérodote con-
jecturoit que cette Vénus étoit Hélene ,
fille de Tyndare , non - feulement parce
qu'il avoit oui dire qu'Hélene avoit autrefois demeuré à la Cour de Protée , mais
encore parce que cette Chapelle étoit la
feule qui fut confacrée à cette Déeffe fous
ce nom. Strabon avoit en vue la même
Chapelle , lorfqu'il dit qu'à Memphis (4)
il y en avoit une de Vénus , qu'on regardoit comme une Déeffe grecque , & que
quelques-uns croyoient dédiée à la Lune.

C'eft de cette Vénus qu'Horace (5) a dit ;

O , quæ beatam Diva tenes Cyprum , &
Memphin carentem Sithonia nive ,
Regina. . . . . .

---

(1) Strab. lib. xiv. pag. 894. C. Euftath. ad Homeri Iliad. lib. 2. pag. 250. lin. 19.
(2) Euftath. ad Homeri Iliad. lib. 3. pag. 384.
lin. 20.
(3) Herodot. lib. 2. §. 112.
(4) Strabo , lib. xvii. pag. 1161. A.
(5) Horat. Carm. lib. 3. Od. xxvi. vers. 9.

B vj

On fera peut-être furpris de voir une Chapelle élevée à Hélene fous le nom de Vénus; mais cette furprife ceffera en réfléchiffant fur le peu de délicateffe des Anciens là-deffus. Qui eft-ce qui ne fe rappelle pas d'avoir lu dans (1) Plutarque que Vénus Béleftica avoit un Temple à Alexandrie. Béleftia étoit une efclave d'une grande beauté, aimée d'un Roi d'Egypte, qui lui fit élever des Autels fous ce nom. Il y avoit au Promontoire Zéphyrium entre Canope & Alexandrie une Chapelle de (2) Vénus Arfinoë dont je parlerai plus amplement à l'Article de Vénus qui préfide à la Mer. Je rapporterai, dans la fuite de cet ouvrage, plufieurs exemples pareils. Vénus avoit encore un Temple à Naucrate, dont je dirai un mot à l'occafion de l'empire qu'elle exerçoit fur la Mer.

Après avoir parcouru l'Egypte, revenons en Afie. Tacite (3) nous apprend qu'il y avoit à Aphrodifias en Carie un Temple de Vénus, qui jouiffoit des mêmes priviléges que celui de Diane à Ephefe. Il en étoit de même d'un Temple de cette Déeffe (4) dans la Ville des Plarafeéns en

---

(1) Plutarch. in Erotico. pag. 753. E & F.
(2) Strabo, lib. XVII. pag. 1052. B.
(3) Tacit. Annal. lib. 3. §. 62.
(4) Antiquitates Afiaticæ Chishull. pag. 153. §. 10, 11 & 12.

Carie, qui ne m'eſt connue que par une Inſcription rapportée par Chishull.

L'Iſle de Cypre ne faiſant point partie de la Grece, j'aurois pu me contenter de dire en deux mots avec Himérius (1) que Vénus Uranie y étoit adorée. Mais comme à l'exception d'Amathunte, elle n'étoit habitée que par des Grecs, je croirois m'écarter des intentions de l'Académie, en n'en parlant point d'une maniere particuliere.

Comment en effet paſſer ſous ſilence une Iſle auſſi renommée par le culte de cette Déeſſe, que Délos l'étoit par celui d'Apollon? Les Poëtes, dit le même Himérius, attribuent Cypre à Vénus, de même que Délos à Apollon. On connoît ce vers d'Horace ; *Sic te diva potens Cypri*, & ceux-ci d'Homere : (3)

Αἰδοίην Χρυσοςέφανον καλὴν Αφροδίτην
ἄσομαι, ἣ πάσης Κύπρȣ κρήδεμνα λέλογχεν
εἰναλίης.

" Je chanterai la reſpeċtable, la belle
»Vénus, qui a eu en partage l'Iſle de Cypre
»entiere., Les Poëtes l'appelloient *Cyprigenia*, parce qu'elle étoit née dans l'Iſle de

---

(1 Himerius. Vide Photii Bibliothec. Cod. 245. pag. 1132.
(2) Id. ibid.
(3) Homeri Hymn. ſecund. in Venerem , initio.

Cypre ; *Cypria* (1) *Venus* ou (2) *Cypris*, à cause du culte qu'on lui rendoit en cette Isle. Mais Phurnutus (3) prétend que cette Isle lui fut peut-être consacrée, parce que son nom convient en quelque sorte à la conception, à la gestation, τῆ Κυησει, ainsi qu'il faut lire au lieu de τῆ Κωσει qui est une faute manifeste. Le traducteur latin paroît avoir eu en vue cette correction, qui est appuyée par l'Auteur de l'*Etymologicum Magnum* (4) qui dit au mot Κυπρις, que Κυπρις est une syncope pour Κυοπρεις, ἢ τὸ κύειν πορίζουσα, τουτ' ἐςι, παρέχουσα, qui fait concevoir. Cela est encore confirmé par Eustathe (5), où on lit : διὰ τὸ ἐξ Αφροδίτης τὸ κύειν πόρεσθαι ὅ ἐςι ποε̈ζεσθαι ἢ πορσύνεσθαι.

Le Temple de Paphos étoit très-ancien. On le supposoit bâti par (6) Aërias ; mais d'autres prétendoient qu'il l'avoit été par Cinyras, (7) & que la Déesse conçue au milieu des flots étoit abordée en ce lieu. On voit que Tacite, qui m'a fourni ces passages, confond, ainsi que la plupart des Poëtes, la Vénus des Assyriens avec celle des

(1) Arnobius adversus Gentes. lib. v. pag. 169.
(2) Nonnus Dionysiacorum. lib. xxxii. vers 212.
(3) Phurnutus de Naturâ Deorum, cap. xxiv. p. 198.
(4) Pag. 546. in. 31.
(5) Eustath. Commentar. in Homeri Odyss. Θ, pag. 1600. lib. 53.
(6) Tacit. Annal. lib. 3. §. 62.
(7) Id. Historiar. lib. 2. §. 3.

Grecs : car on ne peut douter que la Vénus de Paphos ne fût (1) celle des Aſſy-
riens, c'eſt-à-dire , Uranie. Pauſanias &
d'autres Auteurs le diſent expreſſément.

Soit que dans ces ſiécles reculés la Sculp-
ture fut inconnue , ſoit qu'on n'oſât point
encore donner aux Dieux la figure de
l'homme , ſoit en un mot que cela fut fondé ſur des principes philoſophiques , comme cela me paroît vraiſemblable, il eſt certain que les Dieux , dans ces premiers
temps, étoient repréſentés par des pierres
rondes, triangulaires, quadrangulaires &c.
c'étoient autant d'emblêmes de la Divinité.,, Les Péoniens, dit (2) Maxime de
,, Tyr, adorent le Soleil ſous la figure d'un
,, diſque placé au haut d'une longue per-
,, che. Je ne ſçais pas quel Dieu véné-
,, rent les Arabes ; c'eſt un cube de pierre.
,, Vénus eſt honorée à Paphos ſous une
,, figure qu'on pourroit aſſimiler à une
,, pyramide blanche,,.On voit cette Déeſſe repréſentée ſons cette forme ſur une
monnoie des Chalcidiens , dans le Recueil
des Médailles de Peuples & de Villes par
M. Pellerin , Tom. 2. Planch. LXXX,
nº. 76. Le ſimulacre de la Déeſſe à Pa-

---

(1) Pauſanias Attic. ſive. lib. 1. cap. x1v. pag. 36.
(2) Maximi Tyrii Diſſeitat. v111. (vulgo 38) §. 8.
pag. 87.

phos, dit (1) Tacite, n'a pas la figure
humaine, mais celle d'un cone..

Chacun offroit (2) en cetre Ville des
victimes felon fon goût; mais l'on choifif-
foit les mâles, & l'on confultoit avec confiance les entrailles des Boucs. Il étoit dé-
fendu de répandre du fang fur fon Autel,
&l'on n'y allumoit qu'un feu pur. Tacite,
de qui j'emprunte ce récit, ajoute qu'il ne
pleuvoit jamais fur cet Autel, quoiqu'il
fut à découvert. Pline (3) fait auffi la même remarque. Mais, dit le judicieux (4)
Polybe, à propos de pareilles fables, qu'on
débitoit fur les Statues de (5) Diane Min-
dyas à Bargylies, & de Vefta à Iaffus,
"Je regarde comme des puérilités, non-
„ feulement tout ce qui n'eft pas dans
„ l'ordre des poffibles, mais encore tout
„ ce qui n'eft point dans celui des vrai-
„ femblables. „

Il faut entendre, par ce feu pur dont
parle Tacite, l'encens qu'on brûloit fur
cet Autel, comme nous l'apprend Servius
fur le vers 380 du fecond Livre des Géor-

---

(1) Tacit. Hiftoriarum, lib. 2. §. 3.
(2) Id. ibid.
(3) Plin. Hiftor. Natural. lib. 2. cap. 96. tom. 1.
pag. 116.
(4) Polyb. Excerpta è lib. XVI. Hiftoriarum. §. 11.
(5) C'eft ainfi qu'il faut lire dans Polybe d'après
Strabon, livre XIV. pag. 972. B. & non Cyndias,
comme lifoit Cafaubon dans Strabon d'après Polybe.
On fçait que la ville de Minde avoit donné fon nom
à cette Diane.

giques. On offroit auffi des fleurs fur le
même Autel, fuivant ces vers de Virgile :

Ipfa Paphum fublimis abit, fedefque revifit
Læta fuas : ubi templum illi centum que Sabæo
Ture calent aræ, fertifque recentibus halant.

Æneid. 1. 415.

Le récit de Tacite paroît fe contredire ;
je crois cependant qu'il n'eft pas difficile
de concilier cet Auteur avec lui-même.
La Déeffe avoit plufieurs Autels à Paphos.
On immoloit fans doute des victimes
fur les unes, & l'on ne brûloit que de
l'encens fur les autres. Je penferois même
que l'ufage d'immoler des victimes fur
quelques Autels de la Déeffe ne s'introduifit à Paphos, que lorfque les Grecs fe furent rendus maîtres de l'Ifle. Car on fait
par les Extraits de Théopompe, faits par
Photius, que des Grecs (1) qui avoient
accompagné Agamemnon, s'emparerent
de l'Ifle de Cypre, & obligerent Cinyras
& les fiens de fe retirer à Amathunte, où
l'on voyoit encore leur poftérité. Paufanias s'accorde avec Théopompe. Les (2)
Arcadiens, dit il, ayant été accueillis d'u-
ne violente tempête en revenant de la
guerre de Troie, furent portés par les
vents en Cypre. Agapénor, leur chef,

---

(1) Photii Bibliotheca, cod. 176. pag. 389. lin. 50.
(2) Paufanias Arcadic. five lib. VIII. cap. V. p. 607.

fonda une colonie à Paphos, & y éleva un Temple en l'honneur de Vénus. Quoiqu'il en foit, il y avoit en ce Temple un Oracle que Titus (1) confulta lorfqu'il paffa à Paphos, en allant faire compliment à Galba fur fon élévation à l'Empire.

J'ai remarqué que quelques-uns regardoient le Roi Cinyras comme fondateur de ce Temple. Ses defcendans, que l'on appelloit Cinyrades, en furent les Prêtres, comme on le voit dans Héfychius au mot Κιννυραδαι, & dans le Scholiafte (2) de Pindare. Thamyras ayant enfuite apporté de Cilicie la Science des Harufpices, fa poftérité préfida aufli aux cérémonies religieufes ; mais elle perdit dans la fuite ce privilége, qui paffa tout entier à la famille royale, de crainte que celle-ci ne fût éclipfée par une race étrangere. On ne confulte plus actuellement, dit (3) Tacite, que le Prêtre de la famille de Cinyras.

Le Sacerdoce de Vénus Paphia étoit très-confidérable par le revenu qui y étoit attaché, & par le crédit dont jouiffoit celui qui en étoit revêtu. Lorfque Caton fut envoyé dans l'Ifle de Cypre, il fit dire (4) à Ptolémée que s'il fe retiroit fans com-

---

(1) Suetonius in Tito. cap. v.
(2) Scholiaftes Pindari ad Pyth. Od. 11. verf. 27, pag. 122. col. 2. l'n. 10.
(3) Tacit. Hiftor. lib. 11. §. 3.
(4) Plutarchus in Catone minore pag. 776. B.

battre, il ne manqueroit ni d'argent ni d'honneurs, & que le Peuple Romain lui donneroit la Grande Prêtrise de Vénus Paphia.

L'ancienne Paphos éloignée (1) de dix stades de la mer, avoit encore un temple de Vénus Paphia. Il se rendoit tous les ans en cette Ville, de tous les autres lieux de l'Isle, une grande multitude de monde, hommes & femmes, qui alloient ensuite en grande pompe à la nouvelle Paphos, qui en étoit éloignée de soixante stades.

Vénus Paphia s'appelloit aussi Φάσκη, si l'on en croit Héfychius; mais Jean Frédéric Gronovius corrige Φασκίη. C'est peut-être une faute d'impression. On trouve aussi *Paphie* dans l'Épitaphe (2) d'Homonœa, dont je vais transcrire une partie:

Tu qui securâ procedis mente, parumper
Siste gradum, quæso, verbaque pauca lege.
Illa ego, quæ claris fueram prælata puellis,
Hoc Homonoea brevi condita sum tumulo.
Cui formam Paphie, Charites tribuêre decorem,
Quam Pallas cunctis artibus erudiit, &c.

Le savant & ingénieux Pere Vavassor ne pensoit pas que cette Épitaphe fût d'une grande antiquité parce qu'il croyoit *Paphie*

---

(1) Strabo lib. xiv. pag. 1002. B. C.
(2) Anthologia Latina, tom. ii. l. iv. Epigram. 142.

inuſité chez les Anciens. Voyez ſon Traité *De Vi & Uſu quorundam Verborum. pag.* 30. Il ne ſe rappellòit pas ſans doute qu'Ho-monœa étoit femme d'Atimetus affranchi de Tibere, & par conſéquent que cette Épitaphe avoit été faite ſous le regne de cet Empereur ou peu après ; il ne ſe rap-pelloit pas non plus que ce même mot ſe rencontre dans une (1) Épigramme qu'Auſone a imitée du grec d'Aſclepia-des ; imitation que les Commentateurs n'ont pu remarquer, parceque cette Épi-gramme n'exiſtoit encore que dans les Manuſcrits.

Punica turgentes redimibat ʒona papillas
   Hermiones : ʒonæ textum elegeion erat.
Qui legis hunc titulum , Paphie tibi mandat,
           ames me ;
   Exemploque tuo neminem amare vetes.

Comme l'original grec ne ſe trouve que dans des ouvrages où il n'y a pas d'ap-parence qu'on aille le chercher, & dans les Analectes des Poëtes grecs qui n'ont point encore vu le jour, je penſe qu'on ne ſera pas fâché de le trouver ici.

Ἑρμιόνη (2) ποτ᾽ ἐγώ πιθανῆ συνέπαιζον ἐχέτη
   Ζώνιον ἐξ ἀνθέων ποικίλον, ὦ Παφίη,
Χρύσεα γράμματ᾽ ἔχον. διόλυ δ᾽ ἐγέγραπτο·

----

(1) Auſonii opera, Epigr. 94. pag. 61.
(2) Analecta Veterum Poetar. Græcor. Tom. 1,
pag. 214. XVI.

φίλει με
καὶ μὴ λυπηθῇς, ἤντις ἔχη μ᾽ ἕτερος.

" Je jouois un jour avec la perſuaſive
„ Hermione. Elle étoit parée d'une cein-
„ ture de fleurs en broderie, ſur laquelle
„ on liſoit en lettres d'or ces mots : ai-
„ mez-moi, & ne vous attriſtez pas ſi
„ quelqu'autre me poſſéde ».

Phurnutus prétend (1) que Vénus a été
nommée *Paphia* de ἀποφίσκω, je trompe.
Mais il faut lire avec Euſtathe ἀπαφίσκω,
dont ſe ſervoient les Anciens pour ſigni-
fier tromper (2) διὰ τὸ ἀπαφίσκειν ἤγυν ἀπατᾷν
κατὰ τοὺς παλαιὺς .... Ἀποφίσχω n'eſt pas grec.
On pourroit lire ἀπάφω en ce paſſage de
Cornutus, & cette leçon ſe trouve dans
quelques manuſcrits ; mais l'autre eſt
celle d'Euſtathe.

Paſſons maintenant à Amathunte, autre
Ville de la même Iſle, où Venus n'étoit
pas moins honorée qu'à Paphos, & qui
lui donnoit le nom (3) d'*Amathuſias* &
d'*Amathuſia* (4). Tacite (5) donne à penſer

---

(1) Phurnutus de Naturâ Deorum, cap. XXIV.
pag. 198.
(2) Euſtath. commentar. in Homeri Odyſſ. Θ. pag.
1600. lin. 62.
(3) Symmach. lib. 1. Epiſt. VIII.
(4) Catullus ad Manlium, verſ. 51. Ovid. Amor.
lib. III. eleg. XV. verſ. 15.
(5) Tacit. Annal. lib. III. §. 62.

qu'Amathus, fils du Roi Aërias, est le fondateur du Temple de Vénus. La Statue (1) de la Déesse avoit une barbe, le corps & l'habit d'une femme, avec un sceptre & les parties sexuelles de l'homme. On l'appelloit Αφρόδιτος. Les hommes lui sacrifioient en habit de femme, & les femmes en habit d'homme.

Macrobe fait la même observation : (2) *Signum etiam ejus est Cypri barbatum corpore, sed veste muliebri cum sceptro ac staturâ virili, & putant eandem marem ac feminam esse.* Le texte est altéré & mal ponctué. Il faut lire avec Servius : *Signum etiam ejus est Cypri barbatum, corpore & veste muliebri, cum sceptro & naturâ virili.* Les deux sexes de cette Vénus expliquent le (3) *duplex Amathusia* de Catulle que les Commentateurs (4) n'ont point entendu. On voit aussi pourquoi Hésychius l'appelle Αφρόδιτος. Les Anciens étoient fort incertains si elle étoit mâle ou femelle. Lævinus dit quelque part, suivant (5) Macrobe, *Venerem igitur almum adorare, sive femina, sive*

---

(1) Servius ad Virgilii Æneid. lib. II. verf. 632.
(2) Macrob. Saturnal. lib. III. cap. VIII. pag. 283.
(3) Catull. 67, 51, ex edit. Vulpi.
(4) Un des Commissaires nommés pour examiner mon mémoire a observé qu'il falloit en excepter Vossius.
(5) Macrob. Saturnal. lib. III. cap. VIII. pag. 283.

mas eſt. C'eſt ſelon le même Auteur, par la même raiſon que Virgile a dit : *ducente Deo*, en parlant de Vénus, au lieu de *Deá*; mais il eſt permis d'en douter. On fait que Virgile ſuit les Grecs pas à pas, & que ceux-ci faiſoient le mot Θεος des deux genres. Tout le monde connoît le commencement de la Harangue de Démoſthene *pro Coroná*. Θεοίς ευχομαι πᾶσι ᾗ πάσαις.

Les paſſages ci-deſſus rapportés, prouvent bien l'exiſtence de cette Statue dans l'Iſle de Cypre, mais ne diſent pas qu'elle fut à Amathunte. Heſychius leve la difficulté. Pæon, dit-il au mot Αφρόδιτος, qui a écrit l'hiſtoire d'Amathunte, aſſure que la Déeſſe étoit repréſentée comme un homme. On voit que je ſuis la correction de Kuſter, qui liſoit d'après (1) Plutarque Παίων ὡς en la place de Παιανιτον qui ne fait aucun ſens. Kuſter nous apprend dans ſa note, que Meurſius liſoit en cet endroit πωγωνίαν; mais cette correction s'éloigne trop du texte.

Les Romains avoient auſſi une Vénus avec une barbe, dont je parlerai, lorſque j'en ferai à la Capitale du Monde.

Il y avoit encore à Amathunte un (2) Temple de Vénus & Adonis, où l'on

---

(1) Plutarch. in Theſeo, pag. 9. A.
(2) Pauſanias Bæotic. ſive lib. IX. cap. XLI. p. 796.

confervoit le collier fait par Vulcain, que
Vénus donna, fuivant la Fable, à (1) Harmonie, fille de Cadmus (2), & dont Po-
lynice fit dans la fuite préfent à Eriphyle,
femme d'Amphiaraüs, afin de l'engager à
perfuader fon mari d'aller à la guerre contre Thebes. On fait les fuites funeftes de
ce préfent, qu'on peut lire dans Diodore
de Sicile & ailleurs, & qui ne font pas
de mon fujet.

Il y avoit auffi près (3) d'Amathunte
un bois que l'on appelloit le bois de Vé-
nus-Ariadne, parce qu'on y voyoit le
tombeau de cette Princefle, qui étoit
morte en travail dans l'ifle de Cypre,
fuivant Pæon l'hiftorien d'Amathunte. On
célébroit fa fête le fecond jour du mois
Gorpiæus, qui répond à-peu-près à notre
mois de feptembre. Un jeune homme,
couché fur un lit, imitoit alors les paroles
& les actions d'une femme en travail.

Cinyras (4) avoit inftitué des Myfteres
en l'honneur de Vénus, & l'on préfen-
toit aux Initiés du fel, un Phalle, fym-
boles de fa naiffance, & les Initiés lui

(1) Diodor. Sicul. lib. IV. §. 65, pag. 309. Nonñus
Dionyfiacor. lib. V. verf. 135. &c.
(2) Selon Nonnus & d'autres Mythologues, elle
étoit fille de Mars & de Vénus, & femme de Cadmus. J'en parlerai au fujet des enfans de Vénus.
(3) Plutarch. in Thefeo. pag. 9. C.
(4) Clemens Alexandrinus in Protreptico, pag. 13,
lin. 17. Arnob. adverfus Gentes. lib. V. pag. 169.

offroient

offroient une piece d'argent, comme à une courtifanne. On s'apperçoit, fans que j'en avertiffe, que je lis avec Potter ἐν ταῖς τελεταῖς ταύτης . . . . Le fel faifoit allufion à la mer où elle avoit été conçue. Le refte n'a pas befoin d'explication. Ces Myfteres fe célébroient en Cypre, comme nous l'apprend (1) Arnobe : *nec non Cypriæ Veneris abftrufa illa Initia prætereamus, quorum conditor indicatur Cinyras rex fuiffe : in quibus fumentes ea, certas ftipes inferunt, ut meretrici, & referunt phallos, propitii numinis figna.* Le facrifice qu'on lui offroit s'appelloit (2) Κάρπωσις. Ce mot, qui vient de Καρπὸς *fruges*, & qui fignifioit probablement dans fon origine les prémices des fruits qu'on offroit aux Dieux, fe prit dans la fuite pour un facrifice en général, ainfi que le mot Κάρπωμα, comme on le voit dans la Verfion des Septante.

Je finis ce que j'ai à dire fur Amathunte par obferver que les premieres Courtifannes parurent en cette ville, fi l'on peut ajouter foi au récit d'Ovide. Les (3) Propœtides, dit-il, ayant ofé nier la divinité de Vénus, elles fe proftituerent les premieres, à ce que l'on affure, par un ef-

***

(1) Arnob. adverfus Gentes, lib. v. pag. 169.
(2) Héfychius Voc. κάρπωσις.
(3) Ovid. Metamorphos. lib. x. vers. 238.

C

fet de fa colere. La proftitution étoit donc
alors une honte & non pas un acte religieux. Cette réflexion confirme ce que
j'ai dit plus haut, que le culte d'Uranie
étoit pur dans fon origine.

Argos en Cypre n'étoit remarquable
que par le temple d'Apollon Erythius, où
Vénus trouva le corps d'Adonis (1) après
fa mort. Elle l'enleva, après avoir fait part
de fon amour à Apollon. Ce Dieu en
eut pitié. Il la conduifit fur le rocher
Leucas, d'où il lui confeilla de fe préci-
piter. La Déeffe le crut, fe précipita du
haut du rocher & fe trouva guérie.

Golgos ou Golgi : car ce mot s'écrit
des deux manieres, ville de Cypre, renommée par le culte de Vénus. Paufanias (2) paroît dire que cette Déeffe y
étoit adorée avant qu'elle le fut à Paphos;
mais cet Auteur ne veut parler que du
temple qu'éleva en cette derniere ville
Agapénor, chef de la Colonie Grecque,
qui s'y établit au retour de la guerre de
Troie. Il eft hors de doute que ce temple étoit poftérieur à celui de Golgos.
Meurfius (3) s'y eft trompé. Vénus tiroit
de cette ville (4) le furnom de Golgia.

---

(1) Ptolem. Hephæft. lib. vii. vid. Phot. Bibliothec. Cod. cxc. pag. 492. lin. 8. &c.
(2) Paufanias Arcadic. five. lib. viii. cap. v.
pag. 607.
(3) Meurfii Cypr. lib. i. cap. xi.
(4) Stephan. Byzantin. voc. γολγοί.

Myricæ étoit un lieu de l'ifle de Cypre (1) confacré à Vénus. Peut-être avoit-
il donné occafion au furnom de Myrica
qu'on lui donnoit au rapport de Servius ;
mais je crois le paffage de ce Grammairien altéré, comme je le ferai voir en
parlant de Venus Murcia.

Il y avoit à Salamis un temple de Venus Profpiciens, parce qu'Anaxarete avoit
été changée en pierre par la Déeffe dans
le temps qu'elle regardoit par la fenêtre.
Cette hiftoire feroit trop longue à rapporter. On peut confulter le quatorzieme
Livre des Métamorphofes d'Ovide depuis
le vers 698 jufqu'au 760. Les Grecs l'appelloient en leur langue παρακύπτουσα. Plutarque en parle in Amatorio ; pag. 766. D.

On voyoit à Soles un temple de Vénus, dont il n'eft fait mention que dans
(2) Strabon.

Près de Carpafie (3) étoit l'Olympe,
promontoire élevé, avec un temple de
Venus Acræa, les promontoires s'appellant en grec Ἄκραι. Ce temple avoit cela
de particulier, que l'entrée & même la
vue en étoient interdites aux femmes.
Meurfius (4) confond le promontoire
Olympe avec le mont Olympe, qui étoit

---

(1) Hefychius voc. Μυρίκαι.
(2) Strabo. lib. xiv. pag. 1002. D.
(3) Idem ibid. pag. 1001. B.
(4) Meurfius in Cypro, lib. 1. cap. 28.

près de Palæa & d'Amathunte, & attribue à ce mont le temple dont je viens
de parler.

Après avoir dit que les femmes se
prostituoient à Babylone une fois en leur
vie, Hérodote (1) remarque qu'on ob-
servoit une coutume à peu près pareille
en quelques endroits de l'isle de Cypre.
Justin (2) assure que les habitans de cette
isle avoient coutume d'envoyer leurs filles sur le bord de la mer, en certains
jours de l'année, où elles se prostituoient
pour de l'argent, dont elles amassoient
leur dot ; elles en étoient quittes pour
faire des libations à Vénus. Lactance (3)
prétend que Vénus établit elle-même cette
coutume, afin de ne point passer pour
être la seule qui eût renoncé à toute pudeur. Mais sans doute qu'il ne vouloit
point parler de la Déesse de ce nom,
mais de la Maîtresse de Cinyras, qui avoit
nom Vénus, comme nous l'apprennent (4)
Julius Firmicus Maternus de Errore Profanarum Religionum, & Arnobe (5) adversus gentes. *Numquid Rege à Cyprio, cujus
nomen Cinyras est, ditatam meretriculam*

---

(1) Herodot. lib. 1. §. 199.
(2) Justini Histor. lib. XVIII. cap. V. pag. 439.
(3) Lactant de Falsâ Religione, lib. 1. §. 17. p. 91.
(4) Ad Calcem Minutii Felicis, pag. 22.
(5) Arnobius, liv. V. pag. 143.

Venerem divorum in numero consecratam?
Cependant je ne dois point diffimuler
que ces deux Auteurs donnent à penser
qu'on fit dans la fuite une divinité de
cette Maîtréffe de Cinyras ; mais ce fentiment me paroît abfurde.

Cinyria, ville dont parle (1) Pline le
Naturalifte, étoit remarquable par le culte
d'Uranie. Ce qui a fait dire à (2) Nonnus
qu'elle étoit la demeure fixe de cette
Déeffe, Ο'υεανίης πέδλον έδιεης. Meurfius a
oublié de remarquer que Vénus y étoit
adorée.

Tamafus ou Tamafée, ville chérie de
Vénus, comme on le voit par (3) Ovide.
Meurfius applique à Amamaffus, ville
qui n'a jamais eu d'exiftence que dans des
Éditions vicieufes d'Ovide, ce qu'il de-
voit dire de Tamafus.

Aphrodifium, ville (4) de Cypre, dont
le nom indique la vénération que fes habitans avoient pour la Déeffe.

Tremithus, bourgade de Cypre, qui
tire fon nom de ce qu'elle trembla à l'arrivée de Vénus. Mais Etienne de Byzance
croit avec plus de raifon, qu'elle fut ainfi
appellée à caufe de la grande quantité de

---

(1) Plin. Hiftor. Nartual. lib. v. cap. 31. pag. 284.
(2) Nonnus Dionyfiacor. lib. XIII. vers 452.
(3) Ovid. Metamorphof. lib. x. vers. 644. &c.
(4) Ptolemæi Tabula Urbium infignium. Inter
Geographiæ Scriptores Minores. tom. 3. pag. 32.

Térébinthes qui croiſſoient en ce lieu. Les habitans de Cypre nommoient le térébinthe en leur langue Tremithous.

Le Palais de Vénus (1), ouvrage de Vulcain, ſon mari, étoit, je crois, à Idalie. Le Dieu l'avoit bâti lorſqu'il reçut la Déeſſe des mains de Jupiter. Ce Palais étoit ſitué dans la partie Orientale de l'iſle, comme le dit (2) Claudien, ſur un mont eſcarpé, inacceſſible aux hommes. La rigueur des hivers, l'ardeur brûlante des étés ne ſe font point ſentir ſur ce mont; les vents, les orages craignent de s'en approcher ; un printemps perpétuel y regne. Une plaine ſpatieuſe en occupe le ſommet: une muraille d'or l'environne & en interdit l'entrée. Des fleurs éternelles y croiſſent d'elles-mêmes & ſans culture, & connoiſſent ſeulement la douce haleine des zéphyrs. On voit auſſi en ces beaux lieux un ſombre bocage, où ne ſont admis que les oiſeaux qui ont remporté le prix du chant au jugement de la Déeſſe. Les vaincus vont ailleurs cacher leur honte. Les arbres y ſont ſenſibles à l'amour ; ils aiment & ſont aimés à leur tour. Le palmier ſe baiſſe ſur ſa compa-

_____

(1) Apollonius Rhodius, lib. 3. vers 36.
(2) Claudian. de Nuptiis Honorii & Mariæ. vers. 49. &c. J'ai traduit librement ce morceau entier de Claudien.

gne ; le peuplier soupire pour le peuplier, le plane pour le plane, & l'aune
répond au doux murmure de l'aune.
Là coulent deux fontaines ; l'une est
douce, & l'autre communique même
au miel, l'amertume de ses eaux. C'est,
dit-on, dans leurs ondes que Cupidon
trempe ses flêches. Mille petits Amours,
le carquois sur l'épaule, jouent sur leurs
bords. Ils sont frères & se ressemblent.
Les Nymphes leur ont donné le jour.
Vénus reconnoît seulement Cupidon pour
son fils. C'est lui, qui, l'arc (1) à la main,
se fait obéir des dieux, du ciel & des as-
tres ; c'est lui qui perce les Rois de ses
traits, tandis que les autres exercent leur
empire (2) sur les peuples. C'est en ce
beau lieu qu'habitent la licence sans con-
trainte, la colere des amans facile à ap-
paiser, les veilles trempées de vin, les
larmes qui n'ont point encore appris à
couler, la pâleur flatteuse des amants,
l'audace chancelante dans une première
aventure ; les craintes agréables & la

_____

(1) Nonnus dit que l'Amour gouverne le Mari
de Junon avec la houlette de Vénus : c'est ainsi qu'il
appelle l'arc de ce Dieu : κυπριδίη ποίμαινε καλαύροπι
γυμφίον Ηρης. Nonnus Dionysiacorum. lib. 1. vers. 82.

(2) Philostrate fait mention (Icones, lib 1.
Ερωτες) d'un amour céleste, d'un Uranius qui gou-
verne les Dieux, & de petits Amours, enfans des
Nymphes, qui régissent tout ici bas.

volupté mal affurée. Les parjures volti-
gent fur leurs aîles légeres, & la jeuneffe
altiere & la tête levée, interdit à la vieilleffe l'entrée du bocage. Le Palais de la
Déeffe réfléchit de mille manieres les
rayons du foleil ; il eft d'or & de pierre-
ries enchaffées avec art ; les poutres en
font d'émeraude, les colonnes d'hyacin-
the, les murailles de bérylle, le feuil des
portes de jafpe, & l'on foule aux pieds
l'agathe. On y refpire les plus doux parfums de l'Arabie. Les Graces font debout
à côté de la Déeffe ; l'une lui verfe le
nectar, & les deux autres donnent à fa
chevelure ces charmes enchanteurs &
cette agréable négligence, le défefpoir
de l'art. Ce fut dans ce Palais (1) que fe
rendirent Junon & Pallas pour prier Vénus d'infpirer à Médée de l'amour pour
Jafon. La mere des amours fit alors ufage
pour la premiere fois de l'Iunx.

L'Iunx eft un oifeau dont les Anciens
fe fervoient dans leurs enchantemens, &
fur-tout dans les philtres. On croit communément que c'eft le hochequeue. Les
Latins l'appelloient *frutilla*, parce qu'il
eft confacré à Vénus dont Frutis étoit un
furnom, comme nous le verrons dans
la fuite. Les enchantereffes l'attachoient
à une roue qu'elles tournoient rapide-

(1) Apollonius Rhodius, lib. 3. vers. 36.

ment en chantant des vers magiques. D'autres penfent, dit le (1) Scholiafte de Pindare, qu'elles n'attachoient point cet oifeau entier à la roue, mais feulement fes entrailles. Quoi qu'il en foit, Vénus (2) fit connoître la premiere cette forte d'enchantement, & en donna des leçons à Jafon, qui s'en fervit pour fléchir le cœur de Médée. Cette allégorie n'a pas befoin d'explication. Quoique très-fenfi-ble, beaucoup d'Anciens ne l'ont point fentie, & croyoient bonnement à la pré-tendüe vertu phyfique de cet oifeau.

La defcription précédente eft fondée fur la douceur du climat de l'ifle de Cy-pre, & le culte dont la Déeffe étoit par-ticuliérement honorée à Idalie. On fait qu'il y (3) avoit en ce lieu un promon-toire & une colline élevée, avec une petite ville & un bois confacré à Vénus. Meurfius a très-bien vu qu'il falloit lire dans le paffage de Strabon, Ἰδάλιον au lieu de Πηδάλιον.

C'eft au culte de la Déeffe que fait allufion Catulle dans ce vers:

Quæque regis Golgos, quæque Idalium fron-
dofum.   Catull. 63, 96.

---

(1) Scholiaft. Pindari ad Pyth. IV. vers. 380.
(2) Pindari Pythic. IV. vers. 384.
(3) Strabo, lib. XIV. pag. 1001. C. Scholiaft. Theocriti ad Idyll. XV. vers. 100. Stephanus Byzan-tinus voc. Ἰδάλιον.

C v

Théocrite avoit dit auparavant (1):

Δέσποιν᾽, ἃ Γολγώς τε κ̣ Ἰδάλιον ἐφίλασας.

« Reine, qui vous plaisez à Golgos & à
Idalium ».

Vénus Ἐλεήμων, miséricordieuse, étoit
encore adorée en Cypre. Ce surnom lui
fut peut-être donné par allusion à quelque histoire qui n'est point venue jusqu'à
nous ; ou peut-être parce qu'elle est sensible aux soupirs des amans & qu'elle a
pitié de leurs peines. Meursius a oublié
cette Vénus, ainsi que beaucoup d'autres. Le Prêtre, qui présidoit dans l'isle
aux sacrifices de la Déesse, s'appelloit
Agétor, Ἀγήτωρ. Voyez Hésychius aux
mots Ἐλεήμων & Ἀγήτωρ.

On la représentoit encore dans la même isle armée d'une pique, & alors elle
étoit connue sous le nom d'Ἔγχειος has-
tata, de Ἔγχος hasta. Ἔγχειος, dit Hésychius, Ἀφροδίτη· Κύπριοι. Meursius n'a point
parlé de cette Vénus, non plus que de
la suivante, qui étoit nue & d'ivoire,
& si belle que Pygmalion, qui l'avoit
faite, en devint amoureux & satisfit avec
elle ses desirs effrénés. Clément d'Alexandrie rapporte (2) ce trait d'après Phi-

(1) Théocrit. Idyll. xv. vers. 100.
(2) Clemens Alexandrin. in Protreptico, pag. 50.
lin. 41 & pag. 51.

lostephanus qui avoit composé une histoire de Cypre que le sort nous a en-
viée. Arnobe (1) raconte aussi la même
chose, mais il métamorphose ce Statuaire
en un Roi de Cypre. Les habitans de cette
isle avoient un mois qu'ils nommoient (2)
Aphrodisius. Cela n'est point étonnant de
la part d'un peuple si adonné au culte
de Vénus.

Les traditions, sur le lieu où Vénus étoit
abordée au sortir de l'élément qui lui
avoit donné naissance, varioient beaucoup entr'elles. Si l'isle de Cypre dispu-
toit cette gloire à celle de Cytheres,
Béroë, au jugement de quelques Anciens, l'emportoit & sur l'une & sur l'autre. Voici un passage formel de Nonnus,
que je traduis tel que je pense qu'il doit
être corrigé.

« La Deesse, dit (3) cet Auteur, n'ac-
» courut ni à Paphos, ni à Byblos, elle ne
» mit point le pied sur le rivage Colias,
» passa rapidement l'isle de Cytheres, ...
» & aborda à Béroë; aussi les habitans
» de Cypre sont-ils des menteurs, lors-
» qu'ils soutiennent qu'elle vint en leur
» isle, au sortir de la mer. »

---

(1) Arnob. adversus Gentes, lib. VI. pag. 206.
(2) Porphyrus de Abstinentiâ ab Esu Animal,
lib. 2. §. 54. pag. 148.
(3) Nonnus Dionysiacorum, l. XLI. v. 107-117.

Οὐ Πάφον, οὐκ ἐπὶ Βύϐλον ἀνέδραμεν, οὐ
πόδα χέρσω

Κωλιάδος ῥηγμῖνος ἐφήρμοσεν, ἀλλὰ ἢ αὐτῶν
Ὠκυτέρη τεφφάλιγγι παρέτρεχεν ἄςυ Κυθήρων.

· · · · · · · · · ·

Καὶ Βερόης ἐπέϐη, νεπόδων δ᾽ἐπίϐαλεα θεαίνης
Ἐξ ἁλὸς ἐρχομένης ναέτης ἐψεύσατο Κύπρυ.

L'avant dernier vers eſt étrangement
altéré (1). Les mots νεπόδων δ᾽ἐπίϐαλεα
ne font abſolument aucun ſens. Je les
change en Κύπρον δ᾽ἐπίϐαθρα par un théta.

---

(3). Le texte des Dionyſiaques eſt prodigieuſement
corrompu. C'eſt l'étable d'Augée. Les conjectures de
Falkenburgh ſont peu de choſe, & la traduction latine
de Lubin eſt abſurde. En voici un exemple. Livre 41.
vers 281. καὶ δόλον ἐρρύοντο περίτροχον εἰκόνα κόσμυ δμωΐ-
δες ἔνθα καὶ ἔνθα. Lubin, ne s'étant pas douté que le
texte fut altéré, a traduit : & dolum liberabant cir-
cularem imaginem mundi famulæ hinc & hinc. Il
faudroit être plus qu'Œdipe pour entendre ce latin.
Un Traducteur, même borné, ſe ſeroit apperçu
que le texte étoit corrompu, & s'il ne ſe fût point
ſenti aſſez fort pour le corriger, il en auroit averti
par une étoile plutôt que de traduire d'une manière
auſſi abſurde. La correction étoit facile. Il falloit
ſeulement ſéparer δόλον en deux, & écrire δ᾽ὅλον, &c.
Le ſens eſt alors clair. « Des femmes, dit Nonnus,
» diſperſées de côté & d'autre, gardoient toute l'en-
» ceinte du palais d'Harmonie, image du monde. »
Mais au livre 42. vers 1. il falloit, au contraire, de
deux mots n'en faire qu'un.

ὡς φαμένη παρέπεισε, μετὰ χρονίῳ δὲ πεδίλῳ
θερμὸς Ἔρως ἀκίχητος ὑπηνέμιον πόδα πάλλων.

La verſion vetuſto calceo eſt ridicule. Il faut lire en
un ſeul mot μεταχρονίῳ δὲ πεδίλῳ ſublimibus vero
talaribus avec ſa chauſſure aîlée.

Tout devient alors clair. " Vénus arrive
,, à Béroë, & c'est faussement que l'ha-
,, bitant de Cypre dit que cette isle fut
,, l'abord de la Déesse au sortir de la
,, mer.,, Ma conjecture, quoique hardie,
n'en est pas moins certaine. Il est impos-
sible que Nonnus se soit exprimé autrement.

La prédilection de Vénus pour Béroë
n'a rien de surprenant. Je ne parlerai,
ni de l'ancienneté de cette ville, ni de
son origine que Nonnus (1) fait remonter avant celle des Arcadiens, quoiqu'ils
se vantassent d'être antérieurs à la Lune.
Je ne dirai pas non plus avec cet Auteur
qu'elle fut la premiere ville qui parut
après le débrouillement du Cahos. Mais
je ferai remarquer (2) la fertilité de son
territoire, des prairies toujours émaillées
de fleurs, des ruisseaux qui portent par-
tout l'abondance, des bocages de pal-
miers & d'oliviers, des collines couron-
nées de pampres, des terres couvertes
des dons de Cérès, & un printemps
perpétuel.

Cette ville étoit le siége de (3) l'éloquence, de la justice, des loix. C'étoit

(1) Nonnus Dionysiacorum, lib. XLI. vers. 83, &c.
(2) Voyez les cinquante premiers vers du XLI
Livre des Dionysiaques de Nonnus.
(3) Idem ibid. vers. 145, &c.

le féjour favori de Vénus, des amours,
des plaifirs ; les Graces s'y plaifoient plus
que par-tout ailleurs, c'étoit leur (1) Orchomene.

Béroë, avant que d'être une ville,
étoit une Nymphe, fille (2) de l'Océan &
de Tethys, & portoit le nom d'Amy-
mone. Mais felon une autre tradition,
Béroë étoit fille (3) de Vénus & d'Adonis. Je ne dirai point que la Déefle la
mit au monde fur le Livre des Loix (4)

---

(1) Pindare appelle Orchomene la Ville des Graces,
Pythiques, Od. XII. vers 46, & dans la XIV Olym-
pique, vers 3 ; il dit, en s'adreffant aux Graces : O,
vous Graces, qui regnez fur la ferrile Orchomene.

(2) Nonnus Dionyfiacor. lib. XLI. verf. 150, &c.

(3) Idem ibid. verf. 155, &c.

(4) Idem ibid. verf. 165. &c. Cette idée eft ingénieufe, quoiqu'elle pêche par l'ordre des temps. Qu'on
ne s'imagine pas que les Loix de Solon fuffent alors
écrites fur des rouleaux *volumina* comme les livres
anciens l'ont été depuis. Elles l'étoient fur de grandes planches carrées ou triangulaires, felon quelques
auteurs, appliquées fur un ouvrage en brique, de
la grandeur d'un homme, & que l'Ecrivain faifoit
mouvoir à volonté par le moyen de boulons placés
de l'un & de l'autre côté. ἑκατέρωθεν δὲ δόναχας, ὥστε
κινεῖςθαι, καὶ περιφέρεςθαι ὑπὸ τυ γράφοντος. Je rapporte
ce paffage en entier afin de faire fentir la néceffité de
lire κνώδαχας *des boulons*. Car à quoi auroient pu
fervir *des rofeaux* δόναχες. Il faut encore rendre le
même terme à l'Auteur de l'Etymologicum Magnum,
au mot Ἄξονες, & lire κνώδαξι au lieu de κώδιξι.
Vitruve a employé le mot Cnodax en pareille occafion. On peut confulter Saumaife *de Modo Ufurar,*
pag. 10. On appelloit ces planches Ἄξονες & κύρβεις.
Voyez l'Etymologicum Magnum, au mot κύρβεις. Ces

de Solon, à la maniere des femmes de
Lacédémone qui accouchoient fur un bouclier ; je ne parlerai pas non plus de l'é-
ducation qu'on lui donna. Cela peut fervir d'illuftration à la ville de Béroë, ou
Beryt , comme elle a été appellée depuis, mais me paroît étranger au fujet
propofé par l'Académie.

Après m'être étendu fur la Vénus
Célefte des Orientaux autant que l'exi-
geoit mon fujet, paffons à celle des Grecs.
Ces peuples-ci tenoient leurs dieux des
Barbares. Hérodote le (1) dit pofitivement. La plupart de ces Dieux leur avoient
été donnés par les Egyptiens ; ils en avoient
reçu des Libyens & des Pélafges, & l'on
ne peut douter que les Phéniciens n'aient
introduit les leurs dans les pays où ils s'é-
tablirent. Il n'y a pas d'apparence que
les Grecs aient connu Vénus avant l'arrivée de Cadmus. On voyoit à Thèbes (2)
une ftatue de Vénus-Uranie fi ancienne,
qu'on la croyoit une offrande d'Harmonie, fille de Cadmus. Les Thébains prétendoient qu'elle avoit été faite des éperons des navires qui avoient amené Cad-

---

Loix étoient écrites Βουςτροφηδόν, de la maniere dont
les bœufs forment les fillons, c'eft-à-dire, de la
gauche à la droite & enfuite de la droite à la gauche.
Voyez le Lexique d'Harpocration, au mot : ὁ κάτω-
θεν νόμος.

(1) Herodot. lib. 2. §. 50.

(2) Paufanias Bœotic., lib. IX. cap. XVI. pag. 742,

mus. Harmonie impofa elle-même ce nom à cette Vénus, dit Paufanias, afin d'exprimer fon amour honnête & dégagé des fens. Le culte de la Déeffe n'avoit donc pas encore dégénéré en Orient, ou du moins la dépravation n'étoit pas univerfelle.

Cadmus avoit fans doute beaucoup de vénération pour Vénus, puifqu'il lui dédia la troifieme Porte de Thèbes : (1) πόρε τειτάἰην Ἀφρϑίη. Ce devroit être la Porte Ogygie, fuivant l'énumération (2) d'Euripide ; mais d'autres Auteurs placent ces Portes dans un ordre différent. Si nous avions l'ouvrage d'Ariftodeme de Thebes fur tout ce qui regardoit (3) cette ville, nous faurions à quoi nous en tenir.

On voyoit à Cythere un temple (4) d'Uranie très-refpecté & le plus ancien que la Déeffe ait eu en Grece. Sa Statue la repréfentoit armée. De cette ifle elle prennoit le nom de Κυϑέρεια (5) Cythérée, ou, parce que les amans fe cachent & agiffent en fecret, comme le dit le Scholiafte d'Héfiode fur le vers 196 de la Théogonie, ou, parce qu'elle cache

---

(1) Nonnus Dionyfiacor. lib. v. verf. 80.
(2) Euripldes Phœniff. verf. 1120.
(3) Suidas voc. O'μολώιος Ζεύς,
(4) Paufanias Laconic. five lib. 3. cap. XXIII. pag. 269.
(5) efiodi Theogonia, vers. 198.

les amans, comme on le voit dans (1)
Euſtathe ſur Homere, ou, comme il n'y
a rien de ſi incertain que la ſcience des
Etymologies, à cauſe de l'imprégnation,
dit (2) Phurnutus, qui eſt la ſuite de l'u-
nion des deux ſexes, διὰ τὰς ἐκ τῶν μίξεων
γινομένας κυήσεις. On peut encore voir d'autres étymologies dans l'Etymologicum
Magnum aux mots Κυθέρεια & Κύπρις;
mais je crois devoir m'y arrêter d'autant moins qu'elles ſont la plupart trop
recherchées, & qu'il eſt inutile d'en charger cette Diſſertation.

Elle eſt auſſi appellée Cytherias dans
une Epigramme d'Antipater de Sidon,
dont je parlerai dans la ſuite, & qui ſe
trouve page 24 de l'Anthologie Grecque
de Conſtantin Céphalas, imprimée à Léip-
ſick par les ſoins de feû M. Reiske.

Si nous paſſons de cette iſle dans celle
de Crete, nous y lirons une Inſcription,
rapportée par (3) Reineſius, qui indique
que Minyra, ſœur de Diodotus, étoit
Prêtreſſe de Vénus-Uranie. J'ignore qui
étoit ce Diodotus, & peut-être eſt-il fort
peu important de le ſavoir. Mais cette In-

_____

(1) Euſtathii Commentar. ad Homeri Odyſſ.
pag. 1598. lin. 50.
(2) Phurnutus de Naturâ Deorum, cap. XXIV.
pag. 197.
(3) Reineſius Claſſ. V. num. XI. ex Gualthero.

scription nous fait conjecturer qu'il y avoit
à Aptère en cette isle un temple ou une
chapelle d'Uranie.

Le trajet de Crete en Laconie n'est
pas long. Près du Scias, bâtiment où le
peuple s'assembloit à Sparte (1) sur la
Place, étoit un édifice rond, où l'on
voyoit les Statues de Jupiter Olympien
& de Vénus Olympienne. Cette épithete
me persuade que c'étoit Uranie. J'en dis
autant de cette Vénus qui avoit un temple dans la même ville, sous le nom de
(2) Vénus-Junon. Il avoit été bâti par
Eurydice, fille de Lacédémon & femme
d'Acrisius, près du monument du Heros
Pleuron.

Si nous allons de Sparte à Mégalopolis en Arcadie, nous trouverons qu'il y
avoit eu près du Théâtre (3) un temple
de Vénus, dont il ne subsistoit plus que
la partie antérieure du temps de Pausanias, avec trois Statues, dont l'une étoit
d'Uranie.

A Tégée, dans le même pays, il y
avoit un (4) temple de Vénus Paphia,

---

(1) Pausanias Laconic. sive, lib. 3. cap. XII.
pag. 237.
(2) Idem ibid. cap. XIII. pag. 240.
(3) Idem Arcadic. sive lib. VIII. cap. XXXII.
pag. 666.
(4) Pausanias Arcadic. sive lib. VIII. cap. LIII.
pag. 707.

c'eft-à-dire, d'Uranie, bâti près de celui de Cérès & Proferpine, par Laodice, fille d'Agapénor, qui commandoit les Arcadiens au fiége de Troie.

Il y avoit eu à Olympie (1) un temple de Vénus-Uranie près de celui d'Ilithyie; on n'en voyoit plus que les ruines du temps de Paufanias. Cependant on facrifioit à cette Déefle fur des autels qui fubfiftoient encore en cette ville.

Si l'on fe rend enfuite à Elis, on remarquera près de la Place publique & derriere le portique bâti des dépouilles des Corcyréens, un (2) temple de Vénus. Non loin de ce temple étoit une piece de terre qui en dépendoit. La ftatue de la Déefle portoit le nom de Célefte. Elle étoit d'or & d'ivoire, & c'étoit un ouvrage de Phidias. La Déefle avoit un pied fur une tortue. Paufanias, de qui j'emprunte ce récit, laifle à d'autres le foin d'expliquer ce que les Anciens avoient voulu dire par cet emblême; mais Plutarque, qui parle de cette Vénus dans fon Traité fur Ifis & Ofiris, nous apprend qu'on avoit voulu faire entendre qu'il convenoit (3) aux femmes mariées de garder le filence & de refter à la maifon.

---

(1) Idem Eliacorum pofterior. five. lib. VI. cap. 20. pag. 502.
(2) Idem ibid. cap. xxv. pag. 515 & 516.
(3) Plutarchus de Ifide & Ofiide, pag. 381. E.

Car une femme, dit-il autre (1) part, ne
doit parler qu'à son mari, ou par l'or-
gane de son mari, sans trouver mauvais, si, de même qu'un joueur de flûte,
elle parle d'une maniere plus grave avec
la langue d'un autre. Le P. de Montfaucon (2) n'a pas rendu exactement le
premier passage de Plutarque, & ne paroît point avoir eu connoissance du second.

Je croirois volontiers que c'est de ce temple qu'a voulu parler Cicéron, lorsqu'il a
dit que la premiere Vénus, (3) fille de Cœlus & Dies, avoit un temple en Elide.

Les habitans d'Ægire en Achaïe (4)
avoient une vénération particuliere pour
Vénus-Uranie. Il n'étoit point permis
aux hommes d'entrer dans son temple.

On voyoit à Sicyone un temple de la
Déesse, où il n'étoit permis d'entrer qu'à
une femme (5) qui en étoit Sacristaine,
& qui, dès l'instant qu'elle en faisoit les
fonctions, n'avoit plus de commerce
avec son mari, & à une jeune vierge qui
en étoit la Prêtresse, & dont le Sacerdoce ne duroit qu'un an. Les autres pouvoient voir la Déesse du seuil de la porte,
& lui adresser delà leurs prieres. Cette
attention de n'admettre auprès de la

(1) Idem in Conjugial. Præcept. pag. 142. D.
(2) Antiquité Expliquée, tom. 1. pag. 164.
(3) Cicero de Naturà Deorum, lib. 3. §. 23.
(4) Pausanias Achaic. sive, lib. VII. cap. XXVI.
pag. 592.
(5) Idem Corinthiac. sive, lib. 2. cap. X. p. 134.

Déesse que des vierges & des personnes qui gardoient la continence, me persuade que cette Vénus étoit Uranie, quoique Pausanias, que je me contente de traduire, n'en dise pas un mot. Mais pourquoi Vénus-Uranie, qui préside aux chastes amours, est-elle honorée par des vierges & des femmes qui observent la chasteté ? Je pense que cet usage étoit venu d'Egypte à Sicyone. Les Egyptiens, disposés à la mélancholie, croyoient honorer les Dieux par des jeûnes & en se privant des plaisirs les plus légitimes. On honora Vénus par de pareilles privations, en la considérant comme Dieu, & en faisant abstraction de son principal attribut. Quoi qu'il en soit, la Déesse étoit représentée assise, & étoit l'ouvrage de Canachus de Sicyone. Elle étoit d'or & d'ivoire, avoit la tête surmontée de cette espece de petit toit en forme de parasol qu'on appelloit (1) Πόλος, & tenoit d'une main un pavot, & de l'autre une pomme. On

---

(1) L'Abbé Gédoyn a traduit une coëffure terminée en pointe. Ce n'est point la seule méprise de cet Abbé ; on en verra bien d'autres par la suite. Les temples des Anciens n'étoient pas fermés, comme les nôtres, avec des vitres ; il y en avoit même qui étoient absolument découverts. Pour garantir les Statues des Dieux des ordures des oiseaux, on les surmontoit d'une espece de petit toit en forme de parasol, qu'on appelloit πόλος. Ainsi, le πόλος n'étoit point particulier à Vénus.

lui offroit en facrifice les cuiſſes de toutes
fortes de victimes, excepté celles des porcs.
Cette averſion pour le porc me confirme
que le culte de cette Vénus venoit d'Egypte. Je ſais que cette averſion ſe faiſoit remarquer chez pluſieurs peuples de l'Aſie;
mais il feroit aifé de prouver qu'ils l'a-
voient puiſée chez les Egyptiens.

Il y avoit à Argos (1) un temple de
Vénus-Uranie près de celui de Bacchus.

Il ne me reſte plus à parler que d'A-
thenes, la ville la plus ſuperſtitieuſe qui
ait jamais été. Uranie (2) y avoit dans
le quartier appellé les Jardins, un temple, près duquel elle étoit repréſentée par
une pierre quadrangulaire. L'Inſcription,
gravée ſur cette pierre, portoit qu'elle
étoit plus ancienne que les Parques. L'Abbé Gédoyn met, dans ſa traduction de
Pauſanias, qui fourmille de contreſens,
qu'elle étoit la plus ancienne des Parques.
M. L'Abbé Banier avoit dit avant lui
(dans les Mémoires de l'Académie des
Belles-Lettres, tome V Mém. page 27)
que Vénus-Uranie étoit la premiere &
la plus ancienne des Parques, & il avoit
cité en marge Pauſanias. M. Gori (3) a
fait auſſi la même faute. Mais qui a ja-

---

(1) Idem ibid. cap. xxIII. pag. 165.
(2) Idem Attic. five. lib. 1. cap. XIX. pag. 44.
(3) Gori Muſeum Etruſcum, tom. 2. pag. 350.

mais entendu dire que Vénus ait été une des Parques? Ces Ecrivains sont tombés dans cette erreur, parce qu'ils n'ont point fait attention que le superlatif se met souvent en grec pour (1) le comparatif, & que n'y ayant point d'article dans le texte τῶν καλυμένων Μοιϱῶν πϱεσβυΊάτην, il n'en falloit pas mettre en françois. Cette Vénus, dis-je, étoit plus ancienne que les Parques, étoit antérieure aux Parques ; aussi avoit-elle sur elles un souverain empire, comme l'a remarqué l'Auteur très-ancien des Hymnes attribués à Orphée, ϰϱαΊέεις Ίεισσῶν Μοιϱῶν (2) que Scaliger a mieux rendu que l'Interpréte de Stobée, *& trium jura tenes Mortarum.* On sacrifioit à cette Vénus, dit (3) Lu-

---

·Cet Ouvrage est fait avec beaucoup de négligence. J'ai lu avec attention tout ce que cet Ecrivain dit sur Vénus, & j'ose dire qu'il se fonde le plus souvent sur des conjectures hasardées, & sur des passages d'Auteurs, faux, corrompus ou mal interprétés. Il induira sûrement en erreur ceux qui n'auront pas recours aux sources. J'en avertis une fois pour toutes.

(1) En voici des exemples en faveur de ceux qui pourroient ne se les pas rappeller. ὦ γύναι, εἰϱωτᾶ σὲ ϐασιλεὺς, τίνα ἔχϰεα γνώμην, τὸν ἄνδϱα τε ϰαὶ τὰ τέϰνα ἐγϰαταλιπῦσα, τὸν ἀδελφεὸν εἶλαι πεϱιῖναι Ίοι ὃς ϰαὶ ἀλλοτϱιώτατός Ίοι Ίῶν παίδων, ϰαὶ ἔσσον ϰεχαϱισμένος Ίῦ ἀνδϱός ἐστι. Herodot. lib. 3. §. 119. νῦν δ'ὄυτις ἄλλη δυςτυχεςτάτη γυνὴ ἐμῦ πέφυϰεν. Euripid Andromach. ver 6.

(2) Orphei Hymn. 54. vers. 5.

(3) Lucian Dialog. Meretricum, tom. 3. pag. 295.

cien, une geniſle. Il faut cependant convenir qu'elle eſt appellée Αδης dans des
vers rapportés (1) par Plutarque, & qui
ſont probablement un fragment d'une
Tragédie perdue de Sophocle. Mais il
faut faire attention que ce Poëte ne dit
pas qu'elle ait eu ce nom, mais qu'il le
lui donne poëtiquement & relativement
à ſa force irréſiſtible.

Indépendemment de cette repréſenta-
tion ſymbolique, la Déeſſe avoit (2) dans
le même temple une ſtatue, ouvrage d'Alcamene, Athénien, & l'une des plus belles ſtatues qu'il y eut à Athenes. Pline,
qui en parle, livre XXXVI de ſon Hiſtoire Naturelle, chap. V, nous apprend
que le quartier, appellé les Jardins, étoit
hors de la ville, & que l'on diſoit que
Phidias, Maître d'Alcamene, avoit mis la
derniere main à cette ſtatue. Lucien, voulant faire le portrait (3) d'une beauté ac-
complie, emprunte de cette Vénus le
ſein, les bras & les mains.

Agoracrite de Paros (4) avoit été auſſi
diſciple de Phidias. Ces deux éleves
avoient travaillé à l'envi l'un de l'autre

---

(1) Plutarchus. in Amatorio, pag. 757. A.
(2) Pauſanias Attic. ſivè lib. 1. cap. XIX. pag. 44.
(3) Lucian. in Imaginibus, tom. 2. §. 6. pag. 464.
(4) Plin. Hiſtor. Natural. lib. XXXVI. cap. V.
tom. 2. pag. 725. lin. 12. &c.

à une Vénus. Les Athéniens, qui favori-
foient leur compatriote, donnerent l'avan-
tage à Alcamene. Mais on dit qu'Agoracrite vendit la fienne, à condition qu'on
ne la placeroit pas à Athenes, & qu'il
l'appella Néméfis. Elle fut pofée à Rham-
nus, bourgade de l'Attique. M. Varron
donnoit à cette Statue la préférence fur
toutes les autres.

Cette pierre quadrangulaire avoit-elle
donné occafion (1) aux Pythagoriciens de
repréfenter Rhéa, Vénus, Cérès & Junon fous la forme d'un carré ? Je croirois
plutôt que cela tenoit à leur fyftême fur
les nombres qui n'eft pas de mon fujet.

Vénus avoit encore (2) dans la même
ville un temple au deffus du Céramique,
où l'on voyoit fa Statue en marbre de
Paros ; c'étoit un ouvrage de Phidias.
Mais Paufanias n'ajoute point que ce temple ait été bâti par Porphyrion, comme
l'avance (3) Meurfius, & beaucoup d'autres Écrivains qui n'ont fait que le copier.
On s'apperçoit qu'il le confond avec celui des Athmonéens, dont je parlerai dans
un inftant. Cette Statue avoit été portée
à Rome, & fe voyoit dans l'École (4) des

---

(1) Plutarchus de Ifide & Ofiride. pag. 363. A.
(2) Paufanias Attic. five lib. 1. cap. XIV. pag. 35.
(3) Meurfius Athenæ Atticæ, lib. 1. cap. IV.
(4) Plin. Hift. Natural. lib. XXXVI. cap. 5. tom. 2.
p. 725. lin. 9. Idem, lib. XXXV. cap. X. p. 701. lin. 19.

D

Portiques qu'Augufte avoit fait bâtir fous
le nom de fa fœur Octavie, & qui étoit
dans le neuvieme quartier de Rome,
près du Théâtre de Marcellus.

Egée fe voyant fans enfans attribuoit
ce malheur, ainfi que l'infortune de fes
fœurs, à la colere de Vénus-Célefte. Pour
appaifer la Déeffe, il introduifit (1) fon
culte à Athenes. On ne fait point en quoi
il confiftoit; mais comme cette Déeffe
étoit la même que celle qui étoit adorée
en Affyrie, & en Cypre, je préfume que
le culte étoit auffi le même. On peut
voir ce que j'en ai dit en parlant de l'ifle
de Cypre.

Les Athmonéens (2), peuple de l'Attique, avoient auffi chez eux un temple
de Vénus-Célefte, qu'ils croyoient fondé
par Porphyrion, qui avoit régné dans
l'Attique, même avant Actée. Paufanias
remarque à ce fujet que les Municipes de
l'Attique avoient fur cette Déeffe des
opinions très-différentes de celles du peuple de la Capitale. Meurfius (3) fait dire
mal-à-propos à Paufanias, comme je l'ai
déja obfervé, que les Athmonéens attri-
buoient à Porphyrion la fondation du temple d'Uranie, qui étoit au deffus du Cé-

(1) Paufanias Attic. five, lib. 1. cap. xiv. pag. 36.
(2) Idem ibidem.
(3) Meurfius Athenæ Atticæ, lib. 1. cap. iv.

ramique. Le récit de Paufanias eft tel que je l'ai rapporté, comme on peut s'en convaincre à l'infpection de cet Auteur.

Si d'Athenes nous paffons en Sicile, nous y trouverons établi le culte d'Uranie. Une infcription trouvée à Ségefte en cette ifle, en eft la preuve. Il y eft fait mention d'une certaine Minyra, fille d'Artémon, qui en étoit Prêtreffe. Elle eft rapportée par Gualtherius, *Tab. Sicul.* page 49, *Editionis Meffanenf.*

Le culte d'Uranie avoit pénétré en Scythie. La Déeffe y étoit adorée fous le nom d'Artimpafa (1).

On trouve à la planche 99e du premier volume de l'Antiquité Expliquée du P. de Montfaucon, trois figures qu'on croit celles de Vénus-Uranie. La premiere porte un voile attaché au cou, & qui tombe par derriere. Elle eft aîlée & préfente un bracelet à Cupidon. La feconde, aîlée ainfi que la premiere & vêtue, tient entre les mains un globe célefte qu'elle examine; au-deffous eft un flambeau avec un papillon au-deffus. La troifieme eft un bufte de femme avec des aîles, dont la coëffure eft nouée de maniere qu'on en prendroit les deux bouts pour des cornes. J'ai remarqué ces fortes

_____

(1) Herodot. lib. IV. §. 59. Hefych.

D ij

de coëffures dans des Vénus du Museum
Etruscum de Gori. Ce Sçavant croyoit
que c'étoit le Polos, dont parle Pausanias, & dont j'ai donné l'explication à
l'occasion d'Uranie adorée à (1) Sicyone;
mais il se trompe grossiérement. Les médailles la représentent sans aîles, tenant
d'une main une pomme & de l'autre une
pique, avec une étoile à côté d'elle.

Comme Vénus-Uranie présidoit (2) à
la propagation de l'espece humaine, on
ne doit pas être surpris que cet attribut
ait donné lieu à la corruption de s'intro-
duire en Grece de même qu'en Asie.
Mais les Grecs, plus sages que les Orientaux, conserverent chez eux le culte
d'Uranie dans toute sa pureté, & ils ima-
ginerent deux autres (3) Vénus, l'une
fille de Jupiter & de Dioné, l'autre de la
mer, qui présidoient, suivant eux, aux
plaisirs peu chastes; & même en cela ils
furent plus réservés que les Asiatiques,
& ne se livrerent pas à une prostitution
aussi effrénée que ces peuples.

Xénophon fait dire à Socrate dans le
(4) Banquet « qu'il ignoroit s'il y avoit
» deux Vénus, l'une Céleste & l'autre

_____

(1) Ci-dessus, pag. 69 Note.
(2) Apul. Metamorphos. lib. XI. pag. 357.
(3) Ces deux Vénus tenoient aux systêmes philo-
sophiques des Orientaux. Voyez ci-dessus p. 6, 7 & 8.
l'article de Vénus engendrée de la mer, & l'Epilogue.
(4) Xénophont. Sympos. cap. VIII. §. 9. pag. 183.

» Pandemos (qui appartient à tout le
» peuple). Car, Jupiter, ajoute-t-il, qui
» paroit Un a beaucoup de surnoms ; mais
» il savoit que leurs temples, leurs autels
» étoient bien différents ; que le culte de
» Vénus - Uranie étoit chaste & celui de
» Pandémos criminel ». Personne n'igno-
» re, dit (1) Platon, que sans Amour il
» n'y a point de Vénus. S'il n'y en avoit
» qu'une seule, il n'y auroit qu'un seul
» Amour. Puisqu'il y a deux Vénus, il
» faut donc qu'il y ait aussi deux Amours.
» Qui ne sait, en effet qu'il y a deux Vé-
» nus, l'une très-ancienne, sans mere &
» fille d'Uranus, d'où lui vient le nom
» d'Uranie, l'autre plus jeune, fille de Ju-
» piter & de Dioné, que nous appellons
» Vénus - Pandémos. »

Ce nom vient de πᾶς tout & de δῆμος
peuple, parce que Thésée introduisit (2)
son culte à Athenes, après avoir rassemblé dans cette ville le peuple qui étoit
auparavant dispersé dans les différentes
bourgades. Apollodore disoit, dans son
Traité (3) sur les Dieux, que l'on avoit
donné à Athenes le nom de Pandémos à
la Statue de la Déesse qui avoit été posée
dans la Place publique, parce que l'on

---

(1) Platonis Sympos. tom. 3. pag. 180. D.
(2) Pausanias Attic. sive, lib. 1. cap. xxii. pag. 51.
(3) Harpocrat. Voc. πάνδημος Αφροδίτη. pag. 138.

avoit anciennement raffemblé le peuple
en ce lieu. L'ancienne Statue de Pandémos n'exiftoit plus du temps de Paufanias ; celle qu'on y avoit fubftituée étoit
l'ouvrage d'un très-habile artifte. Le
nom de Pandémos fervit dans la fuite à
défigner Vénus préfidant à la proftitution
publique. Il n'avoit rien dans l'origine
que de très-honnête, & s'appliquoit à
d'autres dieux. Dans le cabinet de la
Reine Chriftine, il y avoit une Médaille
avec la tête de Jupiter & l'Infcription
Ζεὺς Πάνδημος. La même infcription fe
trouve fur des Médailles de Nerva & de
Domitien, fon prédéceffeur. Le même
Théfée plaça près de la Statue de Vénus
celle de Pitho, la Déeffe de la perfuafion.
L'allufion eft fenfible ; une belle femme
ne plaît pas long-temps, fi elle ne joint
les graces de l'efprit & de l'élocution à fes
autres charmes. Vénus fut auffi appellée
Suada (1), parce qu'elle perfuade tout ce
qu'elle veut.

L'Abbé Gédoyn traduit toujours dans
Paufanias Pandémos par *Vulgaire* ; mais
ce terme ne me paroiffant point rendre
l'expreffion grecque, & moins encore
faire fentir la raifon qui l'avoit fait employer, j'ai cru qu'il falloit d'autant

_____

(1) Servius ad Virgilii Æneid. lib. 1. vers. 720.

moins chercher d'équivalent au mot grec, qu'étant un surnom, j'ai pensé qu'il devoit être conservé tel qu'il étoit dans la langue originale.

Pandémos étoit représentée (1) assise sur un bouc à Elis sur la balustrade de la pièce de terre, attenant le temple de la Déesse, qui étoit près de la Place publique. Cette Statue, ouvrage de Scopas, étoit de bronze, ainsi que le bouc. Cette maniere de la représenter la fit nommer Epitragia. Cet emblême fait assez voir qu'on donnoit à Elis une autre signification du surnom de Pandémos. On pourroit alors le rendre par le terme de *volgivaga*. Solon (2) lui avoit fait bâtir à Athenes un temple de l'imposition qu'il avoit mise sur les femmes qu'il avoit achetées & placées dans des lieux de prostitution, à cause des (3) jeunes gens. Car la Déesse, ajoute Eustathe, à qui je dois ce trait historique, se plaît aux courtisannes qui lui apportent de l'or. Nicandre de Colophon raconte le même fait,

---

(1) Pausanias Eliacorum Poster. sive, lib. VI. cap. XXV. pag. 516.

(2) Eustath. commentar. ad Iliad, lib. XIX. vers. 282, pag. 1185. lin. 1.

(3) C'étoit, sans doute, pour prévenir les insultes qu'ils auroient pu faire aux femmes mariées, ou pour éviter les vices contre nature.

D iv

au troisieme Livre (1) de son Histoire de Colophon.

On célébroit sa fête à Athenes le quatre du mois, comme le dit (2) Athénée d'après le Poëte Ménandre, dans la Comédie intitulée : *le Flatteur*.

Elle fut encore appellée Epitragia par une autre raison. Thésée, prêt à partir (3) pour l'isle de Crete, se rendit à Delphinium ou Port Sacré, pour y sacrifier à Apollon. On assure que le Dieu de Delphes lui répondit de prendre Vénus pour guide, & de l'invoquer, comme la compagne de son voyage. On ajoute que pendant que Thésée sacrifioit sur le bord de la mer, une chevre fut tout-à-coup changée en bouc, & que par cette raison la Déesse fut nommée Epitragia de τράγος un bouc.

C'est sans doute à cela que fait allusion la figure de la planche 100e du premier volume de l'Antiquité Expliquée de Dom de Montfaucon, & non au récit de Pausanias, comme le croyoit ce Religieux ; mais je me suis apperçu, que quoique sçavant, il étoit souvent inexact, & l'Académie peut vérifier que ma nomenclature des différentes Vénus, est cent fois plus nombreuse que la sienne. Quoi qu'il en

_____

(1) Athen. Deipnosoph. lib. 13. cap. 111. pag. 569.
(2) Idem. lib. XIV. cap. XXII. pag. 659. D.
(3) Plutarch. in Theseo, pag. 7. F. 8. A.

foit, la figure en queſtion repréſente la
Déeſſe ſur les flots, étendue ſur une chevre qu'elle tient par la barbe. Elle eſt ac-
compagnée de Néréides & de Cupidons
montés ſur des dauphins ; on y voit auſſi
des tritons, des chevaux marins, &c.

Il y avoit à Thebes en (1) Béotie une
Statue de Vénus-Pandémos, que les Thébains aſſuroient avoir été faite des éperons des navires qui avoient amené Cadmus en Grece. C'étoit une offrande d'Harmonie, ſa fille, qui voulut par-là indiquer
les plaiſirs des deux ſexes. Si Pauſanias
ne s'en eſt point laiſſé impoſer par les
Thébains, c'étoit la plus ancienne Statue
de Vénus qu'il y eut en Grece, avec celle
de Vénus-Uranie dont j'ai déja parlé, &
celle de Vénus-Apoſtrophia dont je dirai
deux mots dans la ſuite.

Si l'on orna Vénus-Uranie des vertus
des femmes honnêtes, on diſtingua Pandémos par les vices des courtiſannes. La
pudeur étoit dans les temps anciens le
plus bel ornement des femmes. Sûres de
l'effet de leurs charmes, elles n'avoient
point recours à l'art pour les relever. Elles laiſſoient aux courtiſannes les mi-
roirs, les parfums & tout l'attirail de la
toilette. Ce fut ſur ce modele que fut

_____

(1) Pauſanias Bœotic. ſive, lib. ix. cap. xvi.
pag. 742.

D v

formée Uranie. Mais bien-tôt les mœurs antiques dégénererent & perdirent de leur éclat. Si Uranie conserva encore des adorateurs, on dreſſa par-tout des autels à Pandémos, à Porné, à Etæra, &c. Bien éloignée de la chaſte Pallas, qui ſe baignoit & ne ſe parfumoit pas, cette Vénus aimoit les parfums. Celui dont elle relevoit ſa beauté, s'appelloit par excellence Κάλλ☺, *Beauté.* Elle s'en parfumoit (1) lorſqu'elle alloit danſer avec les Graces. Les vaſes où ſe mettoit ce parfum ſe nommoient Ἀλάϐαστρα. τῶ (2) Πάφης Ἀλάϐαστρα; *où ſont les boëtes à parfum de Vénus?* Elle prennoit plaiſir à ſe regarder dans le miroir, comme on le voit dans les (3) Cretois de Sophocle. Auſſi les Anciens la repréſentent-ils ſouvent avec un miroir. *Alius* (4) *ſub oculis Dominæ (Veneris) ſpeculum prægerit.* Elle avoit un ſoin particulier de ſa chevelure, & ſe ſervoit à cet effet d'un (5) peigne d'òr.

A Mégalopolis en Arcadie (6) on voyoit

---

(1) Homeri Odyſſ. lib. xviii. vers. 191.
(2) Anthologia Græca, lib. 1. cap. 70. pag. 98.
(3) Athen. Deipnoſophiſt. lib. xv. pag. 687. C.
(4) Apul. Metamorphoſ. lib. iv. pag. 136. lin. 3.
(5) Apollonius Rhodius, lib. 3. fol. 50. in averſâ parte.
(6) Pauſanias Arcadic. ſive, lib. viii. cap. xxxii. pag. 666.

encore du temps de Paufanias la partie antérieure d'un temple de Vénus avec trois Statues de la Déeſſe, dont l'une étoit de Pandémos, & une autre ſans aucun ſurnom. J'ai parlé de la premiere, pag. 66.

Vénus, dit Euſtathe (1), fut ſurnommée Etæra ou Courtiſanne, parce qu'elle ſe plaiſoit aux courtiſannes qui lui apportoient de l'or. On pourroit croire d'après un paſſage de (2) Clément d'Alexandrie, qu'elle n'étoit adorée ſous ce nom qu'à Athenes. Mais Philetærus (3) nous apprend dans la Piece, qui a pour titre Corinthiaſtès ou Scortator : (car on diſoit Κοινδιάζειν pour Scortari, ſelon Héſychius) qu'elle avoit ſous ce nom des temples par-tout, tandis qu'elle n'en avoit en aucun lieu de la Grece ſous celui d'Épouſe. Héſychius parle auſſi du temple de Vénus-Etæra à Athenes, au mot Εταιερας ίερόν.

Il y avoit à Abyde (4) un temple conſacré à Vénus Courtiſanne à l'occaſion que je vais dire. La ville étoit réduite en eſclavage, & les citoyens contenus par

---

(1) Euſtath. ad Homeri Iliad. lib. xix. verſ. 282. pag. 1185. lin. 1.
(2) Clemens Alexandrin. in Protreptico, pag. 33. lin. 17.
(3) Athen. Deipnoſophiſt. lib. xiii. cap. 1. pag. 559. A.
(4) Id. lib. xiii. cap. iv. pag. 572. E.

D vj

des Troupes. Les foldats s'étant enivrés un jour de fête, & ayant pris avec eux un grand nombre de courtifannes, ils s'endormirent. Une de ces courtifannes prit les clefs de la ville, paffa pardeffus le mur, & étant allé avertir les Abydé-niens, ceux-ci entrerent auffi-tôt en ar-mes, tuerent les fentinelles, fe rendirent maîtres du mur, & ayant recouvré leur liberté, ils éleverent un temple à Vénus-Porné, par reconnoiffance pour l'action de la courtifanne.

Il y avoit à Ephèfe un temple de Vénus Courtifanne, comme le dit (1) Evalcès dans fon Hiftoire de cette ville. Mais j'i-gnore en quelle occafion il fut élevé.

Nous ne fommes pas plus inftruits de Mucheia, autre furnom de Vénus, dont nous devons la connoiffance à Suidas. Je foupçonne que Μυχός, fignifiant un lieu retiré, on a donné l'épithete de Μυχεία à la Déeffe, parce qu'elle célèbre fes Myf-teres les plus fecrets dans des lieux écar-rés. Ce n'eft point une conjecture. Mon explication eft vraie, & le peuple entier d'Athenes la garantit telle. Lorfqu'à l'oc-cafion de (2) Timarque, on venoit à par-ler dans l'Affemblée du Peuple de lieux

(1) Idem ibidem. pag. 573. A.
(2) Æfchinis Oratio adverfus Timarchum, pag. 11 & 12. edit. Stephani.

écartés, détournés, ils rappelloient à ce Peuple l'idée des crimes qu'y commettoit cet homme infame.

La signification de Vénus-Castnia est douteuse. Guillaume Canter faisoit venir ce mot de Castnium, montagne de Pamphilie, dont parle Etienne de Byzance au mot Κάσταξ. Mais il auroit dû prouver aussi que Vénus étoit adorée en ce lieu. Le Scholiaste de Lycophron (1) l'explique par *impudique*, & s'apuie sur ce qu'une femme surprise avec son amant, se disculpe en disant que c'est son frere ou son parent. Canter, dans sa note sur ce passage, trouvoit cette raison absurde. Mais il ne faisoit pas attention que ce mot peut venir de Κάσις, qui signifie frere ou sœur. Callimaque parle aussi de ce surnom dans un Fragment de ses Jambes, que nous a conservé (2) Strabon, & qui a été omis par le dernier Éditeur, M. Ernesti. Alexander ab Alexandro donne (3) mal-à-propos à cette Vénus le nom de Castinensis, & l'index de Strabon celui de Castinæa.

Au promontoire Simas (4) sur le Pont-

_____

(1) Sur le vers 403. de l'Alexandra de Lycophron.
(2) Strabo, lib. IX. pag. 669. A.
(3) Alexander ab Alexandro Genial. Dierum, lib. 3, tom. 1. pag. 696.
(4) Excerpta ex Dionysii Byzantii Anaplo Bospori Thracii, pag. 15.

Euxin , il y avoit une Statue de Vénus Courtifanne. On affuroit que ce lieu avoit été habité par une belle femme, nommée Sima , qui accordoit fes faveurs pour de l'argent , à ceux qui naviguoient de ce côté.

Vénus Peribafia ou Divaricatrix (1) étoit adorée chez les Argiens, felon Clément d'Alexandrie , & fut ainfi nommée à *Divaricandis cruribus.* On trouve dans Héfychius Περιβασώ , την Αφροδίτην. Peribafo , Vénus.

On la nommoit auffi Salacia (2), & c'étoit proprement la Déefle des Courtifannes; Lubia , Lubentina (3), à caufe des plaifirs qu'elle procure ; car Libentia fignifie les plaifirs , la volupté ; & St. Auguftin dit dans la Cité de Dieu (4), qu'elle a eu le nom de Libentina à *Libidine.* Elle avoit à Rome un temple fous cette dénomination , avec un bois facré; mais on ignore en quel quartier il étoit. Elle s'appelloit auffi (5) Volupia par la même raifon , avec une Chapelle de ce nom dans le dixieme quartier.

---

(1) Clemens Alexandrin. in Protreptico , pag. 35. lin. 17.

(2) Servius ad Virgilii Æneid. liv. 1. vers. 720.

(3) Cicero de Naturâ Deor. liv. 2. §. 23. Servius loco laudato.

(4) Stus Auguftinus de Civitate Dei. lib. IV. 8.

(5) Servius ad Virgilii Æneid. lib. 1. vers. 720.

Les gens sages, loin d'imputer à
Vénus ces désordres, la prioient au contraire de détourner les hommes des paf-
fions déréglées & des unions inceftueu-
fes. Ils l'avoient furnommée Apoftrophia (1). On en voyoit la Statue à Thebes.
C'étoit une offrande d'Harmonie, qui
l'avoit fait faire des éperons des vaiffeaux
qui avoient amené fon pere Cadmus en
Grece. Cette Princeffe n'ignoroit pas fans
doute les crimes qu'avoit fait commettre
l'Amour. Vénus Épiftrophia a la même
fignification. On lui avoit élevé un temple
à Mégares, dans la rue (2) qui menoit à
la Citadelle.

Vénus Verticordia répondoit chez les
Romains à-peu-près à la Vénus Apoftrophia dés Grecs; nous en parlerons ailleurs.
Mais quelles que fuffent ces Vénus, elles
étoient, chez les Grecs, nées de Cœlus
& de la mer, ou de Jupiter & de Dioné.
Commençons par la fille de Cœlus.

Lorfque les Grecs firent aborder Vénus
en Cypre, ils voulurent fans doute parler
de l'introduction de fon culte en cette
ifle; mais quand ils nous difent qu'elle
fut engendrée de l'écume qui fortit du
corps de Cœlus & tomba dans la mer,

---

(1) Paufanias Bœotic. five, lib. IX. cap. XVI
pag. 742.
(2) Idem Attic. five, lib. I. cap. XL. pag. 97.

après qu'il eût été mutilé par son fils Saturne, il me semble que leurs Philosophes
entendoient, sous cette allégorie, la maniere dont se produisent tous les êtres,
soit qu'ils eussent eussent pris cette allégorie des Orientaux, soit qu'ils l'eussent
imaginée eux-mêmes.

Quelques anciens Philosophes ayant remarqué que rien ne pouvoit croître sans
une certaine portion de chaleur & d'humidité, regarderent le feu & l'eau comme les deux principes de la vie. Ovide
a exprimé ce système dans ces vers :

Quippé ubi temperiem sumsère humorque calorque,
Concipiunt, & ab his oriuntur cuncta duobus.
Cumque sit ignis aquæ pugnax, vapor humidus
            omnes
Res creat, & discors concordia fœtibus apta est.
      Ovid. Metamorphos. lib. 1. vers 430.

Le feu contenoit le germe, *mas* (1)
ignis, quod ibi femen, & l'eau le dévelop-
poit & lui donnoit la nourriture : *aqua* (2)
fœmina. « L'homme & tous les animaux
» sont composés, suivant (3) Hippocrate,
» de deux choses ennemies par leurs facul-
» tés, mais qui s'accordent par leur (4)

---

(1) Varro de Linguâ Latinâ, lib. IV. pag. 18.
(2) Idem. ibid. Hippocrate dit aussi la même
chose *de Diæta lib.* 1. §. 19.
(3) Hippocrat. de Diætâ, lib. 1. §. IV. pag. 182.
(4) C'est ce qu'Ovide appelle dans les vers cités
ci-dessus : *ubi temperiem sumsère humorque calorque.*

» mélange ; je veux dire, le feu & l'eau.
» Ces deux élémens, joints enfemble, fe
» fuffifent à eux-mêmes & à tout le refte.
» Chacun d'eux ifolé n'eft utile, ni à lui-
» même, ni à aucune autre fubftance.
» Chacun d'eux a donc cette propriété-ci :
» le feu peut mettre tout en mouvement
» dans le tout ; & l'eau nourrir tout dans
» le tout. »

Le paffage d'Hippocrate eft altéré, &
je l'ai traduit, comme je conçois qu'il
doit être rétabli. Ce ne fera point m'é-
carter du plan de l'Académie, que d'ex-
pofer les raifons qui m'ont déterminé aux
changemens que j'ai faits ; la critique devant elle feule diftinguer un ouvrage de
cette nature, d'une compilation que tout
le monde eft en état de faire, fans même
avoir la plus légere teinture de la langue
Grecque. Voici d'abord le texte de cet
Auteur, tel qu'il fe trouve dans l'Edition
de Van der Linden. ξυνίσταται (1) μὲν οὖν τὰ
ζῶα, τά τε ἄλλα πάντα, καὶ ὁ ἄνθρωπος, ἀπὸ
δυοῖν· διαφόροις μὲν τὴν δύναμιν· συμφόροις δὲ
τὴν χρῆσιν, πυρὸς λέγω καὶ ὕδατος. 1° διαφόροις
& συμφόροις ne s'accordent ni avec ἀπὸ δυοῖν
qui précedent, ni avec πυρὸς καὶ ὕδατος qui
fuivent. Il faut donc lire διαφόροιν & συμ-
φόροιν au duel. Le Sigma à la fin des

---

(1) Hippocrat de Diætâ, lib. 1. §. IV. pag. 182.

mots fe confond fouvent avec le Nu
dans les Manufcrits. 2°. Χρῆσιν ne fait
aucun fens. Que veut dire, *Homo conf-*
tituitur ex duobus differentibus quidem
facultate, concordibus vero ufu. Hippocrate nous a mis lui-même fur la voie
de rétablir la vraie leçon. Il dit plus
bas, §. 18. Pag. 195. ἡ δὲ ψυχὴ τῶ ἀν-
θρώπυ, ὥσπέρ μοι καὶ προείρηται, σύγχρησίς
ἔχυσα πυρὸς καὶ ὕδατος..... « L'Ame de
» l'Homme ayant, comme je l'ai dit,
» auffi auparavant, un mêlange de feu
» & d'eau. » Je pofe en fait qu'Hippocrate ne l'a dit que dans le paffage
ci-deffus rapporté. Il faut donc lire
ici τὴν χρῆσιν ioniquement pour κρᾶσιν
Les Copiftes ne fe doutant point que
χρῆσιν fût un Ionifine, & ne croyant
pas même ce terme gréc, l'ont changé
en χρῆσιν.

Mais revenons à notre explication.
C'eft par une fuite de ces principes que
quelques anciens Philofophes avoient imaginé « qu'une (1) femence ignée étoit
» tombée du Ciel dans la mer, & que
» Vénus étoit née de l'écume, par la com-
» binaifon du feu & de l'eau : *de cælo*
» *femen igneum cecidiffe dicunt in mare,*
» *ac natam e fpumis Venerem conjunc-*

_____

(1) Varro de Linguâ Latinâ, lib. IV. pag. 18.

» *tione ignis & humoris.* » C'eſt, dis-je,
l'union de ces deux élémens qui a pro-
duit tout, & c'eſt ce que vouloient nous
repréſenter les Anciens, ſous l'emblême
de la naiſſance de Vénus. *Cauſa naſcendi
duplex,* dit (1) Varron. *Ignis & aqua…
mas ignis, quod ibi ſemen; aqua femina,
quod fetus ab ejus humore & eorum vinc-
tione ſumit Venus.* De-là l'épithete de
Victrix donnée à cette Déeſſe dans un
ſens différent de celui où nous le verrons
plus bas, repréſente cette union, cette
combinaiſon, *non quod vincere velit,*
comme le dit (2) le plus ſavant des Romains, *ſed quod vincire & vinciri ipſa.* Car
Victoria, ſelon le (3) même, vient de ce
qu'on lioit les vaincus : *Victoria, ab eo
quod ſuperati vinciuntur.*

La théologie des Anciens renferme,
ſous des allégories ingénieuſes, le débrouillement du cahos & la formation de
l'univers, comme on s'en convaincra, en
liſant attentivement la vie d'Homere,
attribuée à Denys d'Halicarnaſſe, qui ſe
trouve parmi les Opuſcules Mythologi-
ques donnés par Thomas Gale. Les yeux
du vulgaire ne pouvoient percer ce voile;
mais ceux du Savant n'en étoient point

---

(1) Idem ibid.
(2) Idem ibid.
(3) Idem ibidem.

arrêtés. Ces allégories animent toute la
nature, elles font le charme de la poéfie.
Un Poëte Phyficien eut mis en beaux vers
l'explication de Varron & le fystême des
Anciens fur la génération. Mais un Poëte,
dont l'imagination vive & fleurie n'aime
à préfenter que des images riantes, pré-
ferera l'allégorie ; & c'eft ce qu'a fait Héfiode, lorfqu'il nous peint Cœlus mutilé
par (1) Saturne, & Vénus devant le jour,
à la liqueur prolifique que la mer avoit
reçue dans fon fein. Phurnutus avoit en-
trevu cette explication de Varron, ou
plutôt il fuivoit l'opinion (2) de Thalès,
qui foutenoit que l'eau eft le Principe de
tout. « Il eft (3) vraifemblable, dit-il,
» que la tradition ne nous a tranfmis que
» Vénus étoit née dans la mer, que par
» ce qu'il faut à la caufe qui engendre

---

(1) M. l'Abbé Bergier traduit καββαλ ἀπ' ἠπείροιο *il jetta * incontinent*, & de crainte qu'un Lec-
teur indulgent ne crût que c'étoit une faute d'Im-
primeur, il nous avertit dans fes ** Remarques que
ἀπ' ἠπείροιο, *femble ici un adverbe de temps*, comme
le latin *continuò* incontinent. On voit qu'il a traduit
d'après l'ancienne & mauvaife verfion latine. ἠπειρός
fignifie le continent par oppofition aux ifles.

(2) Diogen. Laert. lib. 1. fegm 27. Thales Mile-
fius .... aquam dixit effe initium rerum. Cicero de
Naturâ Deorum, lib. 1. § x.

(3) Phurnutus de Naturâ Deorum, cap. 24. p. 196.

* Page 107 de fa traduction d'Héfiode.

** Origine des Dieux du Paganifme. Tome 2. page 83.

» tout, du (1) mouvement & de l'humi-
» dité, deux chofes dont la mer fe trouve
» abondamment pourvue.»

L'explication de Varron eft confirmée
par l'ufage où étoient les Romains de
recevoir leurs femmes avec le feu &
l'eau : *Aquâ & igni mariti uxores accipie-
bant.* C'eft ce que nous apprend le même
Varron fur le vers 167 du quatrieme
livre de l'Enéide de Virgile. Servius, qui
nous a confervé ce paffage dans fes Commentaires fur ce Poëte, ajoute que de
fon tems, on portoit encore des flam-
beaux allumés devant les mariés, &
qu'un jeune garçon, ou une jeune fille
tenoit auffi de l'eau puifée dans une fontaine d'une onde pure, dont on lavoit
enfuite les pieds aux mariés. C'eft ainfi
que fe célèbrent les Noces de Jafon & de
Médée :

(2) *Inde ubi facrificas cum conjuge venit ad aras*
Æfonides, unâque adeunt, pariter que precari
Incipiunt, ignem Pollux undam que jugalem
Prætulit, ut dextrum pariter vertantur in orbem.

Stace décrit les mêmes rits dans l'Epithalame de Stella & de Violantille.

---

(1) Il paroît que c'eft à raifon de ce mouvement
que le feu étoit regardé comme ayant la vertu de
tout engendrer. Voyez le paffage d'Hippocrate ci-
deffus rapporté.

(2) Valerius Flaccus Argonautic. lib. VIII. v. 243.

(1) *Procul ecce canoro*
Demigrant Helicone Deæ, quatiunt que novenâ
Lampade solennem thalamis coeuntibus ignem,
Et de Pieriis vocalem fontibus undam.

Et c'est par allusion à cette coutume qu'Enée épouse Didon, & que Pluton enleve Proserpine au milieu des éclairs & des orages :

(2) *Nimbis Hymenæus hiulcis*
Intonat, & testes firmant connubia flammæ.

Les Romains avoient pris cette coutume des Grecs. Thucydide (3) remarque que les Athéniens faisoient usage de l'eau de la Fontaine Enneacroune avant leurs noces. Cela est confirmé par Suidas, qui ajoute qu'un jeune garçon, le plus proche parent de l'époux, alloit chercher cette eau le jour même des noces. On représentoit sur le tombeau des célibataires, un enfant tenant une cruche; remarque curieuse qui se trouve dans Suidas au mot Λουτροφόρος, & qui est appuyée du témoignage de Démosthene dans son Plaidoyer (4) contre Leocharès : « Ar- » chiades, dit-il, tomba malade, & mou-

---

(1) Stat. Sylv. lib. 1. Sylv. 2. vers. 3.
(2) Claudianus de Raptu Proserpinæ, lib. 2. v. 230.
(3) Thucydid. Hist. lib. 2, §. 15. pag. 108.
(4) Demosth. pag. 1044. E. ex edit. Wolfii.

» rut en l'abfence de Midylides , fans
» avoir été marié. Quelle en eft la preuve ?
» L'enfant qu'on voit une cruche à la
» main fur fon tombeau. »

N'oublions pas non plus qu'on repréfentoit Vénus tenant un flambeau :

(1) *Contectam myrto Venerem veneratur Aprilis.*

. . . .

Cereus & dextrâ flammas diffundit odoras.

Sa naiffance de l'écume lui fit donner
en grec le nom d'Aphrodite Αφροδίτη, ἐξ
ἀφρὲ ἀναδῦσα. Car , comme le remarque (2)
Euftathe dans fes Commentaires fur Homere , l'upfilon fe change en iota , de
même que de δυὸ vient l'adverbe δὶς , de
χύω , χιτών , de φύω φίτυς &c. Denys le
Grammairien en prend occafion de l'appeller Αφρογένεια *née de l'écume* , dans un
Epithalame dont Theodorus Prodromus
nous a confervé un fragment in (3) *Ama-*
ranto , five Senili Amore. Héfiode lui
avoit (4) auffi donné le même nom &
par la même raifon. Mais M. Van Lennep prétend dans fes Remarques fur Co-
lûthus , pag. 94 , que cette épithete n'étoit

_____

(1) Anthologia Latina , lib. v. Epigram. LXXV.
tom. 2.

(2) Euftath. Commentar. in Homeri Iliad. lib. 3.
pag. 413, lin. 11.

(3) A la fuite des Amours de Rhodante & de
Doficlès , pag. 458. edit. Gaulmini.

(4) Héfiodi Theogonia , vers 196.

pas connue de ce Poëte, & par consé-
quent, que le vers où elle se trouvoit,
n'étoit pas de lui. Il se fonde sur ce qu'elle
n'est point dans Homere, qui étoit antérieur à Hésiode, ou du moins son contemporain ; comme si Homere avoit fait
mention de tous les surnoms & épithetes
de Vénus connus de son tems.

Euripide donnoit à Aphrodite une autre
étymologie, assortie à la gravité de son
caractere & à la sagesse de ses mœurs. Il
dérivoit ce terme d'Αφϱοσύνη (1) *folie*, par
ce que la passion qu'inspire cette Déesse est
la cause de toutes les folies des hommes.
Aristote (2) étoit de même avis dans sa
Rhétorique, puisqu'il dit qu'elle étoit l'origine de la folie : ἀϱχκσα ἀφϱοσύνης. Quoiqu'on pense de ces explications, ce terme
avoit donné naissance à Αφϱοδισία ἄγϱα
dont parle Sophocle dans la Piece intitulée *Danaë*, au rapport d'Hésychius &
d'Eustathe, dans ses Commentaires sur
Homere, *pag.* 1183, ligne 19, pour signifier des perdrix & des pourceaux,
animaux très-lascifs. L'Aphron (3), petit
poisson de mer qu'on nommoit aussi
Aphrya ou Aphya, étoit censé chéri de

---

(1) Euripides in Troadibus, vers. 989.
(2) Eustath. Commentar. in Homeri Iliad. lib. 3.
pag. 414. lin. 37.
(3) Athen. Deipnosophist. lib. vii. cap. xxi.
pag. 325. B.

Vénus,

Vénus, à cause de ce vain rapport de nom. Il y avoit aussi un coquillage que les pêcheurs appelloient, selon (1) Hésychius, *Oreille de Vénus*. Il seroit très-facile de grossir le nombre de ces exemples; mais je ne veux point compiler des livres qui sont entre les mains de tout le monde.

Pour peu qu'on soit initié dans la Mythologie des Grecs, on doit s'appercevoir du peu d'accord de leurs Légendes. Suivant une autre tradition, Vénus n'aborda pas à l'isle de Cypre tout de suite après sa naissance, elle demeura même assez long-tems dans la mer, & n'en sortit que pour monter au ciel. Pendant son séjour dans cet élément, elle vécut (2) avec Néritès, en fit son ami, & se divertit beaucoup avec lui. Ce Néritès étoit fils de Nérée & de Doris, fille de l'Océan. Il étoit plus beau que les hommes, & même que les Dieux. Lorsque fut arrivé le tems prescrit par les destins où Vénus devoit prendre place parmi les Dieux, j'ai ouï dire, continue Elien, qu'en montant au ciel, elle voulut emmener avec elle son compagnon de jeu; mais qu'il ne voulut pas la suivre, & qu'il préféra la compagnie de ses parens & de ses sœurs

(1) Hésychius Voc. ἒς Ἀφροδίτης.
(2) Ælian. de Naturâ Animal. lib. XIV. cap. XXVIII. pag. 811.

E

au féjour de l'Olympe. Vénus lui avoit offert auffi des aîles; mais ayant rejetté cette faveur, la Déeffe indignée le changea en un coquillage de même nom, & prit, pour l'accompagner au ciel, Eros (l'Amour), jeune & beau, ainfi que Nérités, & lui donna les aîles qu'elle avoit deftinées à celui-ci. Elien rapporte encore dans le même chapitre une autre tradition fur ce Nérités; mais comme elle n'a aucun trait à Vénus, je ne crois point devoir en parler. L'Auteur de l'*Etymologicum Magnum* l'appelle (1) *Anérités*, & nous apprend que ce nom vient de Nérée, Dieu Marin. Il fe nomme ainfi, ajoute-t-il d'après Hérodien, non point par un pléonafme, mais par une paragoge, c'eft-à-dire, une extenfion de nom.

J'ai fait mention un peu plus haut de la naiffance de Vénus dans la mer, Héfiode eft le premier Poëte qui l'ait décrite. Après avoir raconté l'attentat de Saturne contre fon pere Uranus, que feu M. le Comte de Caylus (2) attribuoit mal-à-propos à Jupiter, il parle en ces

---

(1) Etymologic. Magn. Voc. Ἀνηρίτης.
(2) Mémoires de l'Académie des Belles-Lettres, tom. 30. pag. 448. La plupart des Ecrivains qui ont parlé de la Mythologie font d'accord là-deffus. Arnobe (adverfus Gentes, lib. v. pag. 143.) a dit: *numquid ex pelagi fpumâ & ex Cœli genitalibus amputatis Cythereiæ Veneris concretum coaluiffe candorem?*

termes de la maniere dont elle naquit. « Une écume (1) blanche fortie du corps » immortel produifit une jeune fille, qui » portée d'abord à l'ifle de Cythere, fe » rendit enfuite à celle de Cypre, où » aborda cette aimable Déeffe ».

J'ai prouvé ci-deffus que cette fiction étoit une allégorie fous laquelle les Philofophes Orientaux avoient voilé leur fyftême fur l'origine du monde. Je ne dois pas omettre cependant l'explication qu'en donne Fulgentius, quoiqu'elle foit moins fûre. (2) *Illud nihilo minus oftendere volens poetica vanitas quod Saturnus græcè* Κρόν⊙ *dicitur ;* χρόν⊙ *enim græcè tempus vocatur. Abcifæ ergo vires temporis, id eft, fructus falce quam maximè, atque in humoribus vifcerum, velut in mare projectæ, libidinem gignant neceffe eft. Saturitatis enim abundantia libidinem creat.* Quoi qu'il en foit de cette explication, cette defcription donna occafion aux plus habiles Artiftes de la Grece de repréfenter à l'envi les uns des autres la Déeffe fortant de la mer. M. le Comte de Caylus penfoit qu'Apelle (3) étoit le premier qui l'eut fait, Cependant

(1) Hefiodi Theogonia, vers 191,
(2) Fulgent Mythologicon, lib. 11. pag. 669.
(3) Mémoires de l'Académie des Infcriptions & Belles-Letrres, tome 30. pag. 448.

E ij

nous avons une (1) Ode d'Anacréon sur
un disque où elle étoit ainsi représentée.
Il est vrai que Tannegui le Febvre ne
croyoit pas cette Ode l'ouvrage d'Anacréon; mais il manquoit à ce critique savant & ingénieux, d'avoir sacrifié aux
Graces. Elle est certainement marquée
au coin de ce Poëte aimable, & tous les
Ecrivains l'ont reconnue pour être de lui.
Vénus étoit ciselée sur ce disque, & non
point peinte, comme l'avance M^de Dacier. C'étoit un chef-d'œuvre, & l'Artiste
qui l'avoit exécuté étoit sans doute ins-
piré, pour me servir de l'expression d'Anacréon. On voyoit sur ce disque la mer,
Vénus au milieu; mais les flots couvroient ce que la pudeur ne permet pas
de montrer. La Déesse paroît fendre les
ondes avec ses belles épaules, & brille
comme un lys parmi des violettes. Autour d'elle sont des Dauphins & une infinité d'autres poissons qui sautent de joie.
Elle prend beaucoup de plaisir à leurs di-
vertissemens.

On représentoit aussi la Déesse portée
sur une conque; ce qui a donné occasion
à Properce de dire :

(2) *Et venit Rubro concha Erycina salo.*

---

(1) Anacreont. Od. 51.
(2) Propertii lib. III. Eleg. 13. vers. 6.

& à Martial :

(1) *Lævior, ô conchis, Galle, Cytheriacis.*

On peut confulter les figures de l'Antiquité Expliquée par Dom de Montfaucon.

Mais paffons à la Vénus d'Apelle. Il y avoit, dit (2) Strabon, dans le fauxbourg de Cos, patrie d'Hippocrate, un Temple d'Efculape, orné de riches offrandes, & entr'autres d'un tableau d'Apelle, repréfentant Vénus Anadyomene, ou fortant de la mer. On affure, ajoute ce Géographe, qu'on fit aux habitans de Cos, pour cette Vénus, une remife de cent talens fur le tribut qu'ils payoient. Ce tableau paffa à Rome, & fut dédié au Dieu Céfar par Augufte, parce qu'il regardoit la Déeffe comme l'Auteur de fa race. Pline remarque auffi (3) qu'il fut confacré dans le Temple de Jules Céfar, qui étoit fur le *Forum Cæfaris* c'eft-à-dire, dans le huitieme quartier de Rome. *Venerem exeuntem mari Divus Auguftus dicavit in delubro Patris Cæfaris, quæ Anadyomene vocatur.*

Des Auteurs prétendent que (4) Cam-

---

(1) Martial. lib. 11. Epigram. 47.
(2) Strabo lib. xiv. pag. 971. C. 972. A.
(3) Plin. Hiftor. Natural. lib. xxxv. cap. x. tom 11. pag. 696.
(4) Idem ibidem.

E iij

palpé, maîtresse d'Alexandre, servit de
modele. Ce Prince s'étant apperçu de
l'amour du Peintre, la lui céda généreu-
sement. D'autres disent (1) qu'Apelle ré-
présenta Phryné. Cette Courtisanne se
dépouilla de ses habits, & ayant détaché
sa chevelure, elle se baigna dans la mer,
à la vue de tous les Grecs que la Fête
de Neptune avoit attirés à Eleusis. Apelle
la peignit en cet état. C'est ce tableau
qui donna dans la suite occasion à Ovide
de dire :

(2) *Si Venerem Cous nusquam posuisset Apelles,*
Mersa sub æquoreis illa lateret aquis.

Auguste, comme je l'ai remarqué
d'après Strabon, consacra (3) ce tableau
dans le temple de César son pere. Mais
la partie inférieure du tableau s'étant gâ-
tée, on ne trouva aucun Peintre capable
de la réparer. Ce malheur tourna à la
gloire de l'Artiste. Ce tableau tomba de
vétusté. Néron y en substitua un autre
de la main de Dorothée. François Junius
l'a oublié dans son Catalogue des Peintres Anciens.

Pline paroît mettre au-dessus de ce

(1) Athen. Deipnosoph. lib. XIII. c. VI. p. 590. F.
(2) Ovid. Ars Amator. lib. III. vers. 401.
(3) Plin. Histor. Natural. lib. XXXV. cap. X. tom.
II. pag. 696. lin. 31.

chef-d'œuvre les vers grecs qui l'ont cé-
lébré; mais l'ingénieux Comte de Caylus
croit avec raison (1), ce me semble, qu'il
faut lire dans cet Auteur : *Verfibus græcis tali opere, dum laudatur*, non *victo
fed illuftrato*, au lieu de *victo*. La parti-
cule négative aura échappé aux Copiftes.
Ces vers dont nous parle Pline, font probablement ces Épigrammes qu'on lit dans
l'Anthologie, livre IV. chap. XII. page
326 de l'édition toute grecque d'Henri
Eftienne, & qui véritablement font fort
belles. M. le Comte de Caylus en a donné
une traduction dans fon Mémoire ; on
peut la confulter, ainfi que les remarques
de goût dont il a accompagné la defcription du tableau d'Apelle. Mais je
crois devoir me borner à l'hiftorique,
felon le plan qui m'a été tracé par l'Académie, & j'ai tâché d'être le plus abon-
dant poffible dans cette partie, qui a été
à-peine effleurée par ce célèbre Acadé-
micien.

Apelle (2) avoit commencé une autre
Vénus pour les habitans de Cos ; mais
elle refta imparfaite à fa mort; la beauté
du vifage fit perdre aux autres Peintres
l'envie de l'achever.

___

(1) Mémoires de l'Académie des Belles-Lettres,
tom. XXX. pag. 443.
(2) Plin. ibid. p. 697. Cicero de Officiis l. III. §. 2.

Venus Anadyomene est représentée dans l'Antiquité Expliquée de Dom de Montfaucon, tome I. pl. 99, sortant de la mer & exprimant l'eau de ses beaux cheveux. On pourroit croire que c'est une imitation du tableau d'Apelle, ou du moins, d'une copie de ce tableau. C'est ainsi que le décrit Antipater de Sidon, qui vivant avant qu'on l'eut transporté à Rome, pouvoit l'avoir vu. « Voyez (1) » Vénus sortant du sein de la mer qui » vient de lui donner le jour ; c'est l'ou- » vrage du pinceau d'Apelle. Voyez » comme elle saisit de ses belles mains » sa chevelure toute trempée, & comme » elle en exprime l'écume. Minerve & » Junon disent actuellement elles-mêmes : » *Vénus, nous ne vous disputons plus le* » *prix de la beauté.* »

Dans un marbre (2) de la maison Matthéi à Rome, la Déesse est soutenue sur une coquille par deux Tritons qui semblent épris d'admiration, dit Dom de Montfaucon ; je dirois plutôt d'amour ; car cette passion est peinte sur leurs visages. Elle exprime aussi l'eau de ses cheveux comme dans la figure précédente. On la

---

(1) Anthologia Græca, lib. IV. cap. XII. pag. 326. J'ai suivi dans la premiere ligne la traduction de feû M. le Comte de Caylus ; je m'en suis écarté dans le reste.

(2) Antiquité Expliquée. Tom. I. planche 99.

voit dans la planche 100. environnée de
Néréides, de Tritons, de Chevaux Ma-
rins &c. Cela me rappelle ces vers du
Pervigilium Veneris:

> *Tunc cruore de superno ac*
> *Spumeo pontus globo*
> *Cærulas inter catervas,*
> *Inter & bipedes equos*
> *Fecit undantem Dionen*
> *In marinis fluctibus.*

On la repréſentoit auſſi portée ſur le
cou d'un Triton, comme le dit Nonnus au
premier livre des Dionyſiaques, vers 59 ;
mais comme les Mythologues ne s'accordent pas toujours entr'eux, ni avec eux-
mêmes, ce Poëte (1) la décrit encore
aſſiſe ſur le dos d'un Dauphin.

Il eſt inutile de parler des autres figures de Vénus Anadyomene qu'on trouve
dans l'Antiquité Expliquée & ailleurs. Ce
ſeroit groſſir ce Mémoire de choſes qui
ne donneroient que la peine de les copier.
Mais je ne dois pas omettre que ſur la
baſe du Trône de Jupiter à Olympie, il
y avoit une (2) Vénus qui étoit, au ſortir
de la mer, reçue par l'Amour & couronnée par Pitho, la Déeſſe de la perſuaſion.

_____

(1) Nonnus Dionyſiacorum, lib. XIII. verſ. 443.
(2) Pauſanias Eliacorum prior. ſive lib. V. cap.
XI. pag. 403.

Les Athéniens font peut-être les premiers qui aient représenté Vénus avec cette Déeffe. Confultez ci-deffus, *page 78*, ce que j'ai dit fur cette allégorie.

Dans le Temple de Neptune à Corinthe, l'on voyoit ce Dieu (1) fur un char avec Amphitrite. La Bafe, qui foutenoit ce char, étoit ornée de bas-reliefs, parmi lefquels étoit une Vénus encore enfant, fortant de la mer, & environnée de Néréides. C'étoit un préfent d'Hérode Atticus.

Je crois devoir encore ajouter que la célébrité du tableau d'Apelle avoit donné occafion aux Ecrivains poftérieurs de comparer à cette Vénus les belles perfonnes dont ils vouloient faire l'éloge. Ainfi (2) Chariton d'Aprodifium , voulant louer Callirrhoë qui arivoit par mer à Syracufes, la compare à Vénus Anadyomene. Ainfi, dans les Lettres d'Arifténete, le Pêcheur qui gardoit les habits d'une jeune fille qui fe baignoit dans la mer, fait ufage (3) de la même comparaifon.

Cette Déeffe étant née de la mer, il étoit naturel qu'elle préfidât à cet élément. C'étoit fans doute cette raifon qui

_____

(1) Idem Corinthiac. five lib. 11, cap. 1. pag. 113.
(2) Chariton. de Chæreâ & Callirrhoë Amor. lib. VIII. pag. 140.
(3) Arifitæneti Epiftolæ , lib. 1. Epift. VII. p. 19.

avoit déterminé à lui élever tant de Temples sur les bords de la mer. On en voyoit un (1) à Patres en Achaïe, près du Théâtre, avec la statue de la Déesse en marbre blanc. Il y en avoit un autre dans la même Ville (2), près du Port & du Temple de Neptune, avec deux statues, dont l'une avoit été tirée de la mer, avec un filet, avant le siécle de Paufanias. Tout contre le port étoit une piece de terre confacrée à la Déesse, avec une Statue, dónt la tête & l'extrémité des pieds & des mains étoient de marbre, & le reste de bois. Sur le bord de la mer (3) il y avoit un bois avec une Chapelle de la Déesse, & fa Statue en marbre. On lit dans l'Anthologie, non encore imprimée, une Epigramme, où un certain Aëximénès dédie à Vénus une belle Statue, pour qu'elle foit la gardienne de la navigation.

Après Nicopolis (4) & Zéphyrium fur la côte d'Egypte, entre Canope & Alexandrie, il y avoit un promontoire avec une chapelle de Vénus-Arsinoë. Le Promontoire s'appelloit Zéphyrium, fi l'on doit en croire Etienne de Byzance, au mot

---

(1) Paufanias Achaic. five l. VII. cap. XX p. 575.
(2) Idem ibid. cap. XXI. pag. 577.
(3) Idem ibidem.
(4) Strabo, lib. XVII. pag. 1052. B.

E vj

Ζεφύριον. La Déesse avoit pris delà le nom
de Zéphyritis. Elle est ainsi nommée dans
une Epigramme de Callimaque, que nous
a conservé Athénée, & qui se trouve la
cinquieme dans l'édition de ce Poëte,
donnée par M. Ernesti. D'ailleurs personne
n'ignore ce vers de Catulle *de Comâ Be-*
renices, vers. 57.

Ipsa suum Zephyritis eo famulum legarat.

Un Capitaine de vaisseau, nommé Cal-
licrate, avoit élevé ce Temple en son honneur, comme nous l'apprenons de (1)
Posidipe. « La Déesse, dit ce Poëte, ac-
» cordera une heureuse navigation à ceux
» qui l'invoqueront, & même au fort de
» la tempête, elle *adoucira* les flots
» irrités ». L'expression grecque ἐκλιπανεῖ
πέλαγος *pinguefaciet mare*, peut signifier
rendra la mer douce ; mais elle me paroît
manifestement faire allusion à cette belle
découverte des Anciens qui a été renouvellée de nos jours. On sait qu'en versant
de l'huile sur les flots agités, la mer re-
devient calme. Plutarque (2) se demande
dans ses Questions Naturelles, pourquoi
en répandant de l'huile dans la mer, elle
reprend sa transparence & sa sérénité ac-

_____

(1) Anthologia Græca, ex editione Henrici Ste
phani, pag. 520.
(2) Plutarchi Quæstion. Natural. pag. 214. E.

coutumées ? Pline avoit dit (1) avant lui
mare oleo tranquillari. Cette expérience,
qui s'étoit en quelque forte effacée du fou-
venir des hommes, a été découverte ou
renouvellée en ce fiécle. Elle eft dûe aux
foins & à la fagacité du Docteur Franklin,
non moins habile Phyficien que bon Citoyen, & qui, dans des occafions délicates,
a foutenu & foutient encore avec fer-
meté les intérêts de fa Patrie contre ceux
qui cherchent à l'opprimer. On afiure
cependant qu'un Capitaine Hollandois,
furpris en pleine mer d'une violente tempête, avoit fait répandre un tonneau
d'huile à l'entour de fon vaiffeau ; & qu'à
l'inftant la mer étoit devenue calme aux
endroits où l'on avoit verfé l'huile, tandis, que le refte de la mer continuoit à
être violemment agité.

Cette Vénus Arfinoë reffemble à Vénus Stratonicis, à Vénus Drufille, & à
tant d'autres dont je parlerai dans la fuite ;
je veux dire que la flatterie avoit fait
donner à cette Princeffe le furnom de Vénus, & qu'on lui avoit par le même principe élevé un Temple.

L'Empire que la Déeffe avoit fur la mer
lui avoit fait donner le nom de *Marina* par
(2) Horace, & par Nonnus ceux de (3)

_____

(1) Plin. Hift. Natural. l. II. c. CIII. p. 122. lin. 6.
(2) Horat. Carm. lib. III. od. 26.
(3) Nonnus Dionyfiacorum, lib. VI. vers. 308.

Θαλασσαίη, (1) Ειναλίη, (2) Βρυχίη qui signi-
fient la même chose. Peut-être faut-il
rapporter à cette Vénus celle qui étoit
surnommée Salacia; nom qu'on donnoit
aussi à Amphitrite, quoique Servius prétende, comme je l'ai (3) remarqué, que
sous cette dénomination, elle étoit proprement la Déesse des Courtisannes. On
peut joindre à ces Vénus celle dont il est
fait mention dans une Inscription de Réi-
nésius (4) *Veneri Pelag.* Ce Sçavant la
croyoit la même que Vénus Anadyomene.
Cependant Artémidore les distingue très-
bien. Lorsqu'Anadyomene, dit-il, (5) est
vue en songe par un Pilote, ou par des
Matelots, ou par des Navigateurs, ou
par quelqu'un qui veut entreprendre un
voyage par mer, elle leur présage une
heureuse navigation; mais Vénus Péla-
gia annonce des tempêtes & des naufra-
ges; cependant elle conserve ceux à qui
elle a apparu en songe.

Il ne sera pas hors de propos de rapporter une historiette qui prouve l'empire
que l'on croyoit qu'elle exerçoit sur cet
élément. Hérostrate citoyen de Naucrate,
acheta (6) à Paphos une petite Statue an-

---

(1) Idem lib. XXXIV. vers. 53. & passim.
(2) Idem lib. XLIII. vers. 423.
(3) Page 86.
(4) Reinesius Inscript. XCIII. Classis 1. pag. 127.
(5) Artemidor. Oneirocritic. lib. II. cap. XLII.
(6) Athen. Deipnosoph. lib. XV. cap. VI. p. 676. A.

cienne de Vénus. Ses affaires terminées, il retourna à Naucrate. Lorsqu'il fut près des côtes d'Egypte, il fut acueilli d'une tempête qui mit le vaisseau à deux doigts de sa perte. Les passagers & les Matelots se réfugierent auprès de la Statue de la Déesse. A l'instant il parut beaucoup de myrtes, qui répandirent une odeur agréable, & rendirent l'espérance aux Matelots. Les vents s'appaiserent, le soleil reparut, & le vaisseau entra heureusement dans le port de Naucrate. Hérostrate consacra cette Statue dans le Temple de Vénus avec les myrtes, fit un festin à ses parens & à ses amis, & leur donna à chacun une couronne de myrte.

La Déesse présidoit aussi aux ports (1), & étoit adorée par cette raison sous le nom de Limnesia. Elle avoit (2) à Hermione un Temple sous ceux de Pontia & de Limenia, c'est-à-dire, qui préside à la mer & aux ports, où étoit sa Statue en marbre blanc, qui méritoit d'être vue par sa grandeur & la beauté de l'exécution.

Elle avoit dans la même Ville (3) un

_____

(1) Servius ad Virgilii Æneid. lib. 1. vers. 720 .
(2) Pausanias Corinthiac. sive lib. 11. cap. XXXIV. pag. 193
(3) Idem ibid.

autre Temple , où alloient facrifier les
filles avant leurs noces, & les veuves qui
vouloient fe remarier. Peu loin de cette
Ville,'il y en avoit encore un autre connu
fous le nom de Vénus Nympha (jeune
mariée). Théfée (1) le fit bâtir lorfqu'il
époufa Hélene. Héfychius parle auffi d'une
Vénus Epipontia, mais fans nous apprendre en quel pays elle étoit adorée.

Il y avoit fur le bord de la mer une
Statue de Vénus, le vifage tourné du côté
de la mer. Anyte l'a célébrée par cette
Infcription : « Ce (2) lieu eft confacré à
» Vénus, puifqu'elle fe plaît toujours à
» voir la mer de deffus le rivage, afin
» de favorifer la navigation des Nauton-
» niers. La mer, en voyant cette belle
» Statue, craint de s'irriter. » Je conjecture que cette ftatue étoit à Epidaure,
dans le Péloponnefe, parce qu'Anyte étoit
de cette Ville, & que les femmes voya-
gent rarement.

Il faut joindre à ces Vénus, les Vénus
Acræa, ainfi nommées, parce que leurs
Temples étoient bâtis fur des promontoires ; car Ακραία (3) vient de ἄκρη. Junon étoit
auffi connue fous ce nom , & Jupiter fous

(1) Idem Corinthiac. five lib. 11. c. xxxII. p. 188.
(2) Pœtriarum octo Erinnæ, Myrus, &c. Fragmenta
pag. 92.
(3) Euftath. in Homeri Odyff. lib. 1, tom. 11,
pag. 1403. lin. 64.

celui d'Άκριος , qui signifie la même chose,
mais qui vient d'Άκρις *summitas*.

J'ai parlé d'un Temple de Vénus Acræa
à l'occasion du culte rendu à cette Déesse
dans l'Isle de Cypre. Hésychius (1) en
nomme un autre à Argos. Il y en avoit
un troisieme à Trœzene ; car Sylburge a
très-bien vu qu'il falloit lire άκραία au lieu
d'Acκραία. Il y en avoit un autre à (3)
Cnide , & c'étoit le second Temple
qu'avoit la Déesse en cette Ville.

Le plus ancien Temple de la Déesse
à (4) Cnide étoit celui de Vénus Doritis,
ou plutôt, de Vénus Doris ; car je pense
qu'il faut lire Δωρίδος dans le passage de
Pausanias ; de Vénus Doris, c'est-à-dire,
Dorienne. On sait que Cnide (5) étoit
une colonie des Lacédémoniens , qui
étoient Doriens. L'Abbé Gédoyn, Traducteur de Pausanias, assure que cette
Vénus est appellée Doris par Tatien ;
mais cet Auteur n'en dit pas un mot.

Le troisieme & dernier Temple de Vénus en cette Ville s'appelloit communément le Temple de Vénus Cnidienne ;
mais les Cnidiens le nommoient eux-

(1) Hesych. voc. Ακρία , & ibi not.
(2) Pausan. Corinthiac. sive lib. II. cap. XXXII.
pag. 187.
(3) Idem Attic. sive lib. I. cap. I. pag. 4.
(4) Idem Ibidem.
(5) Herodot. lib. I. §. 174.

mêmes le Temple de (1) Vénus Euplœa;
c'est-à-dire, de l'heureuse navigation. La
Statue de la Déesse étoit l'ouvrage (2) de
Praxitele, comme nous l'apprend Posidippe
dans son Histoire de Cnide. Ce Statuaire
avoit pris pour modele Cratine sa maîtresse, d'autres (3) disent Phryné. Cela
n'a rien de surprenant. Pareille chose arrive encore de nos jours à nos Sculpteurs
& à nos Peintres, lorsqu'ils ont des statues
ou des portraits d'imagination à faire.
Aussi Clément d'Alexandrie a tort, ce me
semble, de remarquer que Praxitele (4)
avoit fait cette Déesse ressemblante à Cratine, afin de rendre sa maîtresse l'objet
de l'adoration publique. Le même Pere
ajoute que tous les Peintres qui vouloient représenter Vénus, prennoient pour
modele Phryné, fameuse courtisanne de
Thespis, d'une grande beauté. Arnobe
se contente (5) de copier Clément
d'Alexandrie.

Praxitele avoit (6) fait deux Vénus,

---

(1) Pausanias ibidem.
(2) Clemens Alexandrin. in Protreptico, tom.
pag. 47.
(3) Athen. Deipnosophist. lib. XIII. cap. VI. pag.
591. A.
(4) Clemens Alexandrin. loco superius laudato.
(5) Arnobius adversus Gentes l. VI. p. 198 & 199.
(6) Plin. Histor. Natural lib. XXXVI. cap. V.
tom. II. pag. 726. lib. VII. cap. XXXVIII. tom. I.
pag. 396.

l'une vêtue & l'autre nue. Elles étoient
de même prix. Il en laissa le choix aux
habitans de Cos, qui donnerent par pudeur la préférence à la premiere. Ces nu-
dités choquent les gens honnêtes, &
comme l'a très-bien remarqué Arnobe (1),
formatur & fingitur Venus nuda & aperta,
tanquam si illam dicas publicare, divendere
meritorii corporis formam. Theodoret dé-
clame aussi avec beaucoup de force contre
ces infames Statues : on peut consulter
Serm. 3, de Diis, Angelis & Dæmoni-
bus, pag. 50.

La seconde fut vendue aux Cnidiens.
C'est celle dont je viens de parler. C'étoit
le plus bel ouvrage, je ne dis pas de
Praxitele, mais qu'il y eut dans le monde
entier. On venoit de toutes parts à Cnide
pour la voir. Nicomede, Roi de Bithynie,
offrit de payer les dettes de cette Ville,
qui étoient immenses, à condition qu'on
la lui céderoit. Les Cnidiens aimerent
mieux s'exposer à tout, que de s'en défaire. Pline approuve leur conduite, &
ajoute que cette Statue immortalisa la Ville
de Cnide. La plus grande preuve que
l'on puisse donner de sa beauté, dit-il au
même endroit, c'est qu'on ne parloit que
d'elle, quoiqu'il y eût à Cnide beaucoup
d'autres belles Statues. Cette Vénus ca-

_____

(1) Arnob. adversus Gentes lib. VI. pag. 197.

choit en partie de la main ce que la pudeur ne permet pas de montrer. (1) *Lœva
femi reductâ manu*. Cette attention des
Statuaires Grecs perfuade à M. Gori que
la Vénus toute nue qu'il rapporte, planche 43, de la premiere claffe du *Mufeum
Etrufcum*, eft un ouvrage Etrufque.

Le Temple de la Déeffe eft entiérement
ouvert, afin qu'on puiffe voir fa Statue de
tous côtés. On affure qu'un jeune homme
en fut tellement épris, que s'étant caché
la nuit dans le Temple, il laiffa fur la Statue
des marques de fa lubricité, *ejus cupidita-
tis indicem maculam*. Clément d'Alexandrie (2) tranche le mot ; μίγνυται τῆ λίθῳ
coïvit, *copulatus eft*. Valere Maxime raconte auffi le même trait, livre VIII,
chap. XI, Extern., §. 4. Lucien en parle
amplement, & ne laiffe rien à defirer fur
cette Statue, & fur le Temple où elle
étoit. On peut le confulter *in Amoribus*,
§. 11, 12, &c. Tom. 2, pag. 408, &c.
In Imaginib., §. 4, pag. 462. *Pro Imaginibus*, §. 23, pag. 503.

Auprès de cette Vénus, il y avoit (3)
des coquillages pour lefquels on avoit
beaucoup de refpect. C'étoient des Eché-

---

(1) Ovid. de Arte Am. lib. 1. verf. 614.
(2) Clemens Alexandrin. in Protreptico, pag.
51. lin. 5.
(3) Plin. Hiftor. Natural. lib. IX. cap. XX.
Tom. 1, pag. 514.

néis ou Remora, qui ont la réputation
d'arrêter les vaiſſeaux où ils s'attachent.
Périandre avoit envoyé à Créſus trois
cens jeunes Corcyréens pour les rendre
eunuques. Les Echénéis arrêterent le vaiſ-
ſeau qui les portoit. Les enfans furent ſau-
vés, & les Cnidiens eurent depuis ce tems
beaucoup de vénération pour ce coquillage. Mais Hérodote raconte d'une maniere plus vraiſemblable ce trait d'hiſtoire.
Voyez, liv. III, § 48.

Il y a dans l'Anthologie (édition toute
grecque d'Henri Eſtienne, pag. 323,)
ſept épigrammes fort jolies ſur cette Vénus de Praxitele. Dans l'une, la Déeſſe
vient à Cnide pour voir ſa Statue, & après
l'avoir contemplée, elle demande où
Praxitele l'avoit conſidérée nue. Dans
une autre, Pallas & Junon s'écrient, après
avoir vu cette ſtatue : c'eſt à tort que nous
nous plaignons de Pâris.

Le même Praxitele (1) avoit fait une
autre Statue de Vénus en bronze, qui
paſſoit pour être auſſi belle que celle de
marbre, & dont la réputation étoit la même, quoiqu'il fût plus heureux à manier le
marbre qu'à jetter le bronze en fonte. Elle
avoit été placée devant le Temple de la
Félicité, à Rome, qui avoit été élevé (2)

(1) Idem lib. xxxiv. cap. viii. tom. 11. pag. 653.
(2) Dio Caſſius lib. xliv. §. v. pag. 383.

fur le terrein de la Curie Hoftilia, & qui par conféquent étoit dans le fecond quartier. Elle périt dans l'incendie de ce Temple, qui arriva fous l'Empire (1) de Claude.

La pofition d'Ancone fur le bord de la mer indique que la Déeffe, qui y étoit adorée, étoit une Vénus Marine.

Ante domum Veneris quam Dorica fuftinet Ancon,
Juvenal Sat. IV. vers. 40.

Nunc ó cæruleo creata ponto
Quæ fanctum Idalium, Syros que apertos,
Quæ que Ancona. . . . .
Colis. . . . . . Catullus 36, 11.

Mais je ne fache aucune particularité qui rende cette Vénus recommendable. J'en dis autant de celle de Dyrrachium, autrement Epidamne, Ville commerçante fur la mer Adriatique.

Quæque Dyrrachium Hadriæ tabernam.
Catull. 36, 15.

Vénus étoit encore appellée γαληναία (2) *ferena*, par rapport à l'élément auquel elle préfidoit, & à la protection qu'elle accordoit aux navigateurs ; car elle étoit un Dieu tutélaire de la navigation. On peut joindre aux preuves que j'en ai

(1) Plin. loco fuperius laudato.
(2) Analecta veterum Poetarum Græcorum, tom. II. pag. 89 xxiv. verf. 1.

déja données celle-ci : on lit dans une Epigramme de Cnæus Lentulus Gætulicus, que M. Réiske a publiée le premier dans les *Miscellanea Lipsiensia Nova*, tom. IX, pag. 102. « Vous qui » présidez au rivage de la mer, Déesse, » recevez ces gateaux . . . . » Au sixieme vers de la même épigramme, le Poëte ajoute : « Cypris, qui régnez sur la couche » nuptiale & sur le rivage ». De-là l'épithete de φιλορμίστειρα, qui conduit les navigateurs dans le port.

(1) Κύπρι φιλορμίστειρα, φιλόρχιε, σῶζέ με ;
     Κύπρι
   Ρωμαϊκοὺς ἤδη, Δεσπότι, πρὸς λιμένας.

« Vénus qui protégez les navigateurs, » & qui aimez les fêtes, conduisez-moi » sain & sauf, O ma Maîtresse, dans les » ports des Romains ! » C'est par cette raison qu'on la trouve souvent appellée dans les anciens monumens σωτὴρ & σώτειρα Sauveur. Il est bon d'observer que Vénus n'étoit pas le seul Dieu connu, à qui l'on donnât cette épithete. Minerve étoit adorée à Athenes sous le nom de Σώτειρα, & l'on n'en est point surpris. Mais Proserpine l'étoit aussi dans la même Ville, sous la même dénomination. Voyez Ammonius au mot κορύδαλος. Il y a aussi une

(1) Ibid vers. 7.

Médaille dans Erizzi, pag. 159, avec cette Inscription Κόρην Σώτειρα Κυζικηνων.

A Bolos (1), lieu propre à la pêche sur le Bosphore de Thrace, il y avoit un temple de Vénus Placida. On pensoit en cet endroit qu'elle donnoit des vents favorables, & qu'elle les appaisoit quand ils étoient en fureur.

Vénus étoit fille de Jupiter & de Dioné, suivant une autre tradition, comme nous l'avons observé plus haut. Cela n'empêcha pas ce Dieu d'en devenir épris; mais elle sut (2) se soustraire à ses pourfuites. La terre reçut en son sein la marque de la grande ardeur du Dieu, & enfanta les Centaures.

Homere l'appelle toujours dans l'Iliade & l'Odyssée, Fille de Dioné. Théocrite dit aussi (3) Διώνας πότνια κόρα, respectable fille de Dioné. Ailleurs il se sert du patronymique Διωναία : (4) Κύπρι Διωναία Cypris fille de Dioné, & Arnobe (5) Dioneia Venus proles. Cette Dioné étoit une des Néréides, & petite fille de (6)

(1) Excerpta ex Dionysii Byzantii Anaplo Bospori Thracii, pag. 8.
(2) Nonnus Dionysiacorum, lib. XXXII. verf. 71.
(3) Theocrit. Idyll. XVII. 36.
(4) Idem Idyll. XV. 106.
(5) Arnobius adversus Gentes, lib. I. pag. 20.
(6) Apollodor. lib. I. cap. II. §. 7. cap. III. §. 1.

l'Océan

l'Océan, & par conféquent, différente de (1) Dioné fille de l'Océan. Cependant le Scholiafte (2) d'Héſiode dit poſitivement que cette Dioné n'étoit point la mere de Vénus. Quoi qu'il en ſoit, les Poëtes prennent ſouvent Dioné pour Vénus elle-même :

> (3) *Cras Dione jura dicit*
> *Fulta ſublimi throno.*

Symmaque a dit auſſi : *flos ſiderum Dione* (4).

Elle épouſa Vulcain, mais elle ne lui garda pas la fidélité conjugale. Elle aima des Dieux & même des hommes. On connoît ſes amours avec Mars, Mercure, Boutès, Adonis, Anchiſe, &c. Ce dernier faiſoit paître ſes bœufs ſur le mont Ida. Ce qui a fait dire au ſecond Philoſtrate (5), que Vénus avoit aimé des Bouviers, *Bubulcorum amans*. Ce fut ſans doute pour perpétuer la mémoire de cet Amour, qu'on éleva un Temple (6) de Vénus près du tombeau d'Anchiſe en Arcadie, où les Arcadiens prétendoient que ce Prince étoit mort. On n'en voyoit plus que les ruines du tems de Pauſanias. L'Auteur

---

(1) Id. Lib. I, Cap. I. §. 3.
(2) Scholiaſtes Heſiodi in Theogoniam, pag. 216. Baſileæ. 1542. in-8°.
(3) Pervigilium Veneris, verſ. 15.
(4) Symmach. lib. 1. Epiſt. VIII.
(5) Philoſtrat. Epiſt. XXXIX. pag. 930.
(6) Pauſan. Arcadic. ſive lib. VIII. c. XII. p. 625.

F

de l'*Etymologicum Magnum* (1) assure
cependant que cette fable avoit été imaginée, parce que Βουκολεῖν signifie tromper. Ainsi Vénus, *qui aime les Bou-*
viers, ne seroit autre chose, selon cet
Auteur, que Vénus la Trompeuse. Mais
en voilà assez sur les Amours de la Déesse.
Ces fables, dit (2) Platon, sont d'un
trop mauvais exemple.

Je passerai pareillement sous silence
le filet dont l'enveloppa son mari. On
sait que le Soleil découvrit ses amours
à Vulcain. Cette aventure avoit exercé
le pinceau des Peintres, & l'on voit dans
l'Anthologie (3) une Epigramme sur
un tableau où elle étoit représentée;
Epigramme que je vais mettre sous les
yeux de l'Académie, afin de relever une
bévue de Brodeau. « Le Peintre a peint
» Mars & Vénus s'embrassant étroite-
» tement au milieu de leur apparte-
» ment. Le Soleil entre par une porte,
» & stupéfait à cette vue, il ne sait
» quel parti prendre. Jusqu'à quand, ô
» Soleil, conserveras-tu ta colere? Ne
» pourras-tu donc t'empêcher de la

(1) Etymologicum Magn. Voc. Παφία.
(2) Plato de Republicâ lib. 3. tom. 11. pag. 390.
C. Il y a dans cet Auteur : De telles choses ne me
paroissent point utiles.
(3) Anthologia Græca, lib. IV. cap. XII. pag. 322.
ex Edit. Henr. Stephani. Voyez aussi l'édition de
Brodeau, page 462.

» faire paroître fur la cire, toute inani-
» mée qu'elle eſt? »

L'Auteur, quel qu'il ſoit, des Titres
de la plupart des Epigrammes de l'Anthologie, s'eſt imaginé que le Poëte avoit
voulu parler de ſtatues de cire de Mars
& de Vénus, & ſuivant cette idée, il
a mis en Titre, εἰς ἄγαλμα Ἄρεως καὶ Ἀφροδίτης ſur une Statue de Mars & de Vénus. Brodeau, qui l'a ſuivi, interprete
ces mots ἐπὶ κηρῶ in Cereas Martis &
Veneris Imagines. Ce Commentateur
ne s'eſt point apperçu qu'il étoit ici queſtion de la ſorte de peinture Encauſti-
que qui ſe faiſoit avec de la cire : En-
cauſto (1) pingendi duo fuiſſe antiqui-
tus genera conſtat, cerâ & in ebore, &c.
Voyez auſſi Anacréon Ode 28.

Les Amours de la Déeſſe avec Mars
me rappellent une Divinité d'un rang
inférieur nommé Gigron (2), qui faiſoit
les meſſages de Mars auprès de Vénus,
& qui leur facilitoit les moyens de ſe
voir.

Vénus ſe trouva aux noces de Thé-
tis, & lui fit préſent d'une coupe d'or (3),
ſur laquelle étoit ſculpté un Amour. La

---

(1) Plin. Hiſt. Natural. lib. xxxv. cap. 11. pag.
709.
(2) Euſtath. Commentar. in Odyſſ. pag. 1599. lin.
1. pag. 1880. lin. 63.
(3) Ptolemæi Hephæſt. lib. vi. pag. 332.

Difcorde, piquée d'avoir été exclue du feftin, jetta au milieu des Dieux cette Pomme qui troubla leur union, & qui fut depuis fi funefte aux Troyens & aux Grecs. Il y avoit écrit deffus ces mots: A LA PLUS BELLE. Junon, Pallas & Vénus fe la difputerent. Jupiter les renvoya au jugement de Paris, qui adjugea la Pomme à Vénus. Suivant Ptolémée Héphæftion, ou fils d'Héphæftion, Mélus (1), fils du Scamandre, étoit un jeune hommé d'une grande beauté. Junon, Pallas & Vénus vouloient chacune l'avoir pour Prêtre, & fe le difputoient. Paris, étant pris pour Juge, décida en faveur de Vénus. De-là vint la fable de la Pomme; ce fruit s'appellant en Grec Μῆλον.

Malalas (2) donne une autre explication de ce jugement de Paris. Ce Prince, dit-il, étoit ingénieux, & cultivoit les Lettres; il avoit compofé un Panégyrique de Vénus, où il la mettoit au-deffus de toutes les Déeffes, fans en excepter Junon & Minerve. Telle eft l'origine, continue cet Ecrivain, de la fable qu'il avoit été nommé leur Juge, & qu'il avoit adjugé la victoire à Vénus,

_____

(1) Idem ibid. pag. 334.
(2) Joannis Antiocheni cognomine Malalæ Chronographia, lib. V. pag. 115.

en lui donnant la Pomme qui en étoit le figne. Ce Prince difoit que Vénus, c'eft-à-dire, le defir, engendre tout, les enfans, la fageffe, la tempérance, les arts, tout ce que l'on voit d'excellent, tant parmi les animaux doués de raifon, que parmi ceux qui en font dépourvus ; en un mot, qu'il n'y a rien de plus grand ni de meilleur que cette Déeffe.

Il eft naturel de penfer que les pommes devoient être agréables à Vénus. Auffi lui étoient-elles confacrées, comme nous l'apprend le (1) Scholiafte d'Ariftophane. Le trop crédule Artémidore (2) affure que lorfqu'on en voit en fonge, elles préfagent une jouiffance. Il y avoit à Sicyone une Statue de Vénus, qui tenoit d'une main un pavot, & de l'autre une pomme. J'en ai parlé à l'Article de Vénus Uranie. *Pag. 69.*

Paffons maintenant aux Epithetes qu'on a données à la Déeffe, après quoi je reviendrai aux furnoms qu'elle a eu. Je dois en effet d'autant moins omettre ces épithetes, qu'elles entrent dans le plan de l'Académie, & qu'elles peuvent fervir aux Poëtes & quelquefois même aux Peintres. Je ne finirois point,

(1) Scholiaft. Ariftophan. ad Nubes verf. 993.
(2) Artemidor. Oneirocritic. lib. 1. cap. 85.

fi je les voulois toutes rapporter. Je
me bornerai à un petit nombre, que je
placerai fans ordre & fans liaifon, à
mefure qu'elles fe préfenteront à mon
efprit, & comme ee fujet eft très-
ingrat de fa nature, j'y mêlerai de
tems en tems de la critique, afin d'en
compenfer la féchereffe par l'utilité.

Elle eft appellée par Théocrite (1)
Πολυώνυμος, à caufe de la multitude de
furnoms qu'elle a; Πολύναος, à caufe de
la grande quantité de Temples qu'on
lui a élevés; par Pindare (2) Ἀργυρόπεζα
argenteos pedes habens, de même que Thé-
tis l'eft par Homere, à caufe de la
beauté de fes pieds; Ἑλικοβλέφαρος (3)
qui a les fourcils noirs, qui a de beaux
yeux; Ῥοδοδάκτυλος (4), aux doigts de
rofe, épithete qu'Homere donne auffi à
l'Aurore; Πολύχρυσος (5) abundans auro,
foit à caufe de fa beauté, ou de la
richeffe des dons qu'on lui offroit; Χρυσο-
τέφανος (6) qui a une couronne d'or;
Κυθερεία Cythérée (7), parce que l'Ifle
de Cythere lui étoit particuliérement

---

(1) Theocrit. Idyll. XV. verf 105.
(2) Pindar. Pythic. Od. IX. verf. 16.
(3) Hefiodi Theogonia verf. 16.
(4) Coluthi Rapt. Helenæ verf. 97.
(5) Hefiodi Theogonia verf. 979.
(6) Homeri Hymn. 2. in Venerem init.
(7) Homeri Odyff. lib. XVIII. verf. 192 & paffim.

confacrée ; Κυπρογενής (1) née en Cypre, & Κυπρογένεια dans Héfiode Théogonie, vers 199, & dans un fragment de Sappho confervé par Héphæftion de Metris, *pag*. 40; Φιλομμειδής *Rifuum amans* (2), qui aime les ris. Horace a dit de même : *Ridens Erycina quam jocus circumvolat.* Φιλομηδής, fuivant (3) Héfiode, qui fait allufion à la naiffance de Vénus, *ex exfectis Cœli pudendis*. Il faut par conféquent corriger l'*Etymologicum Magnum*, au mot Κύπρις, & lire pag. 546, lig. 21 Φιλομμηδῆ au lieu de Φιλομειδῆ. *Alma*, *ab alendo*, parce qu'elle eft la mere commune des Dieux & des hommes ; ou bien, à caufe de fa beauté ; car Feftus explique (4) *Alma* par *pulchra*. Cette Epithete fe trouve dans l'Invocation de Lucrece, & l'on ne fauroit ouvrir un Poëte fans l'y rencontrer. Κουροτρόφος, qui nourrit les enfans, qui leur donne la vie ; dans un diftique de Nicomede de Smyrne, que je rapporterai plus bas, à l'occafion des facrifices qu'on faifoit à Vénus. Il y avoit dans le douzieme quartier de Rome, une rue dite, *Vicus Veneris Almæ*, avec une chapelle de ce nom. *Aurea*, Dorée, dont je parlerai à l'occafion des

(1) Pindari Olympic. Od. x. verf. 125.
(2) Homeri Iliad. lib. III. verf. 424. & paffim.
(3) Heliodi Theogonia, verf. 200.
(4) Feftus voc. Alma.

F iv

fêtes d'Erycine. Il ne fera peut-être pas inutile de remarquer qu'Homere donne à Mars l'épithete de Χρυσηνίος *aureas habens habenas*, afin de le parer, dit (1) Euſtathe, de même que Vénus Dorée. Elle eſt auſſi nommée *Purpuriſſa* par (2) Servius, Πορφυρῆ *Purpurea*, dans un fragment d'Anacréon. Elien en apporte une raiſon dont je dirai un mot, quand j'en ſerai aux Fêtes de la Déeſſe. Τελεσσίγαμος (3) parce qu'elle fait les mariages. Βαιῶτις (4) chez les Syracuſains. Mais ce nom tient-il à quelque Dialecte ignoré ? A quelque lieu dont la trace s'eſt perdue? Je ſuſpends mon jugement. Mais s'il étoit permis de haſarder une conjecture, je lirois Βουτίς ou Βουτιάς. Quoique la Déeſſe ne ſoit point nommée de la ſorte dans aucun Auteur, il pourroit ſe faire cependant qu'elle eût été ainſi appellée de Boutès, qu'elle aima, & dont elle eut Eryx. C'eſt par la même raiſon qu'elle fut ſurnommée *Adonias*, d'Adonis qu'elle avoit aimé. (5) Αδωνιὰς Κύπρις. On ſait que ce Boutès étoit Roi de Sicile ; ce qui donne du poids

---

(1) Euſtath. Commentar. in Homeri Odyſſ. Θ; pag. 1598. lin. 49.

(2) Servius ad Virgilii Æneid. lib. 1. verſ. 720.

(3) Nonnus Dionyſiacorum, lib. XLVIII. verſ. 693.

(4) Heſychius Voc. Βαιῶτις.

(5) Nonnus Dionyſiacorum, lib. XXXIII. verſ. 25.

à ma conjecture. On pourroit m'objec-
ter que l'ordre des Lettres dans le Lexique d'Héfychius, la détruit. Mais vous,
Meſſieurs, qui avez une connoiſſance
intime de la Langue Grecque, & à qui les
anciens Lexicographes ſont conféquemment très-familiers, vous répondrez
que cet ordre eſt ſouvent dérangé dans
Héſychius, Suidas, Harpocration, Timée, Apollonius; en un mot, dans tous
les Lexiques dont nous ayons connoiſ-
fance. Vénus fut appellée Δέσποινα par
les Grecs (1), & *Domina* par les Latins, à leur imitation. Je pourrois citer
mille paſſages; mais je me contente de
renvoyer à Ovide *Ars Amator.* Lib.
I. ver. 148, & à *Properce*, Lib. 3. Eleg.
3. ver. 31. Ces Epithetes s'appliquoient
auſſi aux autres Dieux. Elle avoit encore en commun, avec beaucoup d'autres Dieux celle de Βασίλεια que lui
donne (2) Empédocle dans Athénée,
& de Βασιλίς (3) chez les Taentins.
Elle étoit connue chez les Etrufques ſous le nom de Thana Lartial,
qui ſignifie, ſuivant (4) Gori, *Diva*

---

(1) Euripidis Phœniſſ. verſ. 633.
(2) Athen. Deipnoſoph. lib. XII. pag. 510. D.
(3) Héſychius Voc. Βασιλίνδα.
(4) Gori Muſeum Etruſcum. Tom. 1. pag. 114.

Regina. On fait que Lartes Porfenna eſt le Roi Porfenna. Une Statue de marbre de Vénus, de quatre pieds de haut, avec un collier de ſoie, un double bracelet au bras gauche, & tenant de la main gauche une Colombe, avec cette Inſcription, fait conjecturer que Vénus avoit un Temple à cinq milles de Florence, où cette Statue a été trouvée. Voyez le Muſeum Etruſcum.

Elle eſt auſſi appellée *Regina* par Properce, Lib. IV. Eleg. v. verſ. 63. Delà les épithetes d'Εὔθρονος (1), aſſiſe ſur un beau ſiége, ou qui a une grande puiſſance; de Ποικιλόθρονος (2), qui a beaucoup de Trônes, c'eſt-à-dire, très-puiſſante; le Trône étant un des caractériſtiques de l'empire. Mais, peut-être cette épithete fait-elle alluſion aux fleurs dont ſon habillement étoit parſemé. On ſait que Θρόνον ſignifie une fleur. L'Index qui eſt à la fin des Poéſies de Sappho, attribue auſſi à cette Déeſſe l'épithete de Χρυσόθρονος qui a un Trône d'or; mais Sappho ne la donne qu'à la Muſe à qui elle s'adreſſe. *Voyez pag.* 88 de l'Edition de Wolf. Elle eſt nommée Δολοπλόκος par Sappho, à l'endroit cité, à cauſe des ruſes qu'imaginent les amans; Δολόμητις

---

(1) Pindari Iſthm. Od. 2. verſ. 8.
(2) Sappho Od. in Venerem, verſ. 1.

dans (1) Coluthus , par la même raifon ; *Pæta* , parce qu'elle regardoit de
côté , comme font communément les
jeunes filles qui veulent voir les hommes, fans paroître les regarder. *Minerva*
(2) *flavo lumine eft* , *Venus Pæto*. Les
malins prétendoient qu'elle étoit louche.
Ovide , en parlant d'un amant qui
excufe les défauts de fa maîtrelle , dit ,
fuivant l'excellente correction de Nico-
las Heinfius : *Si qua* (3) *ftraba eft* , *Ve-*
neri fimilis ; & Pétrone , à l'occafion d'un
Efclave chéri : (4) *Si ftrabofus eft* , *non*
curo. Sicut Venus fpectat. Elle eft nommée
Acidalia : at (5) *memor ille* (*Cupido*) *Ma-*
tris Acidaliæ ; à caufe d'une fontaine (6)
de ce nom à Orchomene en Béotie, où
les Graces, filles de Vénus, avoient coutume de fe baigner : peut-être aufli ,
ajoute Servius , parce que la Déefle fait
naître les foucis cuifans que les Grecs
nomment en leur langue Ακιδες. Ενοικετις
των νησων habitante des Ifles ; parce qu'elle
étoit principalement honorée dans les
Ifles de l'Archipel. Voyez Suidas aux mots
Ενοικετις των νησων, après le mot Εντυπας &c.

---

(1) Coluthi Rapt. Helenæ verf. 80.
(2) Priapeia , Carmen XXXVI.
(3) Ovid. Art. Amator. lib. 2. verf. 659.
(4) Petronii Satyricon cap. 68. pag. 445.
(5) Virgil. Æneid. lib. 1. verf. 719. & 720.
(6) Servius ad Virg. Æneid. lib. 1. verf. 720.

Tom. I, *pag.* 758. Ce fut fans doute par la même raifon qu'elle fut nommée *Ægæa*, quoique l'ancien (1) Scholiafte de Stace prétende qu'on lui donna ce nom, parce qu'elle étoit née dans la mer Egée. *Zerynthia* (2), à caufe des honneurs qu'on lui rendoit dans un antre de ce nom, en Thrace, que Suidas place en Samothrace aux mots Ἀλλ᾽ ἔτις & Σαμοθράκη.

Vénus fut appellée *Melinœa* (3) felon Ifaac Tzetzès, à caufe de la douceur de fes plaifirs, ou plutôt, parce qu'elle étoit adorée à Mélina dans l'Argolide, fi l'on en croit Etienne de Byzance, qui cite même le vers de Lycophron, au mot Μέλινα. Le même Lycophron l'appelle (4) Σχοινίς, parce qu'au rapport d'Ifaac Tzetzès le σχοῖνος, efpece de rofeau aromatique, excite aux plaifirs de l'amour: *Alentia* (5), parce qu'elle avoit un Temple fur les bords de l'Aléis, autrement dit Halefus, riviere qui paffe à Colophon en Ionie: Ἀρέντα (6), parce qu'elle unit les amans, dit le Scholiafte de Lycophron. Ce mot vient probablement de ἄρω *Apto*.

---

(1) Stat. Thebaid. lib. VIII. verf. 478. & ibi Scholiaft.

(2) Lycophonis Alexandra verf. 449. & ibi Scholiaft.

(3) Idem. verf. 403.

(4) Idem. verf. 832.

(5) Idem ibid. verf. 868.

(6) Idem ibid. verf. 832.

Les habitans de Delphes l'appelloient
Ἅρμα (1) *Currus*, à caufe de l'union conjugale. Cette idée peut retracer celle du
joug du mariage ; cependant j'aime mieux
lire dans le paſſage de Plutarque Ἅρμα Doriquement & en changeant l'eſprit pour
Ἁρμη *compages*, *commiſſura*, qui vient
comme le précédent de Ἅρω *Apto*. Elle
étoit nommée Ἄδικ☉ (2) *injuſte* en Libye
pour des caufes qu'on ignore. On peut
cependant conjecturer que c'étoit relativement à des injuſtices occaſionnées par
la paſſion que cette Déeſſe eſt cenſée
inſpirer.

Empédocle l'appelle (3) ζείδωρος & Sophocle Εὔκαρπ☉ à caufe de la vie & de
la fécondité qu'elle procure. A Cnoſſe,
elle étoit connue par (4) l'épithete d'Ἄνθεια fleurie, qui lui alloit très-bien. Il y
a eu auſſi une courtifanne de ce nom ſur
laquelle Eunicus ou Philyllius avoit fait
une piece de théâtre. *Erientes* ou *Erientus* (5), furnom de Vénus. Mais que ſignifie-t-il ? Erinnys étoit, ſelon Héſychius,
une figure de Vénus. Mais cette gloſe me
paroît altérée, ou peut-être a-t-elle été

---

(1) Plutarch. in Erotico, pag. 769. A.
(2) Heſichius voc. Ἄδικος.
(3) Plutarch. in Amatorio, five Erotico ; pag.
756. E. Conjugial. Præcepta. pag. 144. B.
(4) Heſychius voc. Ἄνθεια.
(5) Heſych. Voc.

ajoutée par quelque Chrétien , commé le remarque l'Éditeur d'Héfychius , le fçavant M. Alberti. Dom de Montfaucon & M. Gori s'appuyoient de cette glofe mal affurée, pour prouver que Vénus étoit une des Furies ; ils fe fervoient auffi du témoignage du Scholiafte de Stace fur le 66 vers du cinquieme Livre de la Thébaïde , qui n'en dit cependant rien.

Elle étoit connue à Syracufe fous le nom d'Εὐδωτώ (1) fans doute , à caufe de fon humeur bienfaifante , & fous celui de Ζειρήνη en (2) Macédoine. Ce mot eft peut-être le même que celui de Σειρήν de la langue ordinaire , une Sirene. Quoi qu'il en foit, on lui offroit une forte de gâteaux qu'on appelloit Σίρβηνον. Εὐμενής (3) à caufe de la douceur de fon empire. Επήκοθ-, chez les Chalcédoniens (4), parce qu'elle écoute favorablement les vœux des amans. Il eft vrai qu'on lit dans Héfychius , *chez les Carthaginois* ; mais ce peuple parloit la langue Punique.

Il y a dans le Médailler de Monfeigneur le Duc d'Orléans une Médaille de Fabina Tranquilla Atia , femme de Scidianus , où

---

(1) Idem.
(2) Idem.
(3) Héfychius.
(4) Idem.

l'on voit une Vénus couchée, appuyée
sur un Signe, avec cette Inscription Καλ-
χηδον. Holstenius fait voir dans ses Notes
sur Étienne de Byzance, au mot Καρχη-
δών, qu'on a souvent confondu Καλχηδών
avec ce mot. Λύκαινα (1) Louve ; un surnom que donne à Vénus Orphée dans
un Hymne, ne peut être un terme inju-
rieux. Celui de *Lupa* pour désigner une
courtisanne, étoit sans doute honnête
dans son origine. Ἡγεμόνη (2). Cette épithete fait peut-être allusion à la réponse
de l'Oracle de Delphes, qui ordonna à
Thésée de prendre Vénus pour guide,
& dont j'ai parlé ci-dessus, *page* 80
à l'article de Vénus-Epitragia. Θαλάμων
Ἄνασσα (3) Reine du lit nuptial. C'est le
lieu où cette Déesse exerce principalement son empire, & cela n'a pas besoin
d'explication. Coluthus l'appelle (4) Θαλάμων Βασίλεια, ce qui revient au même.
Elle est aussi nommée Θαλαμηπόλος qui
fréquente la chambre nuptiale, qui s'y
plaît, par Philippe (5) de Thessalonique
dans une Épigramme sur la Statue armée
de Vénus à Sparte. Θρᾳκία ne m'est connue que par le Glossaire d'Hésychius, &

---

(1) Orph. Hymn. 54. vers. 11.
(2) Hesychius.
(3) Idem.
(4) Coluthus, Rapt. Helenæ, vers. 137.
(5) Anthologia Græca, lib. IV. cap. XII. pag. 328.

donneroit à penfer qu'elle étoit adorée
en Thrace. *Voyez* Zerynthia, *page* 132.
Hippodamie (1), qui dompte les chevaux.
L'ardeur de cet animal eft connue :

(2) *Scilicet ante omnes furor eft infignis equarum*

*Illas ducit amor trans Gargara , tranfque
    fonantem
Afcanium : fuperant montes & flumina
    tranant.*

Peut-être la Déeffe fut-elle furnommée Hippodamie après que Pélops eut
vaincu cette Princeffe. Peut-être auffi
Hippodamie eut-elle de fes amans le nom
de Vénus, comme tant d'autres dont
nous avons parlé & dont nous parlerons
encore. Mais je croirois plus volontiers
que la Statue de (3) Vénus, que Pélops fit
faire d'un myrte verd, & qu'il plaça à
Temnos au-delà de l'Hermus, afin de fe
rendre propice la Déeffe & d'en obtenir
Hippodamie , fut appellée du nom de
cette Princeffe. Je ne releverai point ici
les abfurdités où l'Abbé Gédoyn eft tombé
dans fa Note fur ce paffage de Paufanias,
& fur la phrafe précédente ; mais je me
flatte que l'Académie ne me faura pas

(1) Hefych. voc. Ἱππόδαμ.
(2) Virgil. Georgic. lib. III. verf. 366, 369. &c.
(3) Paufanias Eliacorum prior. five lib. V. cap.
III. pag. 408.

mauvais gré de m'être écarté de mon
sujet pour corriger un endroit de ce même
Paufanias, qui précéde immédiatement
celui que je cite. «On voit (1), dit-il,
» le Trône de Pélops au haut du mont
» Sipyle, au-deſſus du temple de la Mere
Plaſtene, ὑπὲϱ τῆς Πλαϛήνης Μητϱὸς τὸ ἱεϱόν.
L'Abbé Gédoyn nous apprend ſçavam-
ment que Mere Plaſtene eſt un furnom
de la Mere des Dieux. Mais fur quelle
autorité? Il ajoute que ce mot vient de
Πλάσσω *fingo*. Mais alors ce furnom devroit
convenir à toutes les Statues des Dieux
quelles qu'elles foient, & en ce cas il faudroit lire πλαϛικῆς. Mais le fait eſt que le
texte eſt altéré, & qu'il faut lire ὑπὲϱ τῆς
Πλακίνης Μητϱὸς τὸ ἱεϱόν. *au deſſus du tem-*
ple de la Mere Placiene. On fait que Cybele étoit adorée dans tout ce Pays, &
particuliérement à Placia, ville de la Pro-
pontide, ce qui lui avoit fait donner le
nom de Mere Placiene. Il en eſt fait mention dans une Infcription trouvée à Cy-
fique, & rapportée par M. le Comte de
Caylus dans fon Recueil d'Antiquités
Egyptiennes, &c. tome II, *page* 193.

La Déeſſe eſt appellée *Dia Dearum*
par (2) Ennius, & c'eſt une traduction
d'Homere, qui dit en cent endroits de

---

(1) Idem ibidem.
(2) Fragment, Ennii pag. 34.

l'Iliade *δῖα θεάων*; *Persithea* par Hésychius;
Βραδινά par Sappho (1) Eoliquement pour
ῥαδινή *mollis , tenera* ; Πολύολβ☉ (2) *très-
riche* ou *très-heureuse* , par allusion à la
richesse de ses temples, ou au bonheur
qu'elle procure aux hommes. Φιλοπάννυ-
χ☉ (3) qui se plaît à veiller toute la nuit.
Cela a rapport aux veillées de Vénus,
Pervigilia Veneris , ou à d'autres mysteres qu'il ne seroit pas décent de révéler.
Ἡπιόδωρ☉ dont les présens sont doux,
sont agréables. Tyndare oublia , dit le
Scholiaste (4) d'Euripide , de sacrifier à
à Vénus-Epiodoros, & pour le punir, la
Déesse le rendit malheureux en filles;
Δεινά , (5) puissante; Πανέργ☉ (6) fourbe;
Δολιόφρων *dolosa* (7). Ces épithetes rappellent la puissance de l'amour , & les
ruses & les tromperies des amans. Φιλο-
νύμφι☉ (8) qui aime les noces, qui favo-
rise les mariages ; Φιλόργι☉ (9) qui aime
les Orgies, les fêtes ; Αμυκλαία (10), à cause

---

(1) Hephæstio de Metris , pag. 34.
(2) Sappho. Vide Hephæstion. de Metris, pag. 47.
(3) Orph. Hymn. 54. verf. 2.
(4) Scholiaft. Euripidis ad Oreftem , verf. 244.
(5) Euripidis Phœnissæ , verf. 642.
(6) Euripidis Hippolyt. verf. 1400.
(7) Euripidis Iphigenia in Aulide , verf. 1301.
(8) Epigramma Philodemi. Vide Analecta veterum
Græcorum Poetarum tom. 11 pag. 89.
(9) Ibid.
(10) Nonnus Dionysiacorum , lib. XLIII. verf. 6.

des honneurs qu'on lui rendoit à Amycles en Laconie ; Κυβήκη, ou plutôt , Κυβήβη
(1) Cybele. Ce terme me fait foupçonner
qu'il y avoit en Phrygie une Chapelle ou
une Statue de Vénus dans un lieu confacré à Cybele. La Glofe d'Héfychius me
paroît inexplicable fans cette conjecture
qui eft appuyée par un paffage de Nonnus , où cette Déeffe eft appellée Cybelis.
J'en vais donner une traduction. `` Aura
,, (2) s'étant apperçue que pendant fon
,, fommeil elle avoit perdu fa virginité ,
,, entre en fureur , erre de côté & d'autre
,, fur les montagnes de Phrygie , & maf-
,, facre tous les hommes qu'elle rencontre
,, fur fa route. Elle entre enfuite , conti-
,, nue (3) Nonnus dans la Maifon de Vé-
,, nus , détache fa ceinture , & en frappe
,, la Déeffe. Elle enleve après cela fa Sta-
,, tue & celle de l'Amour , jette celle-là
,, dans le Sangarius , & celle-ci dans la
,, pouffiere , & laiffe ainfi vuide la Mai-
,, fon de Vénus-Cybelis. ,,
Cela me paroît indiquer un Temple ou
chapelle de Vénus , avec une Statue de la
Déeffe & une autre de l'Amour. Cette
chapelle devoit être près du Sangare en
Phrygie , & par conféquent dans un lieu
confacré à Cybele, d'où la Déeffe avoit pris

---

(1) Hefychius voc. Κυβήκη.
(2) Nonnus Dionyfiacorum, l. XLVIII. v. 654. &c.
(3) Idem ibidem , verf. 690. &c.

le nom de Cybelis. La Glofe d'Héfychius
fe rapporte à ce paffage, ou à celui de
quelque Poëte qui n'eft point venu jufqu'à nous.

Vénus eft appellée Τρυμαλιτίς par Héfychius, dans un fens qui peut paroître
obfcene. Ce furnom vient de τρυμαλιά
foramen, & ne peut s'entendre qu'en
rapportant un mot de Sotades à Ptolémée Philadelphe, qui avoit époufé fa fœur
Arfinoë. Je le traduirai feulement en latin par refpect pour l'Académie. Sotades
dit à ce Prince : (1) εἰς οὐκ ὁσίην τρυμαλιὴν
τὸ κέντρον ὠθεῖς. *In non licitum foramen
aculeum intrudis.* Le vers fuivant du trop
libre Ariftophane en eft auffi une explication : (2) προβεβούλευται γὰρ ὅπως ἂν μηδε-
μιᾶς ᾖ τρύπημα κένον. *Cautum eft ne cujus
feminæ foramen vacuum fit.* L'épithete
Εὔστεφανο *pulchre coronata*, qu'on lit
dans une Epigramme de l'Anthologie de
de Conftantin (3) Céphalas, fait allufion
à fa beauté, ou aux couronnes de fleurs
dont on ornoit la tête des Dieux. Cette
épithete avoit été empruntée d'Héfiode,
Théogonie, vers 196, ou peut-être, d'Homere qui l'appelle au Livre XVIII de
l'Odyffée vers 191 Εὔστεφανο Κυθέρεια. Elle

---

(1) Plutarch. de Liberis educandis, pag. 11. A.
(2) Ariftophan. Concionatric. verf. 619. & 620.
(3) Ex Editione Reiskii, pag. 171.

eſt auſſi nommée Γαμοϛόλο۞ *nuptias or-*
rans dans une Epigramme d'Archias, qui ſe
trouve *page* 26 de l'Anthologie de Conftantin Céphalas donnée par feu M. Reiske;
Κτησία, *qui donne, qui procure toutes for-*
tes de biens, dans une Épigramme de
Leonidas de Tarente, ſuivant la correction de M. Toup, qui lit ainſi (1) en la
place de γνησία Κύπει *Genuina Venus.* Mais
ſur quoi appuye-t-il ſa conjecture? Je ſais
qu'on donne à Jupiter & à Mercure l'é-
pithete de κτήσι۞; mais ce Sçavant auroit dû prouver qu'on l'avoit pareillement
donnée à Vénus. Horace l'appelle *Decens*
(2), relativement à ſa beauté, ou aux
mœurs que doivent avoir les perſonnes
qui veulent plaire. La rigueur qu'elle
exerce quelquefois lui a fait auſſi donner
par le même Poëte l'épithete de Cruelle,
(3) *Mater ſæva Cupidinum.* On la nommoit auſſi *Meminia* ou *Mimnermia* (4),
parce qu'elle ſe reſſouvient de tout.

J'aurois pu tripler & même quadrupler
cette nomenclature; mais en voilà aſſez,
& peut-être beaucoup trop ſur un ſujet
auſſi aride. Je vais continuer à parler des
Temples & des Statues de la Déeſſe.

---

(1) Emendat‘ones in Suidam, part. II. pag. 117.
(2) Horat. Carm. lib. I Od. XVIII. verſ. 6.
(3) Idem Carm. lib. I. Od. XIX. verſ. 1.
(4) Servius ad Virgilii Æneid. lib. I. verſ. 720.

Mais, avant que d'entrer·en matière , il
ne fera peut-être pas inutile de faire remarquer qu'il y avoit une forte d'arbres
nommés (1) Αοΐα , dont on plaçoit les branches à l'entrée des Temples de Vénus.
Je préfume que c'étoient des cedres,
parce que ces arbres s'appelloient (2) Ηόα.
Quoi qu'il en foit, il eſt à propos d'obferver qu'Αο (3) étoit dans la langue
de Cypre le nom d'Adonis & des Rois
qui régnerent après lui. L'Auteur de
l'*Etymologicum Magnum* avoit fans doute écrit Αῶϴ· , puifqu'il met quelques lignes plus bas Αῶον à l'accufatif.

Les pays les plus fauvages reconnoiffoient l'empire de la Déeffe. On lui avoit
élevé un Temple à Phanagoria près du
Bofphore Cimmérien. Ce temple qu'on
appelloit *Apaturum* τὸ Απάτουρον , étoit
très-beau, dit (4) Strabon , & tiroit fon
nom, fuivant la fable, de ce que Vénus
ayant été attaquée en cet endroit par des
Géants, elle appella Hercule à fon fecours,
& l'ayant caché dans un antre, elle reçut
les Géants l'un après l'autre, & les livra
à Hercule pour les tuer par fraude ἀπατῇ.
Cette fable eſt peut-être fondée fur quel-

---

(1) Hefychius voc. Αοΐα.
(2) Hefych. voc. Ηόα.
(3) Etymologic. Magn. voc. Αῶς, pag. 117. lin. 33.
(4) Strabo lib. XI. pag. 757. A. & B.

que aventure réelle qui n'est point venue jusqu'à nous.

Si, en traversant le Pont Euxin, nous venons en Bithynie, nous trouverons un Château (1) à l'embouchure du fleuve Artanus, & tout près de ce Château un Temple de Vénus. Il y en avoit un autre à Aradus, comme il paroît par une Médaillé (2) de Marc Aurele. La Déesse en avoit un à (3) Artacé en Phrygie, Colonie de Milet ; elle prennoit delà le nom d'Artacia. Il y en avoit un très-célèbre dans le (4) voisinage de Milet, où Denys, l'homme le plus puissant de l'Ionie, vit pour la premiere fois Callirrhoë, & la prit pour la Déesse.

Quoique l'ouvrage, où j'ai puisé cette particularité, soit un Roman, on n'est pas en droit de nier l'existence de ce Temple. On sait que les Romanciers adaptent leur fable à des faits & à des lieux connus. On peut conclure aussi du vers suivant de Posidippe (5), qu'il y en avoit un à Milet même.

---

(1) Anonymi descriptio Ponti Euxini, pag. 2. Arriani Periplus Ponti Euxini.

(2) Joannis Vaillant Numismata Imperatorum, pag. 56.

(3) Stephanus Byzantinus voc. Ἀρτάκη.

(4) Charito de Amoribus Chæreæ & Callirhoës, lib. II. pag. 25. lin. 10.

(5) Analecta veterum Poetarum Græcorum, tom. II. pag. 46. nᵒ. 3.

Ἀ Κύπριν, ἄτε Κύθηρα, χ ἀ Μίλητον
ἐποιχνεῖς,

« O vous, qui parcourez Cypre, Cythe-
« res & Milet, Déeſſe, &c. » On en voyoit
un autre ſur le territoire d'Epheſe (1), &
non loin de la mer, près duquel les Rho-
diens, commandés par Agathoſtratus,
battirent la flotte du Roi Ptolémée. Il y
en avoit un au promontoire Pyrrha ſur
le (2) golfe Adramytténien, & tout près
delà un autre dans (3) la Troade, où
logea Lucullus en marchant contre Mi-
thridate. Si de cet endroit on paſſe ſur le
Boſphore de Thrace (4), on rencontrera
après le port des Epheſiens, Aphrodiſium
ville, ou temple de Vénus. Si nous nous
rendons enſuite ſur le golfe Thermaïque,
nous y trouverons la ville d'Ænia (5),
dont on attribuoit la fondation à Énée,
& ſur un promontoire voiſin un temple
de la Déeſſe, bâti par le même Énée,
qu'on croyoit auſſi en avoir élevé un autre
(6) dans l'iſle de Cythere. Il conſtruiſit

---

(1) Polyæni ſtrategemata, lib. v. cap. xviii. p. 502.
(2) Strabo lib. xiii. pag. 903. D.
(3) Plutarch. in Lucullo, pag. 499. A.
(4) Excerpta ex Dionyſii Byzantii Anaplo Boſpori
Thracii. pag. 17.
(5) Dionyſ. Halicarnaſſ. Antiquit. Romanar. lib.
i. §. 49. pag. 39.
(6) Idem ibid. §. 50. pag. 39. lin. 34.

auſſi

auffi (1) un Temple de Vénus à Zacynthe,
où il offrit des facrifices, que les habitans
de cette Ifle faifoient encore du temps
de Denys d'Halicarnaffe. Ils avoient pareillement inftitué des jeux pour les jeunes gens, & entr'autres celui de la courfe.
Le premier qui arrive au temple de la
Déeffe remporte le prix. Ce jeu s'appelle
la courfe d'Énée & de Vénus. On voit
leurs Statues dans le Temple. Il en bâtit
un autre (2) à Leucade, où il aborda. On
l'appelloit le Temple de Vénus Æneas,
ainfi que celui qu'il (3) conftruifit à Actium, & qui fubfiftoit encore du temps
de Denys d'Halicarnaffe. Il éleva (4) encore une Chapelle à cette Déeffe à Am-
bracie, & un Temple à Onchefme (5),
affez près de Buthrote.

Il y avoit à Samos la Vénus de Dexicréon. On apporte deux raifons de ce
furnom, que je vais donner d'après Plutarque (6). Ce Dexicréon étoit, fuivant
quelques-uns, un de ces hommes qui

---

(1) Idem ibid. pag. 40. lin. 1. &c.
(2) Idem ibid. pag. 40. lin. 9. &c.
(3) Idem ibid. pag. 40. lin. 17.
(4) Idem ibidem. pag. 40. lin. 19.
(5) Idem ibid. §. 51. pag. 40. lin. 35. Denys d'Halicarnaffe fe contente d'indiquer cette ville fans la
nommer; mais l'on peut confulter Paulmier de Gren-
temefnil. Græciæ Antiquæ Defcript. lib. 11. cap. 11.
pag. 245.
(6) Plutarch. Quæft. Græc. pag. 303. C. D.

G

faifoient profeffion de purifier les vices
par des cérémonies extérieures ; & qui
voyant les femmes de Samos fe livrer au
luxe & à la dépravation des mœurs, les
en délivra de cette maniere. D'autres difent que Dexicréon fit voile en Cypre,
& que prêt à charger fon vaiffeau de mar-
chandifes, Vénus lui ordonna de ne mettre fur fon bord que de l'eau, & de partir
fur le champ. Il obéit. Un calme l'empêcha d'avancer. Les Marchands & les Pa-
trons des autres Vaiffeaux qui avoient
mis à la voile avec lui, preffés de la foif,
lui acheterent de l'eau. Il en tira une fom-
me confidérable, dont il fit faire une Statue à Vénus, à laquelle on donna fon
nom.

Il y avoit à Samos un Temple (1) de
la Déeffe, que les Courtifannes, qui fui-
virent Périclès au fiége de Samos, firent
bâtir de l'argent que leur rapporterent leurs
charmes, comme nous le favons par Alexis de Samos. Il avoit été conftruit dans
un lieu marécageux & couvert de joncs;
ce qui avoit fait nommer cette Déeffe
Vénus parmi les Rofeaux; ἣν οἱ μὲν ἐν Κα-
λάμοις καλῦσιν. Ce paffage eft précieux,
en ce qu'il nous apprend qu'il y avoit un
quartier de l'ifle de Samos qu'on appel-

---

(1) Athen. Deipnofophift. lib. XIII. cap. IV. pag.
572. F.

loit Καλάμοι, & qu'il fert à rétablir cet endroit d'Hérodote, fur lequel les deux derniers Éditeurs n'ont rien dit. Ε'πεὶ δὲ (1) ἐγένοντο τῆς Σαμίης πρὸς Καλαμίσοισι· Καλαμίσοι n'eft connu d'aucun Géographe, d'aucun Auteur ; mais il eft clair d'après Athénée, qu'il faut lire actuellement πρὸς Καλάμοισι.

J'ai dit, à l'occafion de la (2) Vénus de Cnide, deux mots de celle de Cos qui étoit vêtue. Je ne puis me perfuader que ce fût la même qui fut réparée fous l'Empereur Vefpafien, & dont (3) Suétone fait mention. Je crois que cet Auteur entendoit par *Coa Venus*, une Statue de la Déeffe de la plus grande beauté, & qui pouvoit aller de pair avec celle de Cos. Feu M. Oudendorp étoit de ce fentiment. *Voyez* la Note de ce Sçavant dans fon excellente Édition de Suétone. Il eft certain que Pline avoit vu cette Statue, que l'Empereur Vefpafien (4) dédia, fuivant lui, dans le Temple de la Paix, & qui égaloit les ouvrages des anciens Artiftes. Cet Auteur ajoute qu'on ne connoiffoit pas le nom du Sculpteur qui l'avoit faite.

(1) Herodot. lib. IX. §. 96.
(2) Voyez ci-deffus pag. 115.
(3) Suetonius in Vefpafiano §. 18.
(4) Plin. Hiftor. Natural lib. XXXVI. cap. V. tom. II. pag. 727. lin. 20.

Or, fi c'eut été la Vénus de Cos, il ne fe
feroit pas exprimé de la forte, puifqu'il
n'ignoroit pas (1) qu'elle étoit de Praxitele.

Les Gortyniens & les Prianfiens, peuples de Crete, adoroient Vénus, puifqu'elle étoit une des divinités (2) qu'ils
prirent à témoin dans le ferment qu'ils
firent d'obferver le Traité qu'ils venoient
de conclure avec les Hierapytniens. On
peut dire la même chofe des (3) Latiens,
autre peuple de la même Ifle, qui jure
par Vénus d'être fidele aux engagemens
qu'il contractoit avec les Olontiens.

Elle étoit adorée fous le nom de Scotia
ou de Ténébreufe à Phaftus, dans la
même Ifle. L'Auteur de l'*Etymologicum
Magnum* dit au mot κύθερεια qu'elle a
été appellée Scotia, parce qu'elle cache
fes defirs. Mais il paroît plus vraifemblable qu'elle fut ainfi nommée, parce que
fes myfteres les plus fecrets fe célébroient
la nuit. On éleva par la même raifon en
divers lieux des Temples à la Déefle fous
le nom de Mélanis. L'un à fept Stades (4)
de Mélangées en Arcadie, parce que les
hommes, dit Paufanias, prennent ordi-

(1) Idem ibid. pag. 726. lin. 13. & 14.
(2) Chishull. Antiquit. Afiatic. pag. 133.
(3) Idem ibidem. pag. 136.
(4) Paufanias Arcadic. five lib. VIII. cap. VI. p. 610.

nairement le temps de la nuit pour avoir
commerce avec leurs femmes. Un autre
dans le (1) Cranium ou Bocage près de la
ville de Corinthe. Athénée raconte (2)
que Vénus apparut la nuit à Laïs, & lui
annonça l'arrivée de beaucoup d'Amans
riches, & qu'elle fut appellée par cette
raison Melanis ou la Noire. Elle en avoit
un à Thespies en Béotie, sous le nom de
Melænis (3). Ce mot vient aussi de Μέλας
noir.

Il y avoit une autre Vénus Scotia,
dont j'ai parlé, *page* 32.

Thésée étant parti (4) de Crete, aborda à l'isle de Délos, offrit des sacrifices
à Apollon, & lui dédia la Statue de Vénus qu'il avoit reçue d'Ariadne. Elle étoit
petite (5), de bois, & l'ouvrage de Dédale. Le temps avoit endommagé la main
droite. Une base quarrée lui tenoit lieu de
pieds. Je suis persuadé, ajoute Pausanias,
qu'Ariadne avoit eu cette Statue de
Dédale, & qu'elle l'emporta avec elle
lorsqu'elle suivit Thésée. Les Déliens disent qu'après qu'on eut enlevé à ce Prince
sa Maîtresse, il consacra cette Statue à

---

(1) Idem Corinthiac. sive lib. II. cap. II. pag. 115.
(2) Athen. Deipnosophist. lib. XIII. cap. VI. pag.
588. C.
(3) Pausan. Bœotic. sive lib. IX. c. XXVII. p. 763
(4) Plutarch. in Theseo, pag. 9. D.
(5) Pausan. Bœotic. sive lib. IX. cap. XI. pag. 79

G iij

Apollon, de crainte qu'en la portant à
Athenes, elle ne lui rappellât le souve-
nir de cette Princeſſe, & qu'elle ne re-
nouvellât continuellement ſes chagrins.
Callimaque parle auſſi de cette Statue
dans ſon Hymne ſur Délos vers 307, &
nous apprend qu'on la couronnoit de
fleurs aux jours de fête. Meurſius (1) a
fort bien relevé l'erreur du Scholiaſte de
ce Poëte, qui dit ſur ce vers, que Théſée fit bâtir un Temple de Vénus à Délos. Αφροδίσιον ſignifie en cet endroit une
Statue, & non point un temple de Vénus.
Harpocration dit dans ſon Lexique des
dix Orateurs, qu'Αφροδίσιον ſignifie en
particulier la Statüe de Vénus. Αφροδίσιον·
Ιδίως τὸ τῆς Αφροδίτης ἷδΘ. Mais ce Prince
éleva véritablement un Temple à (2) cette
Déeſſe dans les Montagnes qui menent
de Trézene à Hermione, près du rocher
ſous lequel étoient cachées la chauſſure &
l'épée de ſon pere. Il l'avoit fait bâtir à
l'occaſion de ſon mariage avec Hélene,
& avoit donné à la Déeſſe le ſurnom de
Vénus Nympha, c'eſt-à-dire, jeune é-
pouſe. J'en ai parlé plus haut, *page* 112.

Dédale avoit fait une Statue de Vénus
en bois, qui ſe mouvoit d'elle-même par

---

(1) Meurſius in Theſeo, cap. xv.
(2) Pauſan. Corinthiac. ſive lib. 11. cap. xxxii.
pag. 188.

le moyen du vif-argent, dont il l'avoit emplie, si l'on peut ajouter foi au témoignage de Philippe Auteur Comique, que rapporte Aristote (1).

Si nous passons de l'Isle de Délos à celle de Céos, nous trouverons que Vénus étoit adorée à Iulis sous le nom de Vénus Crésylla. Hermocharès d'Athenes (2) ayant vu danser à la fête d'Apollon Crésylla, fille d'Alcidamas, en devint amoureux. Il la demanda à son pere, qui la lui promit avec serment, & en portant la main sur le laurier d'Apollon. Celui-ci cependant oubliant son serment, donna sa fille à un autre; mais tandis qu'elle sacrifioit à Diane pour son mariage, Hermocharès entre dans le Temple, Crésylla, touchée de sa bonne grace, prend avec lui des arrangemens par le moyen de sa nourrice, & s'étant embarquée pour Athenes, sans en rien dire à son pere, elle s'y marie avec Hermocharès. Elle mourut en couche, par une vengeance des Dieux, qui punirent ainsi, ajoute l'Auteur, le parjure du pere. Lorsqu'on la portoit en terre, on vit une colombe s'élever du lit funebre; le cadavre avoit disparu. Hermocharès consulta l'Oracle sur ce prodige.

_____

(1) Aristoteles de Animâ, lib. 1. cap. 111. p. 622. D.
(2) Antoninus Liberalis Transformation. cap. 1. pag. 1. &c.

Le Dieu lui répondit de bâtir un Temple à Iulis en l'honneur de Venus Ctefylla. Il y eut aussi un Oracle rendu à ce sujet aux habitans de Céos, & ceux d'Iulis sacrifient encore maintenant, dit Antoninus Liberalis, à Vénus sous le nom de Ctésylla, & ceux des autres Villes à Diane sous le même nom.

De Céos en Attique le trajet est court. Ce Pays n'étoit pas moins fameux par la superstition que par les lettres. Nous avons parlé de plusieurs Temples & Statues de Venus-Uranie, il nous reste maintenant à parcourir les autres Venus adorées en ce Pays. Elle avoit un (1) Temple & une (2) Statue au promontoire Colias, d'où lui venoit le nom de Vénus Colias. Héfychius dérive ce mot de κῶλον, parce que ce lieu ressembloit au pied de devant d'une victime, κῶλον se prennant dans cette fignification. Quoique cette étymologie ait quelque vraisemblance, je ne laisserai pas de faire mention des autres raisons qu'on donne de ce nom, parce qu'elles ont rapport au sujet qui donna occasion d'élever un Temple à la Déesse en ce lieu. Uu jeune Athénien, dit le (3) Scholiaste d'Aristophane, s'étant sauvé d'en-

---

(1) Strabo lib. IX. pag. 611. A.
(2) Paufan. Attic. five lib. I. cap. I. pag. 5.
(3) Sur le vers 52. des Nuées.

tre les mains des Brigands qui lui avoient
lié les membres τὰ κῶλα, érigea une chapelle à Vénus qu'il avoit invoquée dans
son malheur. D'autres disent qu'il fut détaché par la femme ou par la fille du chef
de ces Brigands, qui étoit devenue
amoureuse de lui. D'autres prétendent
qu'un jeune Athénien ayant été pris &
mis aux fers par des Tyrrhéniens δεθέντος
τὰ κῶλα, la fille de celui qui l'avoit en
sa possession les lui détacha, & qu'à son
retour à Athenes, il éleva par reconnoissance pour Vénus le Temple de Colias,
parce qu'on lui avoit délié les membres,
διὰ τὸ τὰ κῶλα λελύσθαι. D'autres assurent
que ce lieu fut ainsi appellé, parce que
pendant qu'Ion sacrifioit un corbeau, ou
plutôt un épervier, comme le dit Suidas
au mot Κωλιάς enleva le pied & la jambe
de la victime Κωλήν, & le déposa en ce lieu.
Suidas & l'Auteur de *l'Etymologicum
Magnum* sont à peu près d'accord avec
le Scholiaste. Je ne trouve rien de particulier sur cette Vénus ; mais, avant que
de passer à une autre, je me flatte que
l'Académie ne trouvera pas mauvais que
je restitue le texte du Scholiaste de Lycophron & ceux de *l'Etymologicum Magnum* & de Suidas qui sont corrompus.
Il y a dans ce Scholiaste sur le vers 867
ἢ δὲ θυγάτηρ ἢ τοῦ ἀρχιλῃστ̃ ἢ τοῦ τυράννα
la fille du chef des Brigands ou du Tyran.

G v

Mais qui eſt ce Tyran ? Il eſt évident qu'il faut lire ἡ δὲ θυγάτηρ ἢ τοῦ ἀρχιληϛῆ ἢ τοῦ Τυῤῥηνῦ, avec l'Auteur de l'*Etymologicum Magnum* au mot κωλιάδος Ἀφροδίτης. Ces Tyrrhéniens étoient de grands Pirates. Ils avoient enlevé quelques Athéniens du nombre deſquels étoit celui-ci. Si l'*Etymologicum Magnum* a ſervi à rétablir le Scholiaſte de Lycophon, Suidas rendra le même office à l'Auteur de l'*Etymologicum*. On trouve dans ce dernier Auteur ἢ ἄλλʊ θύοντος, ce qui ne fait aucun ſens. Je lis avec Suidas ἢ ἼωνΘ- θύοντος; ou pendant qu'Ion ſacrifioit, & dans le même paſſage de Suidas, il faut lire Ἴωνος θύοντος ἱερεῖʊ κωλῆν au lieu de ἱερεῖον κωλῆς.

Strabon dit auſſi (1) deux mots de ce Temple, qu'il place près d'Anaphlyſte. Paulmier de Grenteſmeſnil croyoit qu'il y avoit deux Temples, ſur ce que Pauſanias le met à vingt ſtades de Phalere; mais peut-être que du temps de Strabon le Territoire d'Anaphlyſte étoit d'une grande étendue; peut-être auſſi y a-t-il faute au texte de Pauſanias.

La même Vénus-Colias s'appelloit auſſi Colotis, comme on le voit dans l'Alexandra de Lycophron, vers 867.

A Péra (2) près du mont Hymette, il y avoit un Temple de Vénus avec

(1) Strabo lib. ix. pag. 611. A.
(2) Suidas voc. Κυλλῆ πήραι.

une fontaine qui procuroit une heureuse délivrance aux femmes qui en bûvoient, & donnoit la fécondité à celles qui étoient stériles.

A Athènes même elle étoit adorée sous le nom d'Hippolytia. Tout le monde sait qu'Hippolyte (1) étant venu de Trézene à Athenes pour assister aux Grands Mysteres, Phédre en devint tellement amoureuse, qu'elle éleva, après le départ de ce Prince, un Temple à Vénus dans la Citadelle, d'où elle pouvoit voir Trézene. Euripide suppose qu'il y en avoit un de bâti, ou du moins il ne dit pas que ce fut l'ouvrage de Phédre : « Hippolyte » (2) étant venu de la maison de Pitthée » dans la terre de Pandion pour voir les » Mysteres, l'Épouse de son pere, l'illus » tre Phedre en devint éperdument amou » reuse. Avant que d'aller à Trézene, » occupée de sa passion, elle plaça dans » le Temple de Vénus, sur le rocher » même de (3) Pallas, d'où la vue plonge » sur ce (4) Pays, un Cupidon, sous le » nom de Cupidon absent : & l'on dira » dans la suite que ce Dieu a été mis en » ce Temple en l'honneur d'Hippolyte. » Je traduis ces vers d'après les corrections

(1) Diodor. Sicul. lib. IV. §. 62. pag. 306.
(2) Euripid. Hippolyt. verf. 24. &c.
(3) La Citadelle d'Athenes.
(4) Trézene.

G vj

du célèbre M. Valckenaer. On peut confulter fon Édition.

Le Scholiafte de cet Auteur nous apprend qu'elle fut nommée Hippolytia,
ἣν χ ἱ ππολυπίαν καλεσι. Afclépiade, qui étoit,
je penfe, contemporain de Pompée, dit
qu'on (1) appelloit de fon temps ce Temple Hippolytion ἱππολύπιον.

La même Déeffe eft nommée *Trœze-
nia* par l'obfcur (2) Lycophron ; parce que
Phedre, fuivant fon Scholiafte, fit bâtir
à Trézene un Temple à Venus, à caufe
de l'amour qu'elle fentoit pour Hippolyte. Ainfi, dans ce Poëte Τροιζηνίας τραῦμα
eft la bleffure que Diomede fit à Vénus.
Ce Temple étoit felon toutes les appa-
rences celui qui étoit au deffus du Stade,
qu'on appelloit le Stade d'Hippolyte. On
le nommoit le Temple de Vénus Cataf-
copia (3) *qui regarde de haut en bas* ; parce
que Phédre regardoit de ce lieu élevé
Hippolyte s'exercer dans la carriere. La
ville de Trézene s'appelloit elle-même
anciennement (4) Aphrodifias, ce qui fuppofe que le culte de Vénus y étoit établi
avant l'époque dont je parle ; car elle fut

(1) Scholiaft. Homeri ad Odyff. lib. xi. verf. 320.
(2) Lycophronis Alexandra, verf. 610. & ibi Schol.
(3) Paufanias Corinthiac. five lib. 11. cap. XXXII.
pag. 187.
(4) Euftath. Commentar. in Homeri Iliad. lib. 11.
pag. 287 lin. 11.

ainfi nommée de Trœzen, fils de Pélops.

Hippias (1) ayant fait expirer dans les tourmens la Courtifanne Leæna, qu'il croyoit inftruite des deffeins des Conjurés, les Athéniens éleverent, après l'expulfion des Tyrans, une Statue à cette Courtifanne fous la figure d'une lionne, & placerent auprès une Vénus, ouvrage de Calamis. Cette Vénus indiquoit fans doute la profeffion de Leæna. Ces Statues fe voyoient dans la Citadelle.

Si les Athéniens fe firent beaucoup d'honneur en témoignant leur gratitude à cette Courtifanne; ils fe déshonorerent, lorfque par un excès d'adulation, ils éleverent des (2) Temples à Léæna & à Lamia, Maîtreffes de Démétrius Poliorcetes, fous le nom de Vénus Léæna & de Vénus Lamia. Adimante en fit bâtir un à Thries à Venus Phila, pour (3) flatter le même Démétrius, dont la mere portoit ce nom.

Dans les accès de leur phrénéfie, les Amans ne voyoient plus dans leurs Maîtreffes de fimples mortelles, c'étoient des Divinités:

(4) *Ilia & Ægeria eft; do nomen quod libet illi.*

---

(1) Paufanias Attic. five lib. 1. cap. XXIII. pag. 53.
(2) Athen. Deipnofophift. l. VI. c. XIV. p. 253. A.
(3) Idem. lib. VI. cap. XVI. pag. 255. C.
(4) Horat. Sermon. lib. 1. fat. 2. verf. 126.

Chez Méléagre (1), ce n'est plus Hé-
liodore, c'est la Déesse Pitho, c'est Cypris, c'est l'une des Graces. On peut ranger sous la même classe Vénus-Pythio-
nice (2) qui eut un Temple & un Autel à
Babylone. Cette Courtisanne étoit d'A-
thènes. Ceux qui seroient curieux de la
connoître plus particuliérement peuvent
avoir recours à l'endroit cité d'Athénée.
On peut aussi consulter le même Auteur,
Livre XIII, Chap. V, *page* 577, si l'on
souhaite avoir quelques détails sur les
Courtisannes Lamia & Leæna, dont je
viens de parler. Vénus-Belestica, Hippolytia, &c. dont j'ai dit deux mots plus
(3) haut, sont du même genre. Je me
borne à ces exemples. Un plus grand
nombre ne manqueroit pas d'ennuyer,
sans qu'il en résultât rien d'utile.

Les Poëtes n'ont pas moins de privi-
leges que les Amans. Leur langage n'est
point celui des hommes ordinaires; tout
chez eux s'anime, & l'allégorie est entre leurs mains un voile tissu par les Graces qui fait entrevoir mille beautés qu'on
n'auroit point découvertes sans cet artifice
ingénieux. Scylla livre-t-elle la Citadelle

---

(1) Miscellanea Lipsiensia Nova, t. IX. p. 290.
(2) Athen. Deipnosophist. lib. XIII. cap. VII. pag.
595. C.
(3) Pages 36 & 156.

de Mégares à Minos? Ce n'est plus dans Ovide (1) une Citadelle, c'est un cheveu, couleur de pourpre, d'où dépend la destinée de Nisus & de ses États. Nonnus enchérit encore sur le Poëte Latin. Ce n'est plus Scylla, c'est Vénus (2) elle-même qui s'arme pour Mégares ; elle couvre sa tête d'un casque, Pitho (la Déesse de la persuasion) agite sa pique d'airain, & un Essaim d'amours fait voler sur les ennemis une grêle de traits. Mais bientôt éprise du Mars Crétois, elle abandonne la défense de Mégares , & coupe le cheveu fatal auquel étoit attaché le sort de la Ville.

S'il me falloit rapporter toutes les Vénus allégoriques, je n'aurois jamais fini, & peut-être m'écarterois-je du plan tracé par l'Académie ; mais je n'ai point cru devoir omettre celle-ci, afin de faire voir quel parti savent tirer les Poëtes des choses les plus communes.

Ce qu'avoient pratiqué l'Amour & la Poësie , fut depuis adopté par la basse adulation. Lorsque l'homme cessa d'être

---

(1) Ovid. Metamorphos. lib. VIII. initio.. Ovide avoit pris cela dans un Poëte plus ancien. On lit dans Suidas un fragment d'un Poëte qui fait manifestement allusion à cette aventure : Πορφυρέην ἤμησε Κρέκα. Elle moissonna le cheveu de pourpre. Voyez Suidas au mot Κρέκα.

(2) Nonnus Dionysiacor. lib. XXV. verf. 150.

libre, & que dégradé jufqu'à plier fous le joug de fon femblable, il fit un Dieu du Maître qu'il s'étoit donné, il fut fans doute moins vil à fes yeux, en s'imaginant obéir à un être d'une nature différente de la fienne. Delà viennent les noms de Thémifon Hercule, de Jupiter Augufte, de Julia Juno, & pour me rapprocher de l'objet de cette Differtation, de Drufilla Vénus, dont la Statue (1) fut placée dans le Temple de Vénus Genetrix qui étoit dans le *Forum*. Elle étoit de même grandeur que celle de la Déeffe & fut confacrée avec les mêmes cérémonies. Il y avoit encore une Julia Aphrodite, dont on a une Médaille dans le Recueil de Patin.

On voyoit dans la maifon de Trimalcion (2) une Statue de Vénus en marbre. Les Commentateurs qui prétendent que Pétrone a écrit, fous des noms fuppofés, l'Hiftoire fecrete de Néron, penfent que cette Vénus étoit Octavie, femme de Néron, qui fut honorée de cette maniere, avant qu'il fût devenu amoureux de Poppæa. Il faut dire la même chofe du Temple que les (3) Smyrnéens éleverent à Vénus Stratonicis par l'ordre d'A-

_____

(1) Dio Caffius lib. LIX. §. 11. tom. 2, pag. 914.
(2) Petronii Satyricon. cap. XXIX. pag. 147.
(3) Tacit. Annal. lib. III. §. 63.

pollon. Tacite est le seul Auteur qui en
parle ; mais une Inscription, rapportée
dans les Marbres d'Oxford, fait voir (1)
que ce Temple avoit été bâti en l'honneur de Stratonice, mere de Séleucus
Callinicus. C'étoit un lieu d'asyle & dans
les Traités, on juroit (2) par la Déesse qui
y étoit adorée, de même que par les autres Dieux,

 Il y avoit à Athenes un Temple (3) de
Vénus Psithyros *Susurratrix*, & la Déesse
étoit ainsi nommée ou Psithyristès, parce
que, dit Pausanias, cité par (4) Eustathe, les femmes qui adressoient leurs prieres à Vénus, les lui faisoient à l'oreille ;
ce qui signifioit qu'il falloit tenir secretes
ces sortes de vœux. *Turpissima vota
Diis insusurrant*, dit très-bien (5) Séneque, *si quis admoverit aurem, conticef-
cent, & quod scire hominem nolunt, Deo
narrant*. Comme Pausanias ne parle point
de cette Vénus dans sa Description de la
Grece, il y a grande apparence que c'est
dans son Recueil de mots Attiques, dont
fait mention le (6) Scholiaste de Thucy-

(1) Marmora Oxoniensia pars II. XXVI. pag. 42.
§. 9. & 12.
(2) Ibidem pag. 50. §. 70.
(3) Suidas voc. Ψιθυρίζει, Ψιθυριστοῦ, Ψιθυριστης.
(4) Eustath. ad Homeri Odyss'. XX. p. 1881. lin. 1.
(5) Senec. Epist. X. tom. II. pag. 33.
(6) Scholiast. Thucydidis ad lib. VI. §. 27. pag.
398. col. 2.

dide, fuppofé que ce foit le même Auteur.
Vénus n'étoit pas le feul Dieu connu fous
ce nom. On trouve dans le Plaidoyer de
Démoftenes contre Neæra (1) un Mercure Pfithyriftès ou Sufurrateur, & non
point un Amour fufurrateur, comme le
dit Euftathe à l'endroit ci-deffus cité. Il
n'eft fait mention de celui-ci que dans
Harpocration au mot Ψιθυειστης Εϱμης.

Mars étoit l'Amant de Vénus. C'é-
toit fans doute par cette raifon qu'on
avoit mis à Athenes dans un (2) Temple de ce Dieu, deux Statues de cette
Déeffe.

On voyoit dans un Temple de Vénus (3), dans la même ville, un très-
beau tableau de l'Amour, couronné de
rofes, par Zeuxis, felon le Scholiafte
d'Ariftophane. *Voyez* auffi Suidas Voc.
Ανθέμων.

Le Pirée avoit trois Ports, dont l'un
s'appelloit (4) Aphrodifium. Il tiroit probablement fa dénomination d'un Temple de Vénus que (5) Conon fit bâtir
en ce lieu fur le bord de la mer, en
mémoire de la victoire qu'il remporta

---

(1) Demofthen. contra Neæram, tom. III. pag.
576. ex edit. Taylor, in-4°.
(2) Paufan. Attic. five lib. I. cap. VIII. pag. 20.
(3) Scholiaft. Ariftophan. ad Acharn. verf. 991.
(4) Scholiaft. Ariftophanis ad Pacem. verf. 144.
(5) Paufan. Attic. five lib. I. cap. :. pag. 4.

sur la flotte de Lacédémone auprès de Cnide en Carie, Florent Chrétien dans ses notes sur le Vers 144 de la Paix d'Aristophane, s'est trompé en interprétant ces mots du Scholiaste de cet Auteur : εἶτα τὸ Ἀφροδίσιον *ibi Templum Veneris.* Il falloit traduire *deinde Aphrodisius portus.* Le Scholiaste disoit que le Pirée avoit trois Ports, le Cantharus, l'Aphrodisium. Il ne nomme point le troisieme, & peut-être a-t-il été omis par les Copistes. Hésychius supplée à leur négligence, & l'appelle Zéa au mot Zéa.

À Orope, dans l'Attique (1), Amphiaraüs avoit un Temple dont la quatrieme partie de l'Autel étoit dédiée à Vénus. Près de Laciade & de Sciron, dans le même pays, il y avoit un Temple de Vénus (2), dont je ne connois aucune particularité. Sur le sommet de la montagne, d'où Sciron précipitoit les passans dans la mer, il y avoit un Temple de (3) Jupiter Aphésius, & près de ce Temple une Statue de Vénus.

Il y avoit à Mégare un Temple de (4) Vénus Praxis, dont la Statue d'ivoire

(1) Idem ibid. cap. xxxiv. pag. 84.
(2) Idem ibid. cap. xxxvii. pag. 91.
(3) Pausan. Attic. sive lib. i. cap. xliv. pag 108. lin. ultim.
(4) Idem ibid. cap. xliii. pag. 105.

étoit la plus ancienne de ce Temple.
On y voyoit auffi les Déeffes Pitho &
Parégoros, ou de la Perfuafion & de la
Confolation, ouvrages de Praxitele. J'ai
parlé plus haut de cette allégorie, *pag.* 78.
Il y avoit auffi dans le même Temple les
Statues de l'Amour, d'Himeros & de
Pothos. Elles étoient de Scopas. Pline
met au nombre des ouvrages de ce
Statuaire une Vénus (1) & Pothos. Tous
ces Amours accompagnoient la Déeffe,
felon quelques Poëtes, mais leur chef
étoit feulement reconnu pour fon fils,
& les autres, pour les enfans des
Nymphes.

Mille pharetrati ludunt in margine fratres,
Ore pares, fimiles habitu, gens mollis Amorum,
Hos Nymphæ pariunt, illum Venus Aurea folum
Edidit.

Claudian. Epithalam. Honorii vers. 71.

Si delà nous paffons dans le Péloponnefe, nous trouverons (2) un Temple de
Vénus à Léchæum, Port de Corinthe,
fur le Golfe Corinthiaque. Cenchrées,
autre Port de Corinthe fur le Golfe Sa-
ronique, étoit recommandable par un (3)

(1) Plin. Hiftor. Natural. lib. xxxvi. cap. v. tom.
II. pag. 727.
(2) Plutarch. in Convivio feptem fapientum pag.
146. D.
(3) Paufanias Corinthiac. five lib. II. c. II. p. 114.

Temple de la Déesse, dont la Statue étoit de marbre.

Elle avoit à Corinthe (1) un Temple si riche, qu'il possédoit plus de mille courtisannes, que la dévotion des particuliers lui avoit consacrées. Elles attiroient dans cette ville beaucoup de richesses & d'étrangers. Les Maîtres de Navire y prodiguoient leurs biens ; ce qui avoit donné occasion au Proverbe : *Il n'est pas donné à tout le monde de naviguer à Corinthe.*

Il y avoit dans la même ville (2), près d'un Temple dédié à tous les Dieux, une fontaine magnifiquement décorée, où l'on voyoit une Statue de Vénus par Hermogene de Cythere, qui n'est actuellement connu que par cet ouvrage. On lui avoit aussi (3) élevé un Temple dans la Citadelle. Je parlerai d'un autre Temple de la Déesse, à l'occasion de Vénus armée.

Le Temple de Vénus à Argos attire ensuite nos regards. Il étoit au-dessus (4) du Théâtre, & remarquable par la Statue de Télésilla, qui est sur une colonne devant le frontispice. Des chan-

---

(1) Strabo lib. VIII. pag. 581. A. B.
(2) Pausan. Corinthiac. sive lib. II cap. II. p. 116.
(3) Strabo lib. VIII. pag. 582. A.
(4) Pausanias Corinthiac. sive lib. II. cap. XX. pag. 156. & 157.

fons & des traits de valeur qu'on peut lire dans Paufanias , ont rendu célèbre cette femme. On voit à fes pieds des Livres , & elle jette les yeux fur un cafque qu'elle tient d'une main, & qu'elle fe difpofe à mettre fur fa tête.

Sur le chemin d'Argos à Mantinée, (1) il y avoit un Temple double, avec deux entrées , l'une à l'Orient, l'autre à l'Occident. Vénus y avoit une Statue. Paufanias ne dit point fi elle étoit de bois ou de pierre; mais M. l'Abbé Gédoyn a mieux aimé fuivre, à fon ordinaire, le Traducteur Latin qui décide qu'elle étoit de bois. Héfychius dit très-bien ξόανα τὰ ἐξ ξύλων ἐξεσμένα ἢ λίθων. ξόανα font des Statues de bois ou de pierre.

A Epidaure en Argolide, on voyoit (2) dans le bois , près du Temple d'Efculape, une Chapelle de Vénus , & dans une autre partie de la même ville, un Temple de cette (3) Déeffe.

Si l'on paffe d'Epidaure dans l'Ifle d'Egine, on y verra un Temple de Vénus (4) près du port le plus fréquenté. En revenant fur le Continent , on rencontre près d'Argos Téménium avec un

---

(1) Idem ibid. cap. xxv. pag. 167.
(2) Idem ibid. cap. xxvii. pag. 174.
(3) Idem ibid. cap. xxix. pag. 177.
(4) Idem ibid. cap. xxix. pag. 175.

Temple de la Déesse, un peu plus loin étoit Lerna, & proche de la mer (1) une Statue de Vénus en marbre. La tradition du pays portoit que cette Statue avoit été confacrée par les filles de Danaüs.

Entrons maintenant en Laconie. La Déesse avoit un Temple (2) à Epidaure, en ce pays; un autre fous le nom de Vénus Migonitis (3), près du Port de Gythée. Elle avoit été ainfi furnommée, parce que ce Temple étoit vis-à-vis de l'Ifle de Cranaë, où Paris jouit, pour la premiere fois de fa conquête. On fait que ce mot vient de μίγνυμι mifceo, dans le fens que Virgile a dit *Mifta Deo mulier.* A Cænepolis, près du (4) Promontoire Ténare, on voyoit fur le bord de la mer un Temple de la Déesse, où elle étoit debout & en marbre. Elle avoit à Amycles une (5) Statue fur un trépied, & fur un autre trépied, une autre Statue qu'on appelloit Vénus *ad Amyclœum.* Celle-ci étoit l'ouvrage de Polyclete & celle-là de Gitiadas. La Déesse étoit repréfentée fur le Trône (6)

---

(1) Idem ibid. cap. XXXVII pag. 198.
(2) Idem Laconic. five lib. III. cap. XXIII. p.271.
(3) Idem ibid. cap. XXII. pag. 266.
(4) Idem ibid. cap. XXV. pag. 276.
(5) Idem ibid. cap. XVIII. pag. 255.
(6) Idem ibid. cap. XIX. pag. 257.

d'Amyclée. C'étoit fans doute par cette raifon qu'on lui donnoit l'Epithete d'A-myclæa (1).

Dans le Temple même de Minerve Chalciœcos , & près de l'Autel (2) de la Déeffe étoient deux Statues de Paufa-nias , qui commandoit les Grecs à Pla-tées (& non point les Lacédémoniens, comme le dit l'Abbé Gédoyn) & pro-che de ces Statues , l'on voyoit (3) celle de Vénus Ambologera , ou qui éloi-gne la vieilleffe. Elle fut érigée par l'or-dre d'un (4) Oracle. On connoît le vers de cet Hymne , que rapporte (5) Plutarque : éloignez de nous , belle Vé-nus , la vieilleffe.

Près du Temple d'Efculape , il y avoit fur une colline un Temple de Vénus, dont je parlerai quand j'en ferai à Vénus Armée ; ou plutôt , ce font deux Tem-ples l'un fur l'autre (6). Celui de def-fus s'appelle le Temple de Morpho. Morpho eft un furnom de la Déeffe, & vient de Μορφή, dont les Latins ont

---

(1) Nonnus Dionyfiacor. lib. XLVIII. verf. 6.
(2) Paufanias Laconic. five lib. III. cap. XVIII. pag. 252.
(3) Idem ibid. pag. 253.
(4) L'Abbé Gédoyn traduit par l'avis *de l'Oracle,* comme s'il y avoit un article dans le grec.
(5) Plutarch. Sympofiac. l. III. Quæft. 6. p. 654. D.
(6) Paufan. Laconic. five lib. III. cap. XV. p. 246.

fait,

fait, par une légere tranfpofition, le mot *forma*, Beauté. Elle eft repréfentée affife, un voile fur la tête, & des ceps aux pieds. On dit que Tyndare les lui fit mettre, pour donner à entendre que les femmes ne doivent point être volages, inconftantes, & qu'elles doivent refter inviolablement attachées à leurs maris. D'autres difent qu'il voulut fe venger, de cette maniere, de Vénus, à qui il imputoit l'opprobre de fes filles; mais je ne puis abfolument le croire, ajoute Paufanias. Brodeau a confondu dans fes notes fur (1) l'Anthologie cette Vénus avec la Vénus Armée, dont je parlerai plus bas.

Le Scholiafte de Lycophron (2) affure que cette Statue fut faite par ordre d'un certain Légiflateur de Lacédémone qui vouloit faire entendre que les filles devoient conferver leur chafteté, & ne point obéir à la Déeffe : d'autres prétendent, felon le même Scholiafte, que Tyndare la fit faire à caufe de la faute d'Hélene.

A Ithome (3), Citadelle de Meffene,

---

(1) Brodæi Not. ad Antholog. lib. IV. cap. XII. pag. 465.

(2) Scholiaft. Lycophronis ad verf. 449. pag. 54. col. 2. lin. 1 .

(3) Paufan. Meffenic. five lib. IV. cap. XXXI. p. 357.

H

il y avoit un Temple de Vénus , dont on
ne trouve rien de particulier.

Sur le (1) mont Cotylius en Arcadie,
& au-deſſus du Temple d'Apollon, étoit
un lieu appellé Cotylon , où étoit un
Temple de la Déeſſe avec ſa Statue.
Ce Temple n'étoit pas encore couvert
du tems de Pauſanias. L'Auteur de
l'Index de Pauſanias a pris delà occaſion de donner à cette Vénus le nom
de Cotylia , nom qu'elle n'a jamais eu,
mais que ne manqueroient pas de lui donner ceux qui travailleroient ſeulement d'a-
près les Tables des Matieres.

Il y avoit à Mégalopolis (2) un
Temple de Vénus dans l'enceinte conſacrée aux Grandes Déeſſes. Il s'agit ici
de l'enceinte dont Pauſanias avoit parlé
au commencement du Chapitre ; ainſi
τῶν Μεγάλων Θεῶν eſt un génitif qui ſe rapporte à τε περιβόλε. L'Abbé Gédoyn le fait
au contraire rapporter à τὸ ἱερὸν contre la
penſée de l'Auteur , & donne en con-
ſéquence à περίβολον une acception qui lui
eſt étrangere. Mais je me laſſe de relever les mépriſes de cet Abbé. Il y avoit
dans ce Temple deux Statues de bois,
l'une de Mercure & l'autre de Vénus.

---

(1) Idem Arcadic. ſive lib. VIII. cap. XLI. p. 685.
(2) Idem ibid. cap. XXXI. pag. 665.

Celle-ci avoit le visage, les mains, &
l'extrémité des pieds de marbre. Toute
deux étoient l'ouvrage de Damophon.
cette Vénus étoit surnommée *Mechani-
tis*, qui machine, avec raison, ce me
semble, dit Pausanias; car il n'y a point
de ruses & d'artifices, ajoute-t-il, qu'on
n'ait imaginé pour elle & pour se pro-
curer ses plaisirs.

La Place de Tégée (1) étoit un quarré
long πλίνϑος, d'où Vénus qui y avoit un
Temple avoit tiré sa dénomination de
Vénus *in Plintho*.

On voyoit à Mantinée (2) derriere le
Théâtre les ruines d'un Temple de Vénus
Summachia, c'est-à-dire, *alliée*, ou *qui
donne du secours*. L'Abbé Gédoyn, aussi
heureux dans ses conjectures, qu'habile
dans la connoissance du Grec, dit qu'on
l'appelloit *Venus de bon secours*, *appa-
remment*, met-il en (3) Note, *parce qu'ils
avoient éprouvé son secours à la guerre*,
comme si Pausanias n'ajoutoit pas tout
de suite la raison de ce surnom, je
veux dire, que les Mantinéens avoient
bâti ce Temple pour perpétuer la mémoire du secours qu'ils avoient donné

(1) Idem ibid. cap. XLVIII. pag. 686.
(2) Idem ibidem cap. IX. pag. 616.
(3) Pausanias François, tom. II. pag. 151. Edit
de Paris.

H ij

aux Romains à la bataille d'Actium.

La Déesse avoit un Temple à (1) Orchomene en Arcadie, & une Statue de
marbre. On seroit tenté de croire que
les Graces avoient aussi leurs Statues dans
ce Temple, parce que Nonnus les appelle en cent endroits de ses Dionysiaques
χορήτιδες (2) Ὀρχομενοῖο les Danseuses
d'Orchomene. Or, dans quel autre Temple les Statues des Graces auroient-elles
été mieux placées que dans celui de la
Déesse dont la compagnie leur plaisoit
le plus. Mais Pausanias & mille autres
Auteurs assurent qu'elles étoient à Orchomene en Béotie.

A quatre stades d'Acacésium en Arcadie, on voyoit un Temple de Cérès,
& un peu au-delà un Temple de (3)
Pan, & dans celui-ci deux Statues de
Vénus, l'une en marbre blanc, & l'autre
en bois.

A Theutis (4) dans le même pays,
il y avoit un Temple de la Déesse, sur
lequel on ne trouve rien dans les Auteurs, ni sur les anciens monumens.

A Olympie (5) dans la lice, il y avoit

(1) Pausan. Arcad. sive lib. VIII. cap. XIII. p. 626.
(2) Nonnus Dionysiacor. l. xxxiv. v. 37. & passim.
(3) Pausanias Arcadic. sive, lib. VIII. cap. XXXVII.
pag. 677.
(4) Idem ibid. cap. XXVIII. pag. 659.
(5) Idem Eliacorum prior, sive lib. V. cap. XV.
pag. 415.

un Autel de Vénus, au-dedans du lieu nommé l'Eperon.

Dans le Temple de (1) Junon, dans la même ville, étoit une Statue de bronze de Vénus, ouvrage de Cléon de Sicyone, Disciple d'Antiphane, qui avoit eu pour maître Périclète, éleve de Polyclete. Devant cette Statue étoit assis un enfant nud de bronze doré. C'étoit vraisemblablement Cupidon.

On conservoit dans ce Temple le coffre où Cypsélus, encore enfant, avoit été caché par sa mere, lorsque les Bacchiades chercherent à le faire périr. Il étoit orné de Sculptures, & entr'autres d'une Médée (2) assise sur un Trône, ayant Jason à sa droite, & Vénus à sa gauche, avec cette Inscription : *Jason épouse Médée par l'ordre de Vénus.* Sur le même coffre étoit sculpté Mars armé qui enmenoit Vénus. D'un autre côté étoit représenté le jugement (3) des trois Déesses, & Mercure qui les présentoit à Paris.

Tout le pays arrosé par l'Alphée étoit plein de (4) Chapelles de Vénus. Elle avoit un Temple à Cyllene (5) en Elide;

---

(1) Idem ibid. cap. XVII. pag. 419.
(2) Idem ibid. cap. XVIII. pag. 422.
(3) Idem ibid. cap. XIX. pag. 425.
(4) Strabo, lib. VII. pag. 528. B.
(5) Pausan. Eliacorum posterior. sive lib. VI. cap. XXVI. pag. 519.

H iij

à Ægium en Achaïe (1) près de la mer, & une Statue dans celui de Jupiter Homagyrius en cette dernière ville. Elle avoit aussi un Temple à Bura (2) en Achaïe, avec sa Statue de marbre Pentélique, par Euclide, Statuaire Athénien. On voyoit sa Statue au portail (3) du Temple d'Esculape, à Titane en Sicyonie.

Si nous passons du Péloponèse en Béotie, nous verrons à Tanagre (4) un Temple de Vénus près de celui de Bacchus; à Thespies (5) une Statue de Vénus en marbre, ouvrage de Praxitele; & sur les bords du Céphise un Temple de Vénus Argynnis, bâti par Agamemnon, en l'honneur d'Argynnus, qu'il avoit aimé, & qui s'étoit noyé dans les eaux du Céphise, où il prenoit plaisir à nager. C'est ce que nous apprend en partie Phanoclès (6) dans son Ouvrage sur les Amours ou les Beaux, & en partie (7) Athénée, dans le texte duquel il faut lire Αργύννȣ au lieu de Αζγίαννȣ, comme

---

(1) Idem Achaic. sive lib. VII. cap. XXIV. p. 584.
(2) Idem ibid. cap. XXV. pag. 590.
(3) Idem Corinthiac. sive, lib. 2. cap. XI. p. 137.
(4) Idem Bœotic. sive lib. IX. cap. XXII. p. 152.
(5) Idem ibid. cap. XXVII. pag. 762.
(6) Clemens Alexandrin. Cohortat. ad Gentes, tom. 1. pag. 32. lin. 20.
(7) Athen. Deipnosophist. lib. XIII. cap. VIII. pag. 603. D.

le prouve Ἀφροδίτης Ἀργυννίδος. Permettez-moi, Messieurs, de corriger, à cette occasion, le texte d'Etienne de Byzance, qui est corrompu. Cet Auteur dit au mot Ἄργυννος : Ἄργυννος ἐρώμενος Ἀγαμέμνονος, Βοιωτός· ὃς ἀνιὼν εἰς τὸν Κηφισὸν τελευτᾷ· ἀνιὼν ne fait aucun sens. Lisez ὃς νέων *lequel nageant* dans le Céphise. Athénée s'est servi du mot νηχόμενον, qui signifie la même chose. Properce (1) parle aussi de cet Argynnus, & de l'amour qu'eut pour lui Agamemnon.

Sunt Agamemnoniàs testantia littora curas,
  Quæ notat Argyni pœna natantis aqua.

Il y avoit sans doute en ce Pays d'autres Temples & statues de la Déesse ; mais ceux que je viens de rapporter sont les seuls dont les Auteurs fassent mention. Elle avoit un Temple à Oeanthe (2) chez les Locres Ozoles ; & à Naupacte, aujourd'hui Lépante, il y avoit sur le bord de la mer un (3) Antre, où on lui rendoit de grands honneurs. Les veuves alloient la prier de leur accorder de secondes noces. Elle fut surnommée Anosia ou *impie*, en Thessalie, d'un Temple que lui éleverent sous ce nom les femmes du

(1) Propertii, lib. III. Eleg. VII. vers. 21.
(2) Pausan. Phocic. sive, lib. X. cap. XXXVIII. p. 897.
(3) Idem ibid pag. 98.

H iv

Pays, parce qu'elles avoient tué à coups
de marche-pieds, par jalousie, la courtisanne Laïs dans le Temple de la Déesse,
& un jour de fête. Voyez Suidas, au mot
χελώνη.

Plutarque, qui raconte aussi cette histoire, nous apprend que (1) Laïs quitta
Corinthe pour suivre le Thessalien Hippo-
lochus, dont elle étoit éprise, & que le
Temple, où elle fut lapidée, se nomma
dans la suite, le Temple de Vénus An-
drophonos, Homicide. La même histoire
est rapportée dans Athénée (2) d'après
Strattis & Polémon; mais ils nomment son
amant Pausanias, & Pausanias (3) l'appelle
Hippostrate. On montroit son Monument
sur les bords du Pénée, avec une Inscription qu'on peut lire dans Athénée, à l'endroit cité. Celui (4) qu'elle avoit à Corinthe dans le Cranium, étoit sans doute
un Cénotaphe.

Vénus étoit adorée à Tricca, capitale
de l'Estiæotide. Strabon (5) observe qu'on
lui sacrifioit des pourceaux, & que ce
n'étoit point le seul lieu, où on lui immoloit de telles victimes.

(1) Plutarch. in Erotico, pag. 767. F.
(2) Athen. Deipnosophist. lib. XIII. c. 6. p. 589. A.
(3) Pausanias Corinthiac. sive, lib. 2. cap. 2. p. 115.
(4) Idem ibidem.
(5) Strabo, lib. IX. pag. 669. A.

La Déesse avoit un Temple (1) en Acarnanie, dont on ne fait aucune particularité.

Après avoir parcouru la Grece, il ne me reste plus à parler que de la Sicile, & de la Grande Grece, qui en étoient des colonies. Je devrois commencer par Vénus Erycine, mais comme cette Déesse fut particuliérement honorée à Rome fous ce nom ; je remets à en parler, lorfque j'en ferai à la Capitale du Monde. Je passe donc à Vénus Callipyge, ou aux Belles Fesses, qui avoit un Temple à Syracufes, furnom , dont Athénée nous a confervé la raifon.

Un homme (2) de la campagne, dit-il, avoit deux filles très-belles, qui ne pouvant s'accorder fur la beauté de leurs fesses, fe rendirent fur le grand chemin, pour faire décider le point en litige. Vint à passer un jeune homme, dont le pere étoit âgé. Les deux Belles lui montrent leurs charmes. Il décide en faveur de l'aînée, dont il fut tellement épris, qu'il en tomba malade. Il raconte à fon jeune frere fon aventure. Celui-ci fe rend à la campagne, examine auffi les charmes des deux fœurs, & devient amoureux de la cadette, comme fon frere l'étoit devenu de l'aînée. Le pere de ces jeunes

____

(1) Dicæarchi Status Græciæ, vers. 55. pag. 4.
(2) Athen. Deipnofoph. lib. XII. cap. XIII. 554, C.

gens les ayant envain exhortés à se marier (1) d'une maniere plus honorable, se laisse enfin toucher, va trouver le pere des deux jeunes filles, les emmene de la campagne, & les fait épouser à ses fils. On ne les connoissoit à Syracuses, que sous le nom de *Belles Fesses*, comme le rapporte, dans ses Iambes, Cercidas de Mégalopolis : « Il y avoit à Syracuses un couple » surnommé Belles Fesses ». Elles amasserent (2) de grands biens, dont elles firent bâtir un Temple sous le nom de Vénus aux Belles Fesses.

Clément d'Alexandrie (3) nous apprend aussi que les Syracusains sacrifioient à Vénus aux Belles Fesses, que le Poëte Nicandre, ajoute-t-il, nomme quelque part Calligloutos, ce qui signifie la même chose. Mais si ce Poëte en a parlé, c'est sans doute dans quelque Poëme qui n'est point venu jusqu'à nous, puisque je l'ai cherché inutilement dans les Thériaca & les Alexipharmaca de cet Auteur.

Ce Conte d'Athénée me rappelle une Epigramme de Rufin, dont je ne veux point salir cet écrit. On la trouve dans les

---

(1) Il faut lire παρακαλῶν αὐτὰς ενδοξοτέρες λαβεῖν γάμες, au lieu de ἐνδοξοτέροις.

(2) Elles firent sans doute dans la suite le métier de courtisannes.

(3) Clemens Alexandrin. in Protreptico, p. 33. l. 18.

Miscellanea Lipsiensia Nova, Tom. IX,
pag. 107, & beaucoup plus correctement
dans la Lettre Critique de M. Toup, au
Docteur Warburton, Evêque de Glo-
cester, (*Epistola Critica ad virum cele-
berrimum, Episcopum Glocestriensem*,
pag. 86).

Cette Déesse étoit aussi connue à Syra-
cuse, selon Hésychius, sous le nom
d'Ευδωσώ, probablement à cause de sa
bienfaisance.

De Sicile en Italie, le trajet est court.
Il y avoit à (1) Rhegium, chez les Bru-
tiens, une très-belle Statue de Vénus en
marbre, dont les habitans n'auroient jamais voulu se défaire, quelque prix qu'on
leur en eût donné.

Elle avoit un Temple, près du Lac
Lucrin ; ce qui a fait dire à Symmaque (2) :

> *Ubi corniger Lyæus*
> *Operit superna Gauri*
>
> . . . . .
>
> . . . . . *Innatat choreis*
> *Amathusias renidens*
> *Salis arbitra & leporis*
> *Flos siderum Dione.*

Stace lui avoit donné par cette raison le

---

(1) Cicero in Verrem IV. §. 60.
(2) Symmach. lib. I. Epist. VIII. J'ai suivi la correction de Saumaise, qu'on peut voir dans ses Notes
sur Florus, lib. I. cap. XVI.

nom de Lucrina, ou peut-être étoit-elle ainſi ſurnommée.

(1) *Spectat & Icario nemoroſus palmite Gaurus*

    Et Lucrina Venus.

La côte de Baies lui étoit conſacrée :

    Litus beatæ Veneris aureum Baias

    Laudabo. Martial. lib. xi. Epigram. 81.

Il ne ſera peut-être pas inutile d'obſerver avant de quitter la Grece, qu'en ce Pays, on plaçoit (2) une Statue de Vénus à l'entrée des maiſons, & qu'on la mettoit (3) au nombre des Dieux Pénates.

Elle étoit connue dans le Latium, près de Minturne, ſous le nom de *Marica*, & proche de cette Ville (4) il y avoit une Chapelle ave ccette Inſcription : Ναὸς τῆς Αφροδίτης, Temple de Vénus. Les partiſans de cette opinion croyoient donc que Vénus avoit donné le jour à Latinus. Si Virgile eût été de ce ſentiment, il n'auroit point donné à Marica le titre de Nymphe, comme dans ce vers :

Hunc Fauno & Nymphâ genitum Laurente
    Maricâ.

---

(1) Statius Sylvar. lib. 3. vers. 147.
(2) Euripidis Hippolyt. vers. 101.
(3) Ælian. de Naturâ Animal. l. x. c. xxxiv. p. 583.
(4) Servius ad Virgilii Æneid. lib. vii. vers. 47.

Ce Poëte paroît avoir suivi l'opinion d'Hésiode, qui dit dans sa (1) Théogonie, que
Latinus étoit fils de Circé. Il est vrai qu'il
ajoute *& d'Ulysse*; mais l'on sait que
Virgile s'est écarté en plusieurs occasions
des régles de la Chronologie. Ce sentiment est encore appuyé du témoignage
de Lactance : *Solent* (2), dit-il, *mortuis*
consecratis nomina immutari ; credo, ne
quis putet eos homines fuisse. Nam & Ro-
mulus post mortem Quirinus dictus est,
& Leda Nemesis , & Circe Marica.

Ardea (3) colonie des Rutules , dans le
voisinage de laquelle étoit un Temple de
Vénus, où les Latins célébroient en commun une fête. Un peu plus bas étoit Lavi-
-nium , avec un Temple de la Déesse
commun à tous les Latins , dont l'admi-
nistration avoit été transmise aux Ardéa-
tes par leurs Ancêtres.

Enfin, nous voici arrivés à la Capitale du
Monde ; mais, avant que de parler du culte
qu'on y rendoit à cette Déesse , je ne dois
pas omettre l'étymologie du mot Vénus
chez les Latins , & de quelques-uns de
de ses dérivés

Elle étoit nommée Vénus par les Latins,
quia , dit (4) Cicéron, *venit ad omnia*. Il

---

(1) Hesiodi Theogonia, vers. 1010.
(2) Lactant. de Falsâ Religione, lib. 1. §. 21. p. 118.
(3) Strabo. lib. v. pag. 355. A.
(4) Cicero de Naturâ Deorum , lib. 3. §. 24.

répéte encore la même chose en un autre endroit : *Quæ* (1) *autem Dea ad res omnes veniret, Venerem noſtri nominaverunt.* L'on trouve auſſi dans Arnobe (2): *Quod ad cunctos veniat.* Mais S. Auguſtin paroît d'un autre avis dans la (3) cité de Dieu : *Venus ob hoc dicitur nuncupata, quod ſine ejus vi femina Virgo eſſe non deſinat.* Varron rapporte une autre Etymologie plus philoſophique, dont j'ai parlé, page 91.

De Vénus, les Latins formoient, au rapport de Ciceron, *Venuſtas & Venuſtus.* (4) *Ex eâ (Venere) potius Venuſtas, quam Venus ex Venuſtate.* Ils faiſoient venir auſſi du même mot *Veneror.* Tireſias, dit (5) Hygin, *dracones venerantes dicitur baculo percuſſiſſe.* On dit que Tiréſias frappa de ſon bâton deux ſerpens accouplés. *Antoninus Liberalis,* voulant exprimer la même choſe, a rendu *venerantes* par μιγνυμένες, ce qui détermine abſolument le ſens. *Venerius* ou *Venereus,* un eſclave dont la perſonne & les biens étoient conſacrés à Vénus Erycine, & dont Ciceron parle *Divinatione, in q. Cæcilium, §. 17. pro Cluentio, §. 15, &*

---

(1) Idem ibid. lib. 2. §. 27.
(2) Arnobius adverſus Gentes, lib. 3. pag. 115.
(3) Auguſt. n. de Civitate Dei, lib. vi. p. 9.
(4) Cicero de Naturâ Deorum, lib. 2. §. 27.
(5) Hygini Fabul. LXXV, pag. 148.

ailleurs, viennent encore de la même source. De-là auſſi, *Venerea pira*, ſorte de poire (1) dans Columelle & Pline; de même que nous autres François nous avons une pêche excellente, que nous nommons Têton de Vénus; *Venerea l'amarante*, dans un ouvrage attribué à Apulée (2), un coquillage dans (3) Senéque & dans (4) Pline le Naturaliſte. C'eſt le même que les pêcheurs appelloient, ſelon Héſychius, Oreille (5) de Vénus, & peut-être celui que nous nommons Conque de Vénus. Les Anciens prétendoient, comme je l'ai remarqué, que cette Déeſſe avoit été portée à l'iſle de Cypre ſur une Conque:

Te ex conchâ natam eſſe autumant ; cave tu harum conchas ſpernas.

Plaut. in Rudente. Act. 3. ſc. 3. vers. 42.

car il eſt bon d'obſerver que les Anciens donnoient volontiers le nom de Vénus à ce qu'ils trouvoient excellent & agréable. L'Adiante ou Capillaire ſe nomme

---

(1) Columell. de Re Ruſticâ, lib. v. x. XVIII. pag. 599. lib. XII. X. 4. pag. 821. Plin. Hiſtor. Natural. lib. XV. tom. 2. pag. 74?.

(2) Apuleius de Herbis v.

(3) Seneca Epiſt. 95. pag. 463.

(4) Plin. Hiſtor. Natural. lib. IX. cap. XXXIII. tom. 1. pag. 520. lib. XXXII. cap. XI. tom. 2. p. 595.

(5) Héſychius Voc. ὡς Ἀφροδίτης.

en latin *Capillus Veneris*, & une forte
de pois chiche, dont je dirai deux mots,
quand j'en ferai aux fêtes de Vénus,
Venerium (1) *Cicer.* Je parlerai auffi ailleurs du rafle de fix, & du coup victorieux au jeu des offelets, qui tiroient leurs
noms de cette Déeffe.

Avant que d'entrer dans des détails fur
les différentes Vénus connues à Rome, il
eft à propos de préfenter fous un feul &
même point de vue, toutes celles qui y
étoient adorées, rangées felon l'ordre des
quartiers de cette Ville, tel que nous les
trouvons dans *Sextus Rufus*, & dans
Publ. Victor, de Regionibus Romæ.

Dans le fecond quartier, un Temple de
Vénus & de Cupidon, fur le mont Cælius.
C'eft aujourd'hui Ste. Croix de Jérufalem.
Georg. Fabricius, Cap. IX.

Dans le troifieme quartier, une Chapelle
de Vénus.

Dans le quatrieme, une rue appellée
Vicus Veneris. Un Temple de *Vénus
Cloacina.*

Dans le cinquieme, une rue de *Vénus
Placida, Vicus Veneris Placidæ*, avec
une Chapelle de ce nom. Les Temples
de Vénus Erycine & Verticordia, dont
je parlerai plus amplement, étoient dans

---

(1) Plin. Hiftor. Natur. lib. XVIII. cap. XII. tom. 2,
pag. 116.

ce quartier. On y voyoit auffi une Chapelle de *Venus Cloacina*, différente de celle qui étoit dans le quatrieme quartier.

Dans le fixieme, le Temple de Vénus des jardins, de Sallufte, *Templum Veneris Hortorum Salluftianorum*. J'en ai fait un Article. Dans le même quartier, une Chapelle de Vénus.

Dans le feptieme, une rue de la Statue de Vénus, *Vicus Statuæ Veneris*. Une ftatue de la Déeffe avoit, fans doute, fait donner ce nom à cette rue.

Dans le huitieme, étoit le Forum, & fur le Forum, un Temple de Jules Céfar, où Augufte confacra le tableau de Vénus Anadyomene, dont j'ai parlé plus amplement, *pag.* 101. Deux Temples de Vénus chauve, l'un ancien, & l'autre récent, *Templum Veneris Calvæ vetus, Templum Veneris Calvæ novum*; un Temple de Venus *Genetrix*, appellé auffi de Vénus & d'Anchifes, avec un *Atrium*, dont je parlerai en fon lieu. Une *Ædes Veneris Cloacinæ*, une *Ædes Veneris Ericinæ*, dont je ferai mention. Le *Forum Cæfaris*, où l'on voyoit deux ftatues de Vénus; l'une cuiraffée, l'autre l'ouvrage d'Arcéfilaüs. Je m'en occuperai à l'article de Venus *Genetrix*.

Dans le neuvieme quartier, il y avoit au Panthéon de Jupiter une Statue de Vénus avec la perle de Cléopatre en pen-

dans d'oreilles, fur laquelle je m'étendrai. Un Temple de Vénus Victorieufe,
qui me paroît l'ouvrage de Pompée,
comme je l'ai remarqué à l'article de Vénus Nicéphore. Un Temple de Junon
dans le Portique d'Octavie, avec une Statue de Vénus & de Jupiter, ouvrage de
Philifcus de Rhodes, Statuaire eftimé,
dont l'on voyoit (1) à Rome un Apollon,
une Latone, une Diane, les neuf Mu-
fes, & un autre Apollon nud. Dans le
Portique d'Octavie, une Statue de Vénus
par Phidias, dont j'ai parlé à l'occafion de
Vénus Uranie, *pag.* 73 & 74.

Dans le dixieme quartier, une Chapelle de Vénus, fous le nom de Volupia,
ou Déeffe de la Volupté, dont j'ai dit un
mot, *pag.* 86.

Dans le onzieme, une rue dite *Vicus
Veneris.* Un Temple de Vénus. Fabius
Gurges, fils du Conful Quintus Fabius,
fit condamner à une amende, devant le
peuple, des femmes Romaines qui
s'étoient laiffé corrompre, & de l'argent
provenu de cette amende, il fit bâtir,
comme nous l'apprenons de (2) Tite-Live,
le Temple de Vénus, qui étoit près du Cirque. Un Temple de Vénus *Murcia,* autrement dite, *Myrtea,* près du grand Cir-

_____

(1) Idem, lib. xxxvi. cap. v.
(2) Tit, Livius, liv. x. cap. xxxi.

que. J'en ferai mention à l'article de Vénus *Murcia*. Une Chapelle de Vénus. Un autel de Vénus *Epitalaria*, dont je parlerai plus en détail.

Dans le douzieme quartier, une rue, dite *Veneris Almæ*, avec une Chapelle de la Déesse, sous le même nom.

Il y avoit, outre cela, un Temple de *Venus Victrix*, & un autre de *Venus Lubentina*, avec un bois sacré, dont on ignore la situation.

Entrons maintenant dans des détails, au sujet de quelques-unes de ces Vénus. Commençons par Vénus Erycine, que j'ai cru devoir réserver à cet Article.

Vénus étoit surnommée *Erycina* d'Eryx, qu'elle eut de Boiotus, selon le Scholiaste de Théocrite, sur le vers 101 de la XVe Idylle de Théocrite, ἀπὸ Ἐρυκος τῆ βοιωτῆ καὶ Ἀφροδίτης. Mais ce texte est altéré, & il faut lire ἀπὸ Ἐρυκος τοῦ Βύτε καὶ Ἀφρδίτης. On sait qu'Eryx étoit fils (1) de Butès. Mais je croirois plutôt que Vénus fut ainsi nommée (2) du mont Eryx, où elle avoit un Temple célèbre, & où elle étoit principalement honorée.

Ce Butès étoit (3) un Roi de Sicile. L'illustration qu'Eryx tiroit de sa mere

(1) Diodor. Sicul. lib. IV. §. 83. pag. 326.
(2) Idem. lib. V. §. 77. pag. 393.
(3) Idem. lib. IV. §. 83. pag. 326.

Vénus, le rendit recommandable aux na-
turels du pays, & lui acquit l'Empire fur
une partie de l'ifle. Il bâtit fur le penchant
d'une montagne une Ville magnifique,
à laquelle il donna fon nom, & fur le
fommet de cette montagne, qui étoit
renfermé dans la Ville, il éleva un Temple à fa mere, qu'il enrichit d'un grand
nombre d'offrandes. La piété des habitans,
& les honneurs qu'elle recevoit de fon fils,
lui rendirent cher ce pays, & par cette
raifon, elle fut elle-même appellée Vénus
Erycine.

Le mont Eryx (1) eft près de la mer,
dans cette partie de la Sicile qui regarde
l'Italie entre Drépanes & Panorme. Ce
mont eft efcarpé du côté de Drépanes;
& après l'Etna, c'eft le plus grand qu'il
y ait en Sicile. Le fommet eft un terre-
plein, que Dédale élargit (2) par le
moyen d'un mur qu'il conftruifit fur le
précipice. On avoit bâti fur le penchant
de la montagne une Ville de même nom,
que l'on appelle actuellement (3) Trapani
del monte, & fur le terre-plein, où eft
à préfent la citadelle de St. Julien, on
avoit élevé le Temple dont je parle, le
plus célebre (4) de toute la Sicile, par la

---

(1) Polyb. lib. 1. §. 55. pag. 79.
(2) Diodor. Sicul. lib. 1V. §. 78. pag. 322.
(3) Jacobi Philippi d'Orville Sicula, cap. V. p. 51.
(4) Polyb. lib. 1. §. 55. pag. 79.

richeffe des offrandes , & la magnificence
de fes ornemens. Dédale, qui s'étoit réfu-
gié dans cette ifle , y avoit confacré un (1)
rayon de miel d'or , fi bien travaillé , qu'on
le prennoit pour un véritable rayon de
miel. Ce Temple étoit (2) refpecté dès
les temps les plus anciens , & n'étoit pas
moins riche que celui de Paphos. Il ne
l'étoit pas cependant encore , lorfque les
Athéniens porterent la guerre en Sicile ,
c'eft-à-dire, vers la 91ᵉ Olympiade. En
effet , les Habitans d'Egefte , voulant
engager les Athéniens à fe déclarer pour
eux , menerent les députés d'Athenes au
Temple d'Eryx , & leur en firent voir les
richeffes. C'étoient, dit Thucydide (3) ,
des phioles , des crateres , des encenfoirs
& autres uftenfiles , qui étant d'argent ,
avoient l'apparence d'être fort riches ,
quoiqu'ils fuffent de peu de valeur.

Ces richeffes augmenterent avec le
temps. « Qui n'admireroit avec raifon ,
» dit (4) Diodore de Sicile, la gloire de
» ce Temple. Il y en a qui ont acquis de
» la célébrité , mais des révolutions les
» ont fouvent abaiffés. Quant à celui-ci ,

---

(1) Diodor. Sicul. lib. IV. §. 78. pag. 322.
(2) Paufanias Arcadic. five lib. VIII., cap. XXIV.
pag. 646.
(3) Thucydid. lib. VI. §. 6. pag. 407.
(4) Diodor. Sicul. lib. IV. §. 83. pag. 326.

» quoiqu'il tire fon origine des fiécles les
» plus reculés, il eft le feul, dont les hon-
» neurs, bien loin de diminuer, aient
» toujours été en augmentant. Car après
» ceux que lui rendit Eryx, Enée étant
» abordé en Sicile en allant en Italie,
» décora ce Temple d'un grand nombre
» d'offrandes, comme étant confacré à
» fa mere. Les Sicaniens enfuite hono-
» rerent la Déeffe pendant plufieurs gé-
» nérations, & ornerent continuellement
» fon Temple de magnifiques préfens.
» Les Carthaginois, s'étant après cela
» rendu maîtres de cette partie de la Si-
» cile, eurent pour la Déeffe un refpect
» fingulier. Enfin les Romains s'étant
» emparés de l'Ifle entiere, furpafferent
» tous leurs devanciers par les honneurs
» qu'ils lui rendirent, & cela avec raifon.
» Car faifant remonter leur origine à
» cette Déeffe, & attribuant à cette caufe
» les heureux fuccès qui accompagnoient
» toutes leurs entreprifes, ils tâchoient
» de reconnoître cet accroiffement de
» fortune par des graces & des honneurs.
» Les Confuls, les Prêteurs, tous les
» Magiftrats, en un mot, qui venoient
» dans cette Ifle, offroient à la Déeffe
» des facrifices magnifiques, & lui ren-
» doient de grands honneurs; auffi-tôt
» qu'ils étoient arrivés au mont Eryx,
» ils mettoient de côté les marques im-

» posantes de leurs dignités, pour ne
» s'occuper gaiement que de jeux &
» de la société des femmes, ne croyant
» pouvoir se rendre agréables à la Déesse,
» qu'en se conduisant de la sorte. Le
» Sénat Romain, qui avoit pour elle
» une singuliere vénération, permit par
» un decret, à dix-sept villes des plus
» fideles de la Sicile, de porter de l'or
» en l'honneur de Vénus, & de faire gar-
» der le Temple par deux cens soldats. »

Nous avons vu dans ce passage de Diodore de Sicile, le respect qu'eurent pour
ce Temple les Carthaginois. Cela paroît
contredire Elien, qui après avoir parlé de
l'or, de l'argent, des colliers & des anneaux
précieux, que la crainte de la Déesse em-
pêchoit de piller, ajoute qu'Amilcar (1)
s'en empara, & les convertit en mon-
noies d'or & d'argent qu'il distribua
à ses troupes. Je croirois très-possible
de concilier ces deux Auteurs. Amilcar
fut pris par les Syracusains, & expira au
milieu des supplices les plus cruels, &
tous ceux qui eurent part à ce sacrilége,
périrent d'une mort violente. Cela parut
sans doute une punition des Dieux à ces
peuples superstitieux, & ne manqua pas
de leur inspirer dans la suite un grand respect pour la Déesse.

_____

(1) Ælian. de Natura Animal. lib. x. cap. L. p. 601.

Les habitans & les étrangers offroient tous les jours des sacrifices à la Déesse, sur le grand Autel qui étoit exposé à l'air. Les sacrifices duroient tout le jour jusqu'à la nuit, & cependant, ajoute le superstitieux (1) Elien, on n'appercevoit, au lever de l'aurore, ni charbons, ni cendres, ni restes de tisons sur l'Autel, mais beaucoup de rosée, & de l'herbe nouvelle, qui ne manquoit pas d'y croître toutes les nuits. Les victimes, continue-t-il, se rendoient d'elles-mêmes à l'Autel, suivant l'impulsion de la Divinité, & la volonté de ceux qui les offroient. Voulez-vous sacrifier une brebis, aussi-tôt une brebis se présente à l'Autel avec la cuvette sacrée. Il en est de même d'une chevre ou d'un chevreau. Si vous êtes riche, & que vous vouliez immoler une genisse, ou même plusieurs, le berger ne vous surfera point, & vous ne le vexe-rez point en marchandant. Car la Déesse à l'œil sur la justice de votre achat, & si vous l'observez, elle vous sera propice. Mais si voulez acheter à meilleur mar-ché qu'il ne convient, envain déposez vous votre argent, la victime s'en retour-ne, & vous ne pouvez sacrifier.

Ce Temple étoit plein de femmes (2)

---

(1) Idem. ibid. pag. 603.
(2) Strabo. lib. VI. pag. 418. B.

attachées

chées au culte de la Déesse, que les Si-
ciliens & beaucoup d'étrangers lui avoient
données pour accomplir leurs vœux. Quoiqu'esclaves, elles pouvoient se racheter
lorsqu'elles étoient en état de payer leur
liberté. Témoin Agonis de Lilybée (1)
qui étoit affranchie de Vénus Erycine,
& dont les biens exciterent la cupidité de
Verrès. La dévotion se rallentit dans la
suite, & quoique la montagne fût encore habitée du tems de Strabon, la
ville l'étoit beaucoup moins qu'autrefois,
le Temple manquoit (2) de Prêtres, &
l'on n'y voyoit plus tant de femmes dé-
vouées aux Autels de la Déesse.

Enfin ce Temple (3) tomba en ruine
de vétusté; mais Tibere, qui se croyoit
parent de Vénus, parce qu'il étoit entré
dans la famille Julia, le rétablit. Suétone
(4) prétend que ce fut Claude qui le fit
rebâtir. Cette contradiction n'est probablement qu'apparente. Tibere aura commencé l'ouvrage, & Claude l'aura achevé. On trouve parmi les Médailles de Sicile, à la fin des *Voyages de Sicile* (5)
de feu M. d'Orville, plusieurs médailles

(1) Cicero Divinat. in Quint. Cæcilium. §. 17.
(2) Strabo loco superius allato.
(3) Tacit. Annal. lib. IV. §. 43.
(4) Suetonius in Claudio. §. 25.
(5) Jacob. Philippi d'Orville Sicula, pag. 390, &c.
Tab. XI.

de Ségeste, avec la tête de Vénus Erycine
& cette légende : ΣΕΓΕΣ ΤΙΒ. qui me
semble indiquer le rétabliſſement de ce
Temple par Tibere. Tel étoit auſſi le ſentiment (1) de feu M. Haverkamp. On lit auſſi
ſur quelques autres médailles de la même
ville la même légende écrite ΣΕΓΕΣ ⊐ΙΒ.
que je rapporte, à cauſe de la maniere
ſinguliere d'écrire le Tau ; ſingularité qui
ſe remarque pareillement ſur un très-
grand nombre d'autres médailles.

C. Conſidius Nonianus, Queſteur de
Sicile, paroît avoir été chargé par Tibere
du ſoin de rebâtir ce Temple. On voit
ſur une médaille de Fulv. Urſinus la tête
de Vénus Erycine couronnée de myrte,
avec cette légende : *C. Conſidi Noniani
S. C.*, & de l'autre côté cette Inſcription, EPUC. autour d'un Temple avec
une porte, environné d'un mur, & poſé
ſur le haut d'une colline ; ce qui avoit
fait regarder ce Temple par (2) Vaillant
comme celui de Venus Capitolina. Mais
Rickius, dans ſes Notes ſur les Annales
de Tacite (lib. IV. §. 43.) Spanheim,
de uſu & præſtantiá Numiſmatum &
Haverkamp *ad Parut. Sicil. Numiſm.
Tab.* 107. *n°.* 2. *pag.* 642 *&* 644. & plus
amplement *ad Morell. Theſaur. Numiſ-*

_____

(1) In Commentar. ad Parut. pag. 671 & 672.
(2) Tom. 1. Numiſmat. Conſ. Tab. XLV. n° 5.

mat. tom. I. pag. 209. font de mon avis.

Il paroît par une Epigramme ancienne donnée par Muratori (tom. II. pag. 762) avec une négligence dont il y a peu d'exemples, que les habitans de la ville d'Eryx placerent dans le Temple de la Déeſſe la Statue de Tibere avec celle de Claude. Comme l'Epigramme dont je parle eſt mutilée, on ne peut rien aſſurer. On trouvera ſans doute là-deſſus des éclairciſſemens dans l'ouvrage que prépare le Prince Lancillotti Caſtello, ſur les Antiquités & les Inſcriptions de Sicile.

Il y avoit anciennement à Pſophis (1), en Arcadie, un Temple de Vénus Erycine, qui étoit tombé en ruine du tems de Pauſanias. L'opinion la plus commune étoit que Pſophis étoit fille d'Eryx, Roi de Sicanie; que ſon pere ayant remarqué qu'elle étoit enceinte, l'envoya à Phégée chez ſon ami Lycortas, où elle accoucha de deux enfans, qui donnerent dans la ſuite à cette ville le nom de leur mere.

Le Dictateur (2) Quint. Fabius Maximus fit vœu, l'an 535 de Rome, de bâtir un Temple en l'honneur de Vénus Erycine, après la bataille de Traſimene, ainſi que l'avoient preſcrit les Livres des Si-

_____

(1) Pauſanias Arcadic. ſive lib. VIII. cap. XXIV. pag. 645.

(2) Tit. Livius, lib. XXII. cap. IX & X.

I ij

bylles. Sur la fin de l'année fuivante (1),
il demanda au Sénat la permiffion de dé-
dier le Temple de Vénus Erycine, qu'il
avoit fait vœu de bâtir en l'honneur de
cette Déeffe pendant fa Dictature. Le
Sénat ordonna que lorfque Tibere Sem-
pronius, Conful défigné, feroit entré en
charge, il feroit fon rapport au Peuple,
à l'effet de créer Quint. Fabius Maximus
Duumvir, pour faire la dédicace de ce
Temple. Il étoit dans le Capitole (2), c'eft-
à-dire, dans le huitieme quartier, & fé-
paré feulement par un canal de celui de
Mens, qui fut confacré dans le même
tems.

On prit de-là occafion de donner à cette
Vénus le furnom de *Capitolina*, dont
parle Suétone (3) en deux endroits. Dom
de Montfaucon ne l'a point oubliée dans
fon (4) Antiquité Expliquée ; mais content d'une dénomination féche, & fans
faire voir le rapport qu'elle a avec Vénus
Erycine, rapport qu'il paroît avoir ignoré, il cite Lampridius qui n'en dit rien
du tout.

Ce Temple étoit à l'entrée du Capitole, & c'eft fans doute cette circonftance
qui fit naître à Ovide l'idée de dire par

___

(1) Idem, lib. XXIII. cap. XXX.
(2) Idem ibid. cap. XXXI.
(3) Sueton. in Caligulà, §. 7. in Galbâ. §. 18.
(4) Antiquité Expliquée, tom. 1, pag. 171.

une prolepse familiere aux Poëtes, en parlant des Sabins qui ouvroient les portes du Capitole, que Vénus fut le seul Dieu qui s'en apperçut :

(1) *Sola Venus portæ cecidisse repagula sensit.*

J'ai dit, *par une prolepse*, parce que ce Temple n'existoit point alors. Burmann me paroît avoir eu tort de supposer dans ses Notes sur ce vers, qu'il étoit question du Temple de Vénus *Cluacina*. Il y en avoit un, il est vrai, dans ce quartier; mais il étoit trop éloigné; d'ailleurs, ce Savant s'apuie d'un passage de Pline qui est altéré.

Je n'oserois assurer que ce Temple soit le premier qu'on ait élevé à Vénus dans Rome; mais il n'est fait mention d'aucun autre avant cette époque. Cette Déesse ne fut peut-être elle-même connue des Romains qu'après qu'ils eurent voyagé dans la Grande Grece. Du moins Varron (2) remarque-t-il, comme je l'observerai encore, qu'elle avoit été inconnue sous les Rois de Rome, & Cincius étoit de même avis.

On pourroit conclure d'un passage de Pline, que je citerai en parlant de Vénus

_____

(1) Ovid. Metamorphos. lib. XIV. vers. 783.
(2) Macrob. Saturnal. lib. 1, cap. XII. pag. 170.

Myrtea, que Vénus étoit connue à Rome,
dès le tems du Rapt des Sabines ; mais le
témoignage de Varron, le plus Savant
des Romains, me paroît d'un plus grand
poids que celui de Pline, trop occupé
pour avoir eu le loifir de difcuter ce fait,
& j'ai montré de quelle manière il falloit
entendre le vers d'Ovide que je viens de
citer.

Il y avoit à Rome, en 550, un autre
Temple de Vénus (1) Erycine au-delà de
la Porte Colline, c'eft-à-dire, dans le cinquieme quartier :

(2) *Eft prope Collinam templum venerabile Por-*
　　　tam ;
　　　　Impofuit templo nomina celfus Eryx.

On y prépara les jeux d'Apollon en
cette année, à caufe de l'inondation du
Tibre, qui avoit empêché de les célébrer
felon l'ufage, dans le Cirque. Cependant
on eft bien furpris de voir vingt & un ans
après un Temple de Vénus Erycine dédié
dans le même endroit par Luc. Porcius,
Duumvir (3), environ un an après qu'il
eut fait vœu de le conftruire. Tite-Live
fe feroit-il trompé dans le premier paffage, dit M. Drackenborch ? ou plutôt,

_____

(1) Tit. Livius, lib. xxx. cap. xxxviii.
(2) Ovid. Remed. Amoris, verf. 519.
(3) Tit. Livius, lib. xl. cap. xxxiv.

ajoute-t-il, cet Historien n'auroit-il point désigné, par une prolepse, le lieu où depuis fut bâti ce Temple?

Je réponds que Tite-Live étoit trop instruit pour se tromper sur un fait de cette nature. A l'égard de la prolepse, Ovide, comme Poëte, pouvoit l'employer.

Pictoribus atque Poetis
Quid libet audendi semper fuit æqua Potestas;

Mais la sévérité de l'Histoire ne permet pas une pareille licence. Si jamais on l'admettoit, elle y répandroit une incertitude que rien ne pourroit dissiper. Si ce Temple n'eut point existé en 550, cet Historien se seroit contenté de dire qu'on célébra les jeux d'Apollon au-delà de la Porte Colline, auprès du lieu où l'on avoit depuis élevé un Temple à Vénus Erycine.

Ce qui n'étoit d'abord qu'une simple conjecture, acquiert de la consistance par un passage d'Ovide que les Commentateurs de ce Poëte, ainsi que ceux de Tite-Live, chose bien étrange, ont cru en contradiction avec cet Historien.

Templa (1) frequentari Collinæ proxima Portæ
Nunc decet : à Siculo nomina colle tenent.
Utque Syracusas Arethusidas abstulit armis
Claudius, & bello te quoque cepit, Eryx;
Carmine vivacis Venus est translata Sibyllæ;
Inque suæ stirpis maluit urbe coli.

_____

(1) Ovid. Fastor. lib. IV. vers. 871, &c.

I iv

Ce paſſage prouve manifeſtement que le Temple élevé en cette occaſion n'eſt point celui que dédia le Duumvir Quint. Fabius Maximus. 1° Parce que celui-ci fut dédié avant que la Sicile eût été ſubjuguée, & que l'autre ne fut bâti qu'après la conquête de cette iſle. 2° Parce que celui dont parle Ovide étoit près de la Porte Colline, & que l'autre étoit dans le Capitole.

Ces vers prouvent auſſi que le Temple d'Eryx, conſtruit par Claudius Marcellus le fut tout de ſuite après la priſe de Syracuſes.

(2) *Utque Syracuſas Arethuſidas abſtulit armis*
Claudius, & bello te quoque cepit, Eryx;
Carmine vivacis Venus eſt tranſlata Sibyllæ;
Inque ſuæ ſtirpis maluit urbe coli.

Or cette conquête eſt de l'an 540 de Rome. On n'eſt donc plus ſurpris de ce qu'il eſt fait mention de ce Temple dix ans après, à l'occaſion des jeux d'Apollon que l'on y célébra. Mais ſi l'exiſtence de ce Temple, en 550, eſt bien conſtatée, comme je le penſe, pourquoi Lucius Porcius dédie-t-il au même lieu un temple à Vénus Erycine vingt & un ans après, c'eſt-à-dire, trente & un ans après que Claudius Marcellus l'eut fait élever. On

_____

(1) Idem ibid. verſ. 873, &c.

peut répondre que celui de Marcellus
n'avoit point été construit d'une maniere
solide, & qu'étant tombé en ruine, on
avoit été obligé de le rebâtir. On pourroit dire aussi qu'il avoit été détruit par un
incendie, ou par quelque autre accident.

Cette conjecture me semble naturelle.
Si elle n'est point vraie, du moins a-t-elle
le mérite de faire accorder Tite-Live avec
Ovide, qui avoient paru jusqu'ici se contredire mutuellement, & de concilier
deux passages de cet Historien que les
plus habiles Commentateurs avoient cru
inconciliables.

Remarquons aussi que ce Temple, ainsi
que celui de Vénus Verticordia, fut placé
hors de la ville, selon les principes des
Aruspices Etrusques. Les Temples de
Vénus (1), est-il dit dans leurs Livres,
doivent être placés proche des portes &
hors de la ville, afin d'ôter par l'éloignement, plusieurs occasions de débauche
aux jeunes gens & aux meres de famille.

Il y avoit à Rome un autel de Vénus
Epitalaria (2), c'est-à-dire, qui se plaît au
travail, Τάλαρος étant la corbeille où les
femmes mettoient leurs laines & leurs
fuseaux. Il étoit près du Temple de la

---

(1) Vitruv. lib. 1. cap. VII.
(2) Plutarch. de Fortunâ Romanor. pag. 323. A.

Fortune Virile, & par conféquent dans le onzieme quartier. Cette Vénus tenoit aux mœurs anciennes, & faisoit allusion aux occupations des Dames Romaines. Cet autel, qui honoroit le siécle où on l'avoit dreffé, étoit la condamnation des siécles fuivans, où les femmes, amies de l'oifiveté, sembloient avoir renoncé à toute pudeur. Cette Vénus paroît avoir donné à Nonnus l'idée de repréfenter la Déeffe filant & faifant de la toile.

Vénus, dit-il, dont (1) les Jeux, les Ris, les Amours avoient été l'unique occupation, prit du goût pour les amufemens de Minerve, & se mit à manier le fufeau & à faire de la toile. Pitho, la Déeffe de la Perfuafion, préparoit les laines, Pafithée tournoit le fufeau, & Aglaïa diftribuoit les fils à la Déeffe. La Flûte oifive ne mêloit plus fes accens aux tendres chants de l'Hymenée ; Harmonie gémiffoit de n'avoir plus de tendres amans à unir; le Flambeau de l'Amour étoit éteint, fes Traits émouffés ; ce Dieu avoit ôté la corde de fon arc, & le monde vieilliffoit triftement fans fe reproduire. Minerve, jaloufe des fuccès de Vénus, en porta fes plaintes à Jupiter. Les toiles & les fufeaux, lui dit-elle, m'ont été affignés par les Deftins, tels font mes droits,

_____

(1) Nonnus Dionyfiacor. Lib. XXIV. verf. 243, &c.

tels font mes priviléges, Junon les ref-
pecte quoique votre fœur & votre femme,
& Vénus s'en empare. Mais qu'a-t-elle
donc fait pour les Dieux? A-t-elle jamais
combattu pour eux? Quels font les Ti-
tans qu'elle a vaincus avec fon Cefte?

Ce difcours (1) excita la curiofité des
Dieux. Mercure, né railleur, badina Vénus fur ce nouveau goût. Vous vous em-
parez, lui dit-il, des toiles de Pallas,
laiffez-lui donc auffi (2) votre Cefte, &
armez votre bras de fa pique pefante &
de fa redoutable Egide. Vous préparez
fans doute cette étoffe pour Mars; n'y
repréfentez cependant ni boucliers ni
combats, Vénus n'a rien de commun avec
la guerre. Tracez-y plutôt le foleil, témoin de vos amours furtifs, & que vos
chaftes mains y brodent ces liens antiques
dont Vulcain fut vous enchaîner avec
votre amant. Les Dieux rirent de cette
plaifanterie; elle fit effet. Vénus n'acheva
point fon ouvrage, reprit la route de
Cypre, & ne fongea plus, avec fon fils,
qu'à unir les cœurs.

Cette fable fait-elle allufion à la Vénus

---

(1) Ce difcours eft très-long dans Nonnus ; je l'ai
beaucoup abrégé.
(2) Il y a dans Nonnus, verf. 299 τεὸν λίπε κεστὸν
Ἀϑήνῃ. Mais il faut lire Ἀϑήνῃ au datif, autrement il
n'y a pas de fens. Le Traducteur Latin s'y eft trompé.

I vj

Epitalaria dont je viens de parler, ou plutôt ne veut-elle pas dire que dans l'enfance du monde, on ne s'occupoit que des arts utiles; que lorsque la terre fut plus peuplée, on inventa peu-à-peu les arts d'agrément, & qu'il y eut alors beaucoup de gens oisifs, qui ne penserent qu'aux plaisirs, & se laisserent sur-tout aller au plus dangereux penchant de la nature.

Vénus *Verticordia* répondoit à-peu-près, chez les Romains, à la Vénus *Apostrophia* des Grecs. Trois Vestales (1) s'étant laissé corrompre par des Chevaliers Romains, furent punies, suivant l'usage. Le Sénat (2) ayant consulté à ce sujet les Livres des Sibylles, fit élever à Vénus un Temple & une Statue sous le nom de Verticordia, afin d'engager cette Déesse à détourner les femmes & les jeunes filles des passions déréglées, & à les porter à la pureté.

C'est ce qu'Ovide a exprimé dans ses Fastes (3):

Roma pudicitiâ proavorum tempore lapsa est:
Cumæam, Veteres, consuluistis Anum.
Templa jubet Veneri fieri: quibus ordine factis,
Inde Venus verso nomina corde tenet.

---

(1) Julius Obsequens de Prodigiis XCVIII. p. 108.
(2) Valer. Maxim. lib. VIII. cap. XV. §. 12. p. 784
(3) Ovid. Fastor. lib. IV. vers. 157, &c.

On enterroit les Veſtales en vie, rue Salaria, au-delà de la Porte Colline. C'eſt ſans doute ce qui a engagé Onuphrius à conjecturer que ce Temple étoit en cette rue. Cette conjecture me paroît vraiſemblable. Cependant il y avoit dans l'intérieur du Cirque un Temple ou Chapelle de Vénus (1) Verticordia ; mais il peut ſe faire qu'il y eut à Rome deux Vénus de ce nom, comme il y avoit deux Vénus Erycines. Quoi qu'il en ſoit, ce Temple fut élevé l'an 639 de Rome, ſi l'on en croit les Commentateurs de Valere Maxime. Il étoit dans le cinquième quartier. Sulpitia (2), fille de Paterculus, & femme de Fulvius Flaccus, fut élue ſur cent femmes choiſies pour faire la dédicace de la Statue de la Déeſſe, ſuivant que le preſcrivoient les Livres des Sibylles.

Il paroît que c'eſt la même hiſtoire que rapporte (3) Plutarque dans ſes Queſtions Romaines ; mais, ſans parler du Temple qu'on éleva à Vénus en cette occaſion, il dit qu'on enterra vifs deux Grecs & deux Gaulois en l'honneur des Dieux Etrangers, afin de détourner de deſſus

---

(1) J'en parlerai à l'Article de Vénus *Muroia* ou *Myrtea.*

(2) Plin. Hiſtor. Natur. lib. VII. cap. XXXV. tom. ſ] pag. 394. Valer. Maxim. loco ſuperius laudato.

(3) Plutarch. Quæſt. Rom. pag. 284. B.

la République les malheurs dont la me-
naçoient les Livres des Sibylles.

Passons maintenant à Vénus *Murcia.*
Il y avoit, dit (1) M. Gori, dans le territoire de Veies, une ville appellée *Arœ*
Mutiœ, ou *Arœ Murtiœ* de *Murcia*, surnom de Vénus qui y étoit adorée. M. Gori
auroit dû nous faire part de ses autorités;
ce n'est pas la seule chose hazardée qui
se trouve dans son ouvrage.

Quoi qu'il en soit, Vénus étoit adorée
à Rome sous le nom de Vénus Murcia;
c'étoit la même que Vénus Myrtea, dont
le nom avoit souffert quelque altération
dans le langage ordinaire. Plutarque dit,
en parlant des sacrifices que les femmes
faisoient à la Bonne Déesse : (2) «Elles
» ont le myrte en horreur , parce qu'il
» est consacré à Vénus; car les Romains
» appellent actuellement Vénus Murcia,
» celle à laquelle ils donnoient autrefois
» le nom de Venus Myrtea. » Le témoignage de Plutarque est confirmé par celui de Pline le Naturaliste : « Il y avoit (3),
» dit-il, un ancien Autel de Vénus Myr-
» tea , qu'on appelle maintenant Vénus
» Murcia : *Ara vetus Veneris Myrteæ*
» *quam nunc Murciam vocant.* »

_____

(1) Gori Museum Etruscum, tom. 1. pag. 116.
(2) Plutarch. Quæst. Roman. pag. 268. E.
(3) Plin. Histor. Natural. lib. xv. cap. xxix. tom. 1.
pag. 753.

Son Temple ou Chapelle étoit dans le Cirque intérieur, appellé le Cirque près du Mont Murcius : *Intimus* (1) *Circus ad Murtium vocatus . . . . dicunt esse à Murteto declinatum, quod ibi id fuerit, cujus vestigium manet, quod ibi sacellum etiam nunc Murtiæ Veneris.* Ce mont étoit le même que le Mont Aventin : *Murciæ Deæ sacellum erat sub monte Aventino, qui antea Murcus vocabatur. Festus Voc. Murciæ.* Tite-Live place aussi la Chapelle de Vénus Murcia près de la même montagne : (2) *Ancus . . . ingenti prædá potitus, Romam redit, tum quoque multis millibus Latinorum in civitatem acceptis ; quibus, ut jungeretur Palatio Aventinum ad Murciæ datæ sedes.*

Les Bornes autour desquelles on tournoit dans le Cirque avoient pris de cette Déesse le nom de *Metæ Murciæ :* (3) *si quis à fugá retrahere, vel occultam demonstrare poterit Regis filiam, Veneris ancillam, nomine Psychen, conveniat retro Metas Murcias Mercurium prædicatorem.* Tertullien dit la même chose qu'Apulée : *Consus* (4) *, ui diximus, apud*

---

(1) Varro de Linguâ Latinâ, lib. IV. pag. 37.
(2) Tit. Liv. Histor. lib. I. cap. XXXIII. §. 5.
(3) Apul. Metamorphos. lib. VI. pag. 180.
(4) Tertullianus de Spectaculis. Je cite ce passage tel qu'il a été corrigé par Joseph Scaliger.

Metas sub terrâ delitescit Murcias. Has quoque idolum fecit. Murtiam enim Deam Amoris volunt, cui in illâ parte Ædem vovére.

Cette Vénus se nommoit aussi Verticordia : (1) *Vallis ipsa ubi Circenses editi sunt, ideo Murcia dicta est, quia quidam vicinum montem Murcum appellatum volunt ; alii quod Fanum Veneris Verticordiæ ibi fuerit, circa quod nemus e Myrtetis fuisset, inde mutatâ litterâ Murciam appellatam.* Le texte est certainement corrompu : je lis *inde Myrteam & postea mutatâ litterâ Murciam appellatam.*

Je ne puis m'imaginer que cette Vénus soit la même que celle dont j'ai parlé à l'Article Verticordia, page 204, &c. Je croirois plutôt qu'il y avoit à Rome deux Chapelles de ce nom, de même qu'on y voyoit deux Temples de Vénus Erycine.

Quelques Peres de l'Eglise, & S. Augustin entr'autres, prétendent que Murcia étoit la Déesse de la Paresse : (2) *Dea Desidiæ existimata est, quæ faceret hominem* Murcidum, *id est, nimis desidiosum.* Ils faisoient venir, comme on le voit, ce mot de *Murcidus.* Cette étymologie s'accrédita vers le temps de Constantin, & Servius, qui vivoit sous ce Prince,

(1) Servius ad Virgilii Æneid. lib. VIII. vers. 636.
(2) Stus Augustin. de Civitate Dei, lib. IV. cap. XVI.

après avoir rapporté sur le vers 636 du huitieme Livre de l'Enéide, l'opinion la plus généralement reçue, qui étoit celle des Anciens, & ce qui est à remarquer, celle de Varron, le plus sçavant des Romains, ajoute : *alii Murciam à* Murco, *quod est* Murcidum *dictam volunt.* Le peu d'autorité de cette étymologie me paroît une bonne raison pour lui donner l'exclusion.

Il y avoit aussi une Vénus Myrica (1) qui ne m'est connue que par un passage de Servius ; mais je le crois altéré, & je pense qu'il faut lire *Murcia & Myrtea* au lieu de *Myrica & Myrtea.* Le changement que je fais au texte de Servius me paroît d'autant plus sûr, qu'il est fondé sur des passages de Pline & de Plutarque, ci-dessus cités, & qu'il est léger & ne consiste qu'à écrire l'*i* après le *c*, au lieu de le mettre devant. Je ne dois pas cependant dissimuler qu'il y avoit dans l'isle de (2) Cypre un lieu nommé Myricæ, où Vénus étoit en grande vénération.

Le Myrte étoit consacré à la Déesse, parce qu'au sortir de la mer, elle se retira parmi des Myrtes (3), afin de cacher

(1) Servius ad Virgilii Æneid. lib. vers. 720.
(2) Hesychius Voc. Μυρίκαι.
(3) Servius ad Virgilii Æneid. lib. v. vers. 72.

fa nudité. Ovide (1) fait auffi la même
remarque, mais avec quelque légere différence. Elle (2) fe couronna de myrtes
après la victoire qu'elle remporta fur Junon & Pallas, au jugement de Paris, qui
lui adjugea le Prix de la Beauté. Les deux
autres Déeffes prirent, par cette raifon, le
myrte en horreur. Mais comme les Légendes des Anciens n'ont pas beaucoup
de confiftance, d'autres Auteurs (3) prétendent que cette plante étoit très-agréable
à Minerve. Myrfine, difent-ils, étoit une
jeune Athénienne, qui furpaffoit en beauté toutes les jeunes filles d'Athenes &
en force tous les garçons. Elle étoit agréable à Minerve, fe rendoit à la Paleftre,
au Stade, & couronnoit les victorieux.
Quelques jeunes gens indignés contreMyr-
fine, parce qu'ils avoient été vaincus, la
tuerent par jaloufie. Sa mort n'éteignit
point l'amitié qu'avoit pour elle Minerve.
Le Myrte lui fut toujours cher, ainfi que
l'Olivier. On fait que Μυρσίνη fignifie un
Myrte.

Lorfque les Romains & les (4) Sabins
eurent mis bas les armes, ils fe purifie-

(1) Ovid. Faftorum, lib. IV. verf. 141 , &c.
(2) Nicandri Alexipharm. verf. 618 , &c.
(3) Geoponic. lib. XI. cap. VI. pag. 305 & 306.
(4) Plin. Hiftor. Natur. lib. XV. cap. XXIX. tom. I.
pag. 753.

rent avec du myrte, parce que Vénus
préside à l'union conjugale, & que cet ar-
buste lui est dédié. On sait que les Sabins
avoient pris les armes pour venger le Rapt
de leurs filles & de leurs femmes. Cependant (1) Varron assure, suivant (2)
Macrobe, que Vénus ne fut point connue
à Rome sous les Rois. Quoi qu'il en soit,
cette purification me rappelle les Temples
& Statues de Vénus *Cloacina*, qu'on voyoit
à Rome du temps de Pline ; car les Ancient-
ciens, selon la remarque de cet Auteur,
disoient (3) *cluere* pour purger, nétoyer,
purifier : *cluere enim Antiqui purgare di-*
cebant. On lisoit autrefois *pugnare* en ce
passage, & je crois cette faute très-ancienne, & qu'elle existoit déja du temps
de Servius, puisqu'elle paroît avoir donné
occasion à ce Grammairien de dire que
Vénus étoit (4) armée, parce que *cloare*,
dit-il, signifie combattre. Cette faute a
induit en erreur M. Gori, *page* 117 du
Muséum Etruscum. D'un autre côté,
Lactance interprete ce surnom différem-
ment. « Tatius, dit ce Pere (5), consacra

***

(1) Voyez ci-dessus, pag. 197.
(2) Macrob. Saturnal, lib. 1. cap. XII. pag. 170.
(3) Plin. Histor. Natural. lib. XV. cap. XXIX.
tom. 1. pag. 753.
(4) Servius ad Virgilii Æneid. lib. 1. vers. 720.
(5) Lactant. de Falsâ Religione, lib. 1. cap. XX.
pag. 104. lin. ult. & pag. 105.

» la Statue de Cloacina, qui fut trouvée
» dans le grand Cloaque, & comme il
» ignoroit qui elle repréfentoit, il lui donna
» le nom du lieu d'où on l'avoit tirée. »
L'explication de Pline, fçavant dans les
Antiquités de fa Patrie, me paroît pré-
férable à celle d'un Pere de l'Eglife qui
les connoiffoit médiocrement. On n'ignore point, que content de répandre du ridicule fur les Divinités des Payens, ce
Pere s'attachoit, ainfi que beaucoup d'autres, à des étymologies fouvent trom-
peufes, ou à des approximations de noms.
On en a vu un exemple dans S. Augu-
tin, qui vouloit que Murcia fût la Déeffe
de la Pareffe, & l'on fait que d'autres
Peres ont cru que les Romains avoient
élevé une Statue à Simon le Magicien,
parce qu'on avoit trouvé dans le Tibre
la bafe d'une Statue : avec cette Infcription : *Semoni Sanco.*

Le Temple de Cluacina (1) étoit fur la
place de Rome, près des *Tabernæ Novæ*,
dans le huitieme quartier. Il y avoit un autre Temple de Vénus Cluacina (2) dans le
quatrieme quartier, & une Chapelle de
même nom dans le cinquieme. C'eft, je
penfe, de cette Chapelle, que parle

---

(1) Tit. Livius, lib. III. cap. 48.
(2) Onuphrii Panvinii Defcriptio urbis Romæ.

Plaute dans son Curculio , Act. IV , Scen. I, vers 10.

Lorsque les Romains remportoient une victoire sans peine, ἀκονιτὶ , *impulverea victoria* , comme s'exprime Aulugelle , ou sans répandre de sang , on décernoit au Général l'Ovation. Il (1) s'avançoit à cheval couronné du myrte de Vénus Victorieuse. Postumus Tubertus est le premier qui en ait reçu les honneurs; mais dans la suite M. Crassus refusa de porter le (2) myrte en pareil cas, & le Sénat , pour lui complaire , ordonna qu'il seroit couronné de laurier.

Ce que je viens de dire de Vénus Victorieuse , me rappelle que je n'en ai point encore parlé. Elle est cependant trop intéressante pour être oubliée. Elle fut surnommée Nicéphore , ou Victorieuse par plusieurs raisons. Aux jeux qu'Apollon (3) célébra après avoir tué le serpent Python , Vénus vainquit Mercure à la Lutte, & eut pour prix la Cithare, dont elle fit dans la suite présent au beau Paris. Elle remporta encore la victoire sur Junon & Minerve, quand ces Déesses lui disputerent le Prix de la Beauté. On la trouve souvent sur

_____

(1) Plin. Histor. Natural. lib. xv. cap. xxix. p. 754.
(2) Aul. Gell. lib. v. cap. vi.
(3) Ptolem. Hephæst. Vide Photium in Bibliothec Cod. cxc, pag. 489. lin. 55, &c.

les Médailles avec une Pomme, fymbole
de fa victoire.

Il y avoit à Argos (1) une Statue de
Vénus Nicéphore. Hypermneftre la confacra à cette Déeffe dans le Temple d'A-
pollon Lycius, en mémoire de ce qu'elle
avoit été abfoute par les Argiens. Son
pere Danaüs l'avoit citée en juftice, parce qu'elle avoit, malgré fes ordres, confervé la vie à fon mari Lyncée. Vénus eft
furnommée τεοπαιοφόρος *Tropæa Geftans*,
dans une Epigramme de l'Anthologie.
Je paffe fous filence les Trophées dont
parle (2) Agathias, Auteur de cette Epigramme. Il me fuffit de dire qu'une honnête femme rougiroit des Trophées dont
cette Déeffe s'applaudit en cette occafion.

On me reprochera peut être d'avoir
placé une Vénus Grecque dans un lieu
où je ne parle que des Romaines. Je prie
de faire attention, qu'en fuivant fcrupu-
leufement l'ordre géographique, il m'auroit fallu couper quelques articles en plufieurs parties, qui ne formant plus un
tout, auroient ceffé d'être intereffants.
J'ai cru qu'on verroit avec plus de plaifir
fous un feul & même point de vue toutes les Vénus Uranies, toutes les Eryci-

_____

(1) Paufanias Corinthiac. five lib. 2. cap. xix.
pag. 153.
(2) Mifcellanea Lipfienfia Nova, tom. ix, p. 694.

nes, toutes les Nicéphores, &c. Je me suis
déterminé à parler de ces deux dernieres
& de plusieurs autres, lorsque j'en serois
aux Vénus Romaines, parce qu'elles é-
toient encore plus connues à Rome, que
dans les Pays où elles avoient commencé
à l'être. Mais après ce petit préambule
que j'ai jugé nécessaire pour prévenir les
critiques je reviens aux Vénus Nicéphores.

On peut leur rapporter Vénus *Obsé-
quens* (1), en l'honneur de laquelle Fabius
Gurges fit bâtir un Temple, parce qu'il
croyoit en avoir été secondé dans la guerre contre les Samnites. Les Italiens l'appelloient *Venus post Vota*, parce qu'elle
avoit exaucé les Vœux du Consul.

Pompée fit construire le premier Théâtre permanent (2) qu'il y ait eu à Rome, & afin de rendre cet établissement
plus solide, il intéressa la Religion à sa
conservation, en faisant élever sur les de-
grés de ce Théâtre le Temple de Vénus
Victrix (3), qu'il consacra par des jeux
magnifiques, & entr'autres, par un combat de vingt éléphants contre des Gétu-
les qui leur lançoient de loin des javelots.
Plutarque dit deux mots de ce Temple,

---

(1) Servius ad Virgilii Æneid, lib. 1, verf. 720.
(2) Tacit. Annal. lib. xiv. §. 20.
(3) Plin. Hist. Natur. lib. viii, cap. vii. tom. I.
pag. 438.

à l'occasion d'un songe qu'eut Pompée. Il
(1) s'imagina, dit-il, entrer aux applaudis-
semens du peuple dans le Temple de Vénus Victorieuse, & l'orner des dépouilles
des ennemis αὐτὸς δὲ κοσμεῖν ἱερὰ Αφροδίτης
Νικηφόρε πολλοῖς λαφύρεσις. Si cette vision in-
spira d'un côté de la confiance à Pompée,
elle l'effraya d'un autre, parce qu'il crai-
gnoit de contribuer à la gloire de César,
dont l'origine remontoit à Vénus. Ce
Temple étoit, selon Publ. Victor, *de Regionibus Romæ*, dans le neuvieme quartier. Il fut construit dans le second Con-
sulat de Pompée, l'an de Rome 700.

César fit vœu, peu avant la (2) bataille
de Pharsale, d'élever à Rome un Temple
à Vénus Victorieuse, s'il remportoit la
victoire. Il accomplit son vœu ; mais comme ce Temple portoit aussi le nom de
Venus *Genetrix*, j'en parlerai à cet Article. Le même Prince donna à cette bataille
pour mot du Guet (3) Vénus Nicéphoros,
Victorieuse ; mais depuis, à la bataille de
Cordoue (4) contre le jeune Pompée, il
donna simplement *Vénus* pour mot du
Guet.

On plaçoit souvent les Temples de Vé-

---

(1) Plutarch. in Pompeio, pag. 655. D.
(2) Appian. de Bellis Civilibus, lib. II. pag. 770.
(3) Idem de Bellis Civilibus, lib. II. pag. 780.
(4) Idem ibid. lib. II. pag. 804.

nus

nus près de ceux de la Victoire. A Pergame, le (1) Nicéphorium, ou Temple de la Victoire, étoit près de celui de Vénus. Philippe, Roi de Macédoine, les avoit détruits, & Attale, Roi de Pergame, en demandoit le rétablissement. Il y avoit un bois sacré à l'entour de ce Temple; le même Prince s'engagea (2) par le Traité à le faire replanter & à envoyer des Jardiniers pour en prendre soin.

Jacques Gronovius dit avoir vu dans la Collection de Modeus une Médaille de Julia Domna, avec ces mots *Venus Victor.*

Il y a dans Mezzabarba une Médaille de Jules César, qualifié Imp. IV, avec cette légende *Veneri Victrici vota.* On en voit aussi une de Faustine avec cette légende *Veneri Victrici.* On n'auroit jamais fini, s'il falloit rapporter toutes les Médailles où elle se trouve ainsi nommée.

Une Médaille de l'Empereur Tite, représente Vénus presque nue, apuyée sur une colonne, tenant un casque de la main droite & une pique de la gauche, avec ces mots: *Vene. Victr.*

Au revers d'une Médaille de la jeune

_____

(1) Polyb. lib. XVII. §. 2. vol. 2. pag. 1035. conf. Tit. Liv. lib. 32. cap. 33.
(2) Idem, lib. XVII. §. 6. pag. 1039 & 1040.

K

Fauftine eft une Vénus *Victrix* avec une Victoire d'une main & un bouclier de l'autre, & ces mots : *Venus Victrix.*

Les Tifernates avoient dédié un Temple à Vénus Victorieufe, comme on le voit par une Infcription rapportée (1) dans la feconde partie des Infcriptions Antiques de l'Etrurie.

Varron donnoit une raifon plus philofophique du furnom de *Victrix.* J'en ai fait ufage ci-deffus, *page* 91.

Quoique Vénus ne foit jamais plus fûre de la Victoire que lorfqu'elle eft fans armes & fans habits, cependant on la repréfentoit auffi armée & le cafque en tête. *Mili ari* (2) *fub galeâ puella delitefcens.* On la voyoit en cet état à Cytheres; mais comme c'étoit une Vénus Célefte, j'en ai parlé à l'Article d'Uranie, *page* 64.

La molleffe étoit bannie de Sparte (3); la févérité des mœurs en éloignoit la volupté; & la Déeffe des plaifirs y avoit pris elle-même une teinte des mœurs du Pays. Lorfqu'elle eut (4) traverfé l'Eurotas, difent les Spartiates, elle quitta fon miroir, fa robe flottante & fon cefte, & par

<hr>

(1) Gori Mufeum Etrufcum, pag. 118 & 119.
(2) Arnob. Adverfus Gentes, lib. VI. pag. 209.
(3) On pourroit croire ces Vénus déplacées; mais voyez ce que j'ai dit à ce fujet, pag. 214 & 215.
(4) Plutarch. de Fortunâ Romanorum, p. 317. F.

honneur pour Lycurgue, elle s'arma d'une pique & d'un bouclier. Elle étoit en effet armée dans un Temple qu'on lui avoit élevé à Sparte sur une Colline près de celui d'Esculape, comme on le voit dans Pausanias (1). Il y a dans l'Anthologie une Epigramme d'Antipater de Sidon (2) sur cette Vénus, qu'on ne sera pas fâché de trouver ici. « Vénus n'est point à Sparte » telle que dans les autres Villes, vêtue » d'habits efféminés ; un casque lui » sert de coëffure, & elle tient à la main » une pique au lieu d'une branche d'o- » ranger : car il ne convient pas à la femme » du Dieu de Thrace & à une Lacédé- » monienne d'être sans armes. »

Brodeau a confondu dans ses Notes cette Vénus avec celle dont j'ai parlé, *page* 169.

Nonnus nous apprend (3) que cette Statue étoit de bronze :

Μὴ Σπάρτης ἐπιβῆθι, μαχήμονες ἦχι πολῖται χάλκεον εἶδος ἔχυσι Κορυσσομένης Ἀφροδίτης.

« N'entrez pas à Sparte, dont les Citoyens » guerriers ont une Statue de bronze de » Vénus Armée. » Cette Statue avoit été élevée à l'occasion d'un exploit des femmes de Lacédémone. Tandis que les Lacédé-

---

(1) Pausanias Laconic. sive liv. 3. cap. xv. p. 246.
(2) Anthologia Græca. ex Edit. Brodæi, pag. 465.
(3) Nonnus Dionysiacorum, lib. xxxv. verf. 175.

moniens (1) tenoient les Messéniens as-
siégés, ceux-ci sortirent de la Ville sans
être apperçus des assiégeans, & coururent à Sparte pour la piller. Mais les Lacé-
démoniennes allerent au-devant d'eux, les
battirent & les mirent en fuite. Les Lacédémoniens ayant eu avis du dessein des
ennemis coururent après eux. Ayant ren-
contré leurs femmes armées, ils les prirent pour les Messéniens, & déja ils se
disposoient au combat, lorsque leurs
femmes, s'étant apperçues de la méprise,
se découvrirent le corps. Ils les reconnu-
rent à l'instant, & dans l'ardeur qui les
pressoit, ils eurent commerce avec elles,
armés comme ils étoient, pêle-mêle, &
sans se donner le soin de reconnoître
chacun sa femme. Pour conserver la mémoire de cette action, on éleva à Vénus
Armée un Temple avec une Statue.

Nonnus (2) faisoit allusion à cette Statue, lorsque Junon, irritée contre Sémélé
& Bacchus, dit à Vénus : « Je me retirerai
» à Argos & dans l'illustre ville de Myce-
» nes ; Mars votre époux m'y suivra. Et
» vous, allez dans votre ville de Sparte ;
» qu'elle vous reçoive avec votre armure
» de bronze. »

Prudence avoit sans doute en vue cette

_____

(1) Lactan. de Falsâ Religione, lib. 1. §. 20. p. 199.
(2) Nonnus Dionysiacor. l. b. xxxi. vers. 258.

Statue, lorfqu'en fe moquant des Dieux du Paganifme, il dit que Vénus ne vint point au fecours du Tyran Maxime avec fes Armes, ni Minerve avec fon Egide.

(1) *Non Armata Venus, non tunc Clipeata Minerva*
Venêre auxilio.

On lit dans (2) l'Anthologie plufieurs Epigrammes fur cette Statue de Vénus Armée. Elles alongeroient trop ce Mémoire. Je ne puis cependant réfifter à la tentation d'en rapporter une de Philippe de Theffalonique, à laquelle je joindrai les imitations qu'a fait Aufone de la troifieme Epigramme de la *page* 325, Edition toute Grecque d'Henri Etienne.

« Vénus (3), qui aimez à rire, & à fréquenter la chambre nuptiale, qui vous a donné ces armes guerrieres ? Vous vous plaifiez aux chants d'allégreffe, aux fons harmonieux de la flûte, & en la compagnie du blond Hyménée. A quoi bon ces armes ? Ne vous vantez-vous pas d'avoir dépouillé le terrible Mars ? Que Vénus eft puiffante !

(4) *Armatam vidit Venerem Lacedæmone Pallas.*

_____

(1) Prudentius contra Symmachum lib. II. v. 534.
(2) Anthologia Græca, lib. IV. cap. XII. nº. 20 &c. pag. 325.
(3) Ibidem.
(4) Aufonius Epigrammat. 42 & 43.

K iij

Nunc certemus, ait judice vel Paride.
Cui Venus: armatam tu me, temeraria, temnis,
Quæ, quo te vici tempore, nuda fui?

Armatam Pallas Venerem Lacedæmone visens,
Visne, ut judicium sic ineamus ? ait.
Cui Venus arridens : quid me galeata lacessis ?
Vincere si possum nuda, quid arma gerens ?

Les charmes de la Déesse étoient ses véritables armes. C'est de cette maniere qu'il faut entendre un vers de (1) Nonnus, où cet Auteur dit que Jupiter ayant apperçu Vénus armée, son foudre & son tonnerre lui devinrent inutiles. Il n'est point question d'armes réelles, mais d'armes métaphoriques.

On voyoit dans la même ville de Sparte, derriere le Temple de Minerve (2) Chalciœcos celui de Vénus *Area* ou Guerriere. Les Statues de la Déesse étoient aussi anciennes qu'il y en eut en Grece. La Traduction de l'Abbé Gédoyn donne à penser que ces Statues n'étoient point celles de Vénus ; & d'ailleurs elle ajoute avec le Latin qu'elles étoient de bois, quoique le terme ξόανον convienne aussi-bien à un ouvrage en pierre qu'à un en bois, comme je l'ai prouvé plus haut, *page* 166.

La Déesse étoit aussi armée à Amycles, & delà elle avoit pris le nom d'Amyclée, comme on peut l'inférer du si-

---

(1) Nonnus Dionysiacorum lib. v. vers. 618.
(2) Pausanias Laconic. sive lib. 111. cap. XVIII. p. 254

xieme vers du Livre quarante-troisieme
des Dionyfiaques de Nonnus.

Si de Lacédémone nous paffons à Corinthe ; nous y verrons auffi Vénus Armée. Son Temple & fa (1) Statue armée
étoient à l'entrée de la Citadelle. Cela
failoit peut-être allufion à quelque exploit
des femmes de Corinthe. Mais je penfe
que c'eft le même Temple que Médée (2)
éleva dans cette Ville à Vénus par l'ordre
de Junon. Ce Temple étoit devenu fameux , au rapport (3) de Theopompe ,
par la priere qu'y firent à Vénus les femmes de Corinthe d'infpirer à leurs maris
le courage de combattre contre les Perfes. On avoit mis dans le Temple , à main
gauche , en entrant , une Infcription en
vers Elégiaques , qui en perpétuoit la mémoire. Athénée (4) nous apprend qu'elle
étoit de Simonide. Il nous l'a confervée ,
ainfi que le Scholiafte de Pindare à l'endroit cité ; mais comme elle eft altérée ,
je vais la mettre ici telle qu'on doit la
lire d'après ces Auteurs qui fe corrigent
mutuellement.

Αἱδ'ὑπὲρ Ἑλλάνων τε ἢ ἰθυμάχων πολιτᾶν
ἔςταϑεν εὐξάμεναι Κύπειδι δαιμονίᾳ·

---

(1) Idem Corinthiac. five lib. 11. cap. 1V. p. 121.
(2) Scholiaft. Pindari ad Olympic. X111. verf. 32.
pag. 146 col. 1 lin. 11.
(3) Ibid. lin. 7.
(4) Athen. Deipnofophift , lib. X111. c. 1V. p. 573. D.

K iv

Οὐ γὰρ τοξοφόρρσιν ἐμήσατο δ' Ἀφροδίτα
Μήδοις Ἑλλάνων ἀκρόπολιν περδόμεν.

Je ne m'arrêterai point à des Notes critiques qui m'écarteroient de mon objet;
mais je me flatte que si l'Académie veut
bien jetter les yeux sur Athénée & le
Scholiaste de Pindare, elle approuvera
mes (1) corrections. Quoique la langue
de l'ancienne Grece soit très-familiere à
mes Juges, je crois devoir joindre une traduction de cette Inscription, afin d'observer la loi prescrite par l'Académie d'écrire en François ou en Latin. « Ces femmes-
» ci ont adressé leurs prieres à Vénus pour
» les Grecs & pour leurs Citoyens guer-
» riers : car la divine Vénus ne voulut pas
» que la Citadelle des Grecs tombât au pou-
» voir des Medes armés d'arcs. » Il s'agit
de cette guerre où les Grecs acquirent
tant de gloire contre les Perses aux jour-
nées de Salamine & de Platées. Ce fut sans
doute par cette raison qu'on représenta
la Déesse armée.

Je ne dois pas passer sous silence, qu'A-
thénée (2) qui raconte la même Histoire
d'après Théopompe & d'après Timée, attribue aux Courtisannes de Corinthe ce

---

(1) Ces corrections sont en partie de M. Brunck,
& je les ai tirées de ses Analectes, qui paroîtront
incessamment ; mais je ne pouvois citer le nom de ce
Savant qui m'honore de son amitié, sans m'exposer
à être reconnu. Voyez Analecta Poetarum Græcorum. Tom. I. pag. 132. XXXVI.

(2) Athen. Deipnosoph. lib. XIII. cap. IV. p. 573 D.

que le Scholiaste de Pindare dit des Co-
rinthiennes. Il ajoute que celles qui assis-
terent à ces supplications, furent peintes
par ordre des Corinthiens dans un tableau
qu'on voyoit encore de son temps.

Il y avoit aussi dans le même Temple
(1) une Statue du Soleil, & une autre de
l'Amour qui tenoit un arc. Les Corinthiens racontoient à ce sujet que Briarée
avoit adjugé au Soleil la montagne sur
laquelle étoit bâtie leur Citadelle, & que
le Soleil l'avoit cédée à Vénus. Stace
l'appelle (2) par cette raison *Collis Isth-
miæ Diones.*

Il y avoit en Cypre une Vénus armée
d'une pique, dont j'ai parlé à l'occasion
du culte qu'on lui (3) rendoit en cette
isle, & une autre à Cytheres dont j'ai
dit aussi deux mots, en faisant mention
(4) de Vénus-Uranie. Je pourrois termi-
ner cet article par les Vénus armées qu'on
voit aux Planches IV & V du premier
volume de l'Antiquité Expliquée par Dom
de Montfaucon; mais pourquoi copier
un ouvrage qui est entre les mains de
tout le monde?

César, qui prétendoit descendre de Vé-

---

(1) Pausanias Corinthiac. sive lib. 11. cap. 1V. p. 121.
(2) Stat. Sylvar. lib. 11. sylv. 7 vers. 2.
(3) Ci-dessus, pag. 58.
(4) Ci-dessus, pag. 64.

K v

nus par Jule, fils d'Enée, avoit toujours au doigt un (1) anneau où elle étoit repréfentée armée. Augufte le porta enfuite, & en fit fouvent (2) ufage.

Il y avoit à Rome, dans le *Forum Cœfaris*, c'eft-à-dire, dans le huitieme quartier, deux Statues de (3) Vénus, dont l'une étoit cuiraffée. J'en parlerai plus bas à l'Article de Vénus *Genetrix.*

Servius fait auffi mention de Vénus armée; mais il prétend (4) qu'elle étoit auffi appellée *Cloacina* par les Romains, parce que *Cloare.* fignifie, dit-il, combattre. Ce Grammairien me paroît s'être trompé, comme je l'ai fait voir à l'article de Venus Myrtea, *page* 211.

Vénus (5) *Militaris* & *Equeftris* ont beaucoup de rapport à Vénus armée, & doivent trouver place ici.

Vénus eft repréfentée dans le (6) Mufeum Etrufcum avec l'habit Militaire qui defcend jufqu'au milieu des cuiffes qu'elle a nues ainfi que les jambes. Sa chauffure

---

(1) Dio Caffius Hiftor. Roman. lib. XLIII. §. 43. p. 370. lin. 79.
(2) Idem lib. XLVII. §. 41. pag. 520 lin. 19 & 20.
(3) Publ. Victor de Reg onibus Romæ. Rofin. Antiquit. Roman. lib. 1. cap. XIII.
(4) Servius ad Virgil. Æneid. lib. 1. verf. 720.
(5) Idem ibidem.
(6) Gori Mufeum Etrufcum, Tab. 42 primæ claffis pag. 117.

eſt Etruſque , & elle a la tête couverte
d'un caſque avec pluſieurs cornes. M. Gori
remarque que ces ſortes de caſques étoient
en uſage chez les Etruſques, afin d'inſpirer la terreur aux ennemis. Il auroit pu
ajouter que les Scythes , les Germains ,
les Gaulois, &c. ſe couvroient autrefois
la tête avec des têtes d'animaux , afin de
ſe rendre plus terribles; que , dans la ſuite,
ces peuples porterent des caſques qui imi-
toient ces têtes, & que les Etruſques prirent cet uſage des Gaulois, qui s'emparerent d'une partie de l'Italie. Le même
M. Gori prétend que Vénus enſeigna l'art
de forger le fer, ou même qu'elle l'inventa, & là-deſſus il cite Coluthus *de
Raptu Helenæ*, qui n'en dit rien du tout.
Cet Ouvrage eſt fait en général avec
beaucoup de négligence.

César fit élever à Vénus, pendant ſon
troiſieme Conſulat l'an 708 de Rome, un
Temple (1) ſous le nom de Vénus *Genetrix*, comme à l'Auteur de ſa race & le
conſacra par toutes ſortes de jeux, &
entr'autres, par une chaſſe qu'on donna
dans un Amphithéâtre conſtruit dans ce
deſſein. Dio Caſſius ne dit pas expreſſément que cette Vénus étoit ſurnommée
Genetrix; mais, outre que cela eſt ſuffi-

---

(1) Dio Caſſius lib. XLIII. §. 22. pag. 356. lin. 67

fament indiqué par ces termes, *comme à l'Auteur de fa race*, on fait par Appien (1) que Céfar fit élever un Temple à Vénus *Genetrix*, en conféquence d'un vœu qu'il avoit fait un peu avant la bataille de Pharfale. Le paffage de Pline le Naturalifte, que je vais rapporter, le prouve pareillement. Peut-être ce Temple portoit-il auffi le nom de Vénus Victorieufe. Du moins Appien (2) le nomme-t-il ainfi en par lant de ce vœu, & Servius (3) dit que Céfar confacra Vénus *Genetrix* & *Victrix* en conféquence d'un fonge.

Ce Temple étoit de (4) marbre. Céfar y dédia fix Ecrins de pierres précieufes: *Cæfar* (5) *Dictator fex dactyliothecas in Æde Veneris Genetricis confecravit.* Ce Temple (6) achevé, Jules Céfar établit, peu de jours avant qu'il eut été tué, un Collége de Prêtres pour faire les jeux de la dédicace. Ces jeux n'eurent point lieu à caufe de fa mort. Mais pendant fes funérailles, on fit au rapport de (7) Servius, des facrifices à Vénus *Genetrix*. Octavien

***

(1) Appian. de Bellis Civilib. Roman. lib. II. p. 803.
(2) Idem ibid. lib. II. pag. 770.
(3) Servius ad Virgilii Æneid. lib. I. verf. 720.
(4) Ovid. Ars Amator. lib. I. verf. 81.
(5) Plin. Hiftor. Natural. lib. XXXVII. cap. I. tom. 2 pag. 766 lin. 4.
(6) Idem ibid. lib. II. cap. XXV. tom. I. pag. 89. in 12.
(7) Servius ad Virgilii Æneid. lib. VIII. verf. 681.

célébra dans la suite ces jeux avec (1) beaucoup de magnificence, & Matius en prit
soin, par égard pour la mémoire de Jules
César, avec qui il avoit été lié de la plus
étroite amitié, comme il nous l'apprend
dans une Lettre (2) à Cicéron. Appien fait
(3) mention de ces mêmes jeux, & ajoute
qu'ils avoient été institués en l'honneur
de Vénus *Genetrix*: ἀνακείμεναι (θέαις) Ἀφροδίτῃ Γενετείρᾳ. Ce fut pendant ces jeux (4)
que parut cette comete chevelue, dont
Pline le (5) Naturaliste, Séneque (6) &
tant d'autres Auteurs ont fait mention,
& que le peuple regarda comme l'Astre
de César, & comme la preuve que ce
Prince avoit été admis au rang des Im-
mortels. C'est ce qui donna occasion à
Virgile, dont j'estime autant les talens,
que je méprise la bassesse avec laquelle il
a flatté les Despotes de Rome, de dire:

(7) Ecce Dionæi processit Cæsaris astrum :
Astrum, quo segetes gauderent frugibus.

---

(1) Dio Cassius lib. XLV. §. 6. pag. 423.
(2) Ciceronis Epist. ad Familiares lib. XI. Epist. 28.
(3) Appianus de Bellis Civilib. Romanor. lib. III.
pag. 883.
(4) Dio Cassius lib. XLV. §. 7. pag. 423.
(5) Plin. Histor. Natural. lib. II. cap. XXV. tom. I.
pag. 89.
(6) Senecæ Naturales Quæstiones lib. VII. cap.
XVII. pag. 831.
(7) Virgilii Eclog. IX. vers. 47.

Ce fut pour perpétuer la mémoire de cette comete, qu'Octavien fit (1) placer dans ce Temple une Statue de bronze de Céfar avec la comete fur la tête.

On célébra (2) auffi l'an 720 de Rome des jeux en l'honneur de Vénus *Genetrix* τῇ Αφροδίτῃ τῇ Γενεθλίῳ, & l'an 712 l'on avoit porté en (3) pompe dans les jeux du Cirque la Statue de Céfar avec celle de Vénus.

Ce Temple étoit, felon *Publ. Victor de Regionibus Romæ*, dans le huitieme quartier. C'étoit un édifice fuperbe avec un pycnoftyle, dont la proportion eft, quand l'entrecolonnement a la largeur du du diametre d'une colonne & demie, comme il eft pratiqué, dit Vitruve (4), au Temple de Jules Céfar, & à celui de Vénus qui eft fur la Place publique. Il y avoit auffi contre ce Temple un terrein confacré, dont Céfar (5) fit un *Forum*, non pour la vente des chofes néceffaires à la vie, mais pour les affaires, où l'on rendoit la juftice, & où l'on venoit s'inftruire dans la Jurifprudence, comme c'étoit l'ufage chez les Perfes. C'eft ce que nous favons encore par ces vers d'Ovide:

---

(1) Dio Caffius lib. XLV. §. 7. pag. 423.
(2) Idem lib. XLIX. §. 42 pag. 599.
(3) Idem lib. XLVII. §. 18 pag. 503 lin. 22.
(4) Vitruv. lib. V. cap. 11.
(5) Appian. de Bellis Civilibus Romanor. l. II. p. 803.

(1) *Et fora conveniunt (quis credere poffit ?)
amori ?*

Flammaque in arguto fæpe reperta foro.
Subdita qua Veneris facto de marmore templo
Appias expreſſis aëra pulſat aquis :
Illo fæpe loco capitur conſultus Amori :
Quique aliis cavit, non cavet ipſe ſibi.
Illo fæpe loco deſunt ſua verba diſerto :
Reſque novæ veniunt, cauſa que agenda
ſui eſt.
Hunc Venus è templis, quæ ſunt confinia, ridet.
Qui modo patronus, nunc cupit eſſe cliens.

Ce Forum, & par conféquent ce Temple, n'étoit pas loin de la Voie Sacrée. Ovide a dit (2) :

Hæc ſunt fora Cæſaris, inquit :
Hæc eſt à ſacris quæ via nomen habet.

Nous apprenons de Publ. Victor que dans le *Forum* de Céſar étoient deux Statues de Vénus, l'une revêtue d'une cuiraſſe, dont j'ai dit un mot, *page 226*, & l'autre l'ouvrage d'Arceſilaus, célebre Statuaire (3) en argille, dont les Artiſtes eux-mêmes achetoient plus cher les modeles que les ouvrages de grand nombre de Statuaires. Elle fut placée dans le *Forum*

---

(1) Ovid. Ars Amator. lib. 1. verſ. 79. &c.
(2) Idem Triſt. lib. 111. Eleg. 1. verſ. 27. &c.
(3) Plin. Hiſtor. Natural. lib. xxxv. cap. xii. tom. II. pag. 711.

avant qu'elle eut été achevée, à caufe de
la précipitation avec laquelle on en fit la
dédicace. Il dédia auffi devant le même
Temple (1) des tableaux d'Ajax & de
Médée. Ils étoient de (2) Timomachus,
Peinrre célebre de Byzance, contemporain de Céfar, qui les avoit achetés 80
talens, c'eft-à-dire, 192,000 livres de notre monnoie, fuivant l'évaluation du P.
Hardouin, afin de les placer dans le Temple de Vénus *Genetrix*. On eftimoit beaucoup l'Orefte, & l'Iphigénie en Tauride du
même Peintre, mais il paroiffoit s'être
furpaffé dans le tableau de la Gorgone.

l'on veut connoître fes autres ouvrages, on peut confulter l'endroit cité de
Pline.

Il confacra dans le même Temple (3)
une cuiraffe ornée de perles qui venoient
de la Bretagne, connue aujourd'hui fous
e nom d'Angleterre. Il fit auffi faire la
(4) ftatue du cheval qu'il avoit coutume
de monter, & la fit placer devant ce
même Temple. Ce cheval avoit cela de
particulier, que fes pieds de devant ref-

---

(1) Idem lib. xxxv. cap. iv. tom. II. pag. 683
lin. 28.
(2) Idem lib. vii. cap. xxxviii. tom. I. pag. 396
lib. xxxv. cap. xi. tom. II. pag. 705 lin. 16.
(3) Idem lib ix. cap. xxxv. tom. I. pag. 523. lin. 3.
(4) Idem lib. viii. cap. xlii. tom. I. pag. 466
lin. 4. Suetonius in Cæfare, S. 61.

sembloient beaucoup à ceux des hommes.

César, qui n'étoit pas moins galant que brave, fit mettre à côté de (1) la Statue de la Déesse celle de Cleopatre, qu'on voyoit encore du temps d'Appien , & l'associa en quelque sorte par-là aux honneurs de la Divinité. Car on sait ce que c'étoient que les Dieux appellés Σύννἀοι, ou honorés dans le même Temple. Cette Statue étoit (2) d'or. Auguste avoit dessein de l'ôter de ce Temple, si l'on en croit (3) Plutarque; mais Archibius, qui avoit été ami de Cléopatre , donna à ce Prince mille talens pour l'en détourner. Le fait peut être vrai, quoique la somme soit exorbitante, & qu'il en faille probablement rabattre beaucoup. M. Reimar prétend, dans ses notes sur le passage de Dio Cassius que je viens de citer , que Plutarque se trompe, & qu'il s'agit de la Statue de Cléopatre , bisayeule de la derniere; mais Philon, dont il cherche à s'apuyer, ne dit rien de pareil, comme on peut le voir, vol. 11e. *pag.* 565, Edition d'Angleterre.

Auguste fit aussi mettre dans ce Temple le Tableau de Venus Anadyomene, ou

---

(1) Appianus de Bellis Civilibus Romanor. lib. 11. pag. 803.
(2) Dio Cassius lib. 51 , §. 22 pag. 655. lin. 82.
(3) Plutarch. in Antonio , pag. 955. C.

fortant de la mer, dont j'ai dejà parlé, *pag.* 101 &c.

C. Caligula ayant perdu fa fœur Dru-fille, en fit placer (1) la Statue dans ce Temple. Elle étoit de la grandeur de celle de la Déefle, & on lui rendit les mêmes honneurs.

Le culte de Vénus *Genetrix* paffa dans les provinces avec celui de Jules-Céfar. Une Infcription d'Ebora, en Efpagne, rap-portée par Gruter, *pag.* 225, nous montre les Décurions de la ville érigeant un mo-nument à Céfar, & les Dames portant un préfent à Vénus *Genetrix* :

> Divo Julio
> Lib. Jul. Ebora
> Ob illius in Mun. et Mun.
> Liberalitatem
> Ex D. D. D.
> Quojus dedicatione
> Veneri Genitrici
> Cæstum Matronæ
> Donum tulerunt.

Je ne dois pas oublier qu'on pofa à Rome un petit (2) édifice doré, fait fur le modele du Temple de Vénus *Genetrix*, & qui devoit fervir aux funérailles de Jules-Céfar.

(1) Dio Caffius lib. LIX. §. 11 pag. 914 lin. 37.
(2) Suetonius in Cæfare §. 84.

On ne trouve point dans l'histoire de traces du culte de Vénus *Genetrix* avant César, qui l'établit, comme je l'ai déjà (1) observé, parce qu'il s'imaginoit descendre de Jules, petit-fils de Vénus. Il est vrai que Macrobe (2) dit que l'on invoquoit dans les prieres Vénus *Genetrix*; mais il ajoute que cela se pratiquoit de son tems, & l'on ne peut prouver que ce culte soit antérieur à l'époque du crédit de la Maison Julia. Mais les Grecs adoroient cette Déesse sous le nom de Γενετυλλίς ou *Genetrix*, parce quelle présidoit à la génération. Γενετυλλίς, dit le Scholiaste d'Aristophane sur les Nuées, vers. 52. ή Τῆς γενέσεως ἔφορος Αφροδίτη.

Les Romains en célébroient la fête le cinq des Calendes d'Octobre, comme on le voit dans un fragment des Fastes trouvé à Rome.

Vénus étoit adorée à Rome sous le nom de Vénus *Calva*. Voici à quelle occasion. Les Gaulois (3) s'étant emparés de la ville de Rome, & faisant le siége du Capitole, les Dames Romaines donnerent leurs cheveux pour en faire des cordages. Les Romains, par reconnois-

---

(1) Ci-dessus, pages 225 & 227.
(2) Macrob. Saturnal. lib. 1. cap. XII. pag. 170.
(3) Julius Capitolinus ad Maximinum Juniorem, §. 7, pag. 73. Lactantius de Falsâ Religione, pag. 109.

sance, éleverent à Vénus un Temple avec une Statue sous ce nom.

C'est aussi la raison qu'apporte Servius (1) ; mais il ajoute que d'autres croyoient qu'on lui avoit donné ce nom parce qu'elle se joue des amans, qu'elle se plait à les tromper : *Quod corda amantum calviat , id est , fallat atque eludat.* Quoiqu'il en soit, la Déesse avoit dans le huitieme quartier de Rome deux Temples sous ce nom , l'un ancien, l'autre récent, comme l'a fait voir Onuphrius Panvinius, d'après Sextus Rufus & Publ. Victor *de Regionibus Romæ.* Cependant (2) Alexandre Donat conjecture, d'après la citation de Lactance que je viens d'apporter, que ce Temple étoit dans le Capitole, comme si les Romains n'avoient pu l'élever autre part.

S'il y avoit à Rome une Vénus Chauve, on y voyoit aussi une Statue de cette Déesse tenant un peigne. Les Dames (3) Romaines s'étant toutes fait raser la tête, à cause d'une démangeaison insupportable, les peignes leur devinrent inutiles; mais leurs cheveux étant revenus, après

---

(1) Servius ad Virgilii Æneid. lib. 1. verf. 720.
(2) Alexand. Donatus de Urbe Româ , lib. H. cap. X.
(3) Georg. Codinus de Originibus Conftantinop. cap. de Signis , Statuis & aliis fpectatu dignis Confantinopoli. Suidas voc. Αφροδίτη.

un vœu fait à Vénus, elles éleverent à cette Déeffe une Statue tenant un peigne. Cette Statue avoit été tranfportée à Conf-tantinople, ainfi que les deux fuivantes.

Les Romains (1) repréfentoient auffi cette Déeffe avec une barbe & les par-ties des deux fexes; de la tête à la cein-ture, homme; de la ceinture aux pieds, femme; parce qu'elle préfidoit, difoient-ils, à toute génération. Cela a beaucoup de rapport à l'Aphroditos de ceux d'Ama-thunte, dont j'ai parlé ci-deffus, *pag.* 46.

On peut corriger le texte de Suidas par celui de Codin, & Suidas peut rendre le même bon office à Codin : par exemple, cet Auteur difant : πλάττεσι δὲ αυτὴν (τὴν Αφροδίτην) καὶ γένειον ἔχειν, il eft clair qu'il faut lire γένειον ἔχεσαν.

Ils la repréfentoient encore à cheval (2), parce que fon fils Enée monta à cheval lorfqu'il eut abordé en Italie, & qu'il honora fa mere d'une pareille Statue.

Ces divers furnoms ne me furprennent pas, mais celui de Libitine, fous lequel quelques Auteurs prétendent qu'elle étoit connue à Rome, m'étonne d'autant plus, qu'il convient proprement & particulié-rement à Proferpine. Denys d'Halicar-naffe eft le premier (3) qui nous ait in-

_____

(1) Iidem ibidem,
(2) Iidem ibidem.
(3) Dionyf. Halicarnaff. Antiquit. Roman. lib. IV. cap. XV. pag. 212, lin. 3.

ſtruit de cette particularité ; mais après lui Plutarque dans (1) ſon Numa, & enſuite dans ſes Queſtions Romaines, nous dit la même choſe. Pourquoi, demande-t-il dans ce dernier (2) ouvrage, vendoit-on dans le temple de cette Déeſſe tout ce qui concernoit les funérailles. Seroit-ce, dit-il, une inſtitution de Numa, afin de nous apprendre à n'avoir pas ces choſes en averſion, & à ne les point éviter comme des ſouillures? ou plutôt, n'auroit-on pas fait préſider une ſeule & même Déeſſe à la naiſſance & à la mort, pour nous avertir que tout ce qui naît eſt ſujet à la mort.

Quelque ingénieuſes que ſoient ces raiſons, je n'en ſuis pas moins perſuadé que Denys d'Halicarnaſſé & Plutarque, qui ne ſçavoient que médiocrement la langue latine, comme il ſeroit aiſé de le prouver, ſi cela étoit néceſſaire, ont confondu Libitine avec la Déeſſe Libentine, qui étoit une Vénus, comme je l'ai remarqué, *pag.* 86.

Je ſçais qu'il y avoit à Delphes une petite Statue (3) de Vénus *Epitymbia*, auprès de laquelle on appelloit les morts aux libations. Je n'en perſiſte pas moins

(1) Plutarch. in Numâ , pag. 67. E.
(2) Plutarch. Quæſtion. Roman. pag. 269. B.
(3) Idem ibidem

dans mon fentiment, car fi cela avoit
rapport à la Déeffe Libitine, comme
le penfoit Plutarque, pourquoi cette coutume ne s'obfervoit elle qu'à Delphes?
pourquoi n'étoit-elle point établie dans
tous les pays où la Religion de la Grece
& de Rome étoit dominante? pourquoi
ne connoiffons-nous cette Vénus que par
deux Grecs, peu inftruits de la langue
latine? Il eft bien plus naturel de croire
que la cérémonie qui s'obfervoit à Delphes, tenoit à quelque ufage particulier
à cette ville, ou qu'elle étoit fondée fur
quelque aventure que nous ignorons, &
que Plutarque ignoroit comme nous.

Peut-on fe flatter de découvrir ce qui
avoit fait donner à Argos le furnom de
Tumboruchos à Vénus, dont nous parle
(1) Clément d'Alexandrie. On pourroit
propofer là-deffus mille conjectures,
toutes plus ingénieufes les unes que les
autres, & fi par hazard il s'en trouvoit
une de vraie, comment s'en affurer?
J'en dis autant de la Vénus *Epitymbia*.
Plutarque ignoroit la caufe de ce furnom:
trompé enfuite par le mot *Libitina* qu'il
confondoit, & qu'il étoit fi aifé à un étranger de confondre avec *Libentina*, il crut
entrevoir un rapport entre *Libitina* &

_____

(1) Clemens Alexandrin, in Protreptico, pag. 33.
lin. 6,

Vénus *Epitymbia*, rapport nul & fondé
seulement sur une méprise. Il le saisit,
ce prétendu rapport, & nous le présente
comme une vérité.

Ce que je disois, il n'y a qu'un instant,
qu'une aventure particuliere pouvoit
avoir donné occasion au surnom de Vénus *Epitymbia*, se confirme par ceux d'*Automata*, d'*Epidœta* qu'avoit cette Déesse,
& dont nous ignorerions à jamais la raison, si elle ne nous avoit été conservée
par Servius.

Alexis, dit-il, & Méliboea (1) s'aimoient
mutuellement, & s'étoient cent fois juré
de s'épouser. Mais les parens de Méliboea
l'ayant promise à un autre, Alexis aban-
donna son pays, la jeune personne se précipita du haut de la maison, & ne s'étant
point fait de mal, elle se sauva sur le
bord de la mer, & monta dans un bâteau
dont la corde se détacha à l'instant. Les
vents & la mer pousserent le bâteau à
l'endroit où s'étoit retiré son amant, &
elle arriva dans le tems qu'il alloit se
mettre à table avec ses amis. Ils se ma-
rierent, & par reconnoissance ils donnerent à Vénus le surnom d'*Automata*,
parce que les cordes du bâteau s'étoient
détachées d'elles-mêmes, & celui d'*Epi-*

---

(1) Servius ad Virgilii Æneid. lib. 1. vers. 720.

dœtia,

dætia, parce que Mélibea étoit survenue pendant les préparatifs du repas.

Je ne dois pas dissimuler qu'il y avoit dans les Enfers une Vénus, mais elle étoit vierge, & ce ne pouvoit être Proserpine. D'ailleurs, l'Inscription qui en parle ne lui donne aucun des attributs de Libitine. *Vid. Donian. Inscription. in Classe 1. num. 54.*

Vénus présidoit aux jardins, c'étoit un un de ses attributs, comme nous l'apprend Plaute, cité par Pline (1) le Naturaliste. On lit dans Varron : *Adveneror* (2) *Minervam & Venerem, quarum unius procuratio Oliveti, alterius Hortorum.* On peut encore consulter le même Auteur *de Linguâ Latinâ, lib. V. pag, 48.* Festus dit aussi aux mots *Rustica Vinalia,* que les jardins sont sous la protection de cette Déesse : *Omnes horti in tutelâ Veneris esse dicuntur* : & nous savons par une Inscription rapportée par Gruter, *page 39,* qu'il y avoit un Temple de Vénus dans les jardins de Salluste : *Ædituï Veneris hortorum Sallustianorum.* C'est le même, à ce qu'il paroît, dont fait mention Dom de Montfaucon *in Diario Italico, pag.* 228. « Gabriel Vacca, y est-il dit, faisant

---

(1) Plin. Histor. Natural. lib. XIX. cap. IV .tom. II. pag. 162 lin. 7.
(2) Varro de Re Rusticâ, lib. 1. cap. 1. §. 6.

» creufer dans fa vigne, fituée aux jar-
» dins de Sallufte, près de la Porte (1) Sa-
» laria, trouva un grand édifice de forme
» ovale, autour duquel régnoit un por-
» tique foutenu de colonnes de marbre,
» jaunâtre, dont chacune avoit dix-huit
» palmes de haut. Le chapiteau & les
» bafes étoient d'ordre corinthien. Il y
» avoit à cet édifice quatre portes où l'on
» montoit par autant d'efcaliers. Le pavé
» étoit de marbre de différentes couleurs.
» A chaque porte il y avoit deux colonnes
» d'albâtre oriental, fi tranfparent que les
» rayons du foleil le perçoient aifément. »
Ce temple étoit dans le fixieme quartier.

Je crois devoir rapporter à la Vénus
des jardins, celle qui étoit furnommée
Frutis, dont parle (2) Solin, & dont le
temple s'appelloit *Frutinal*, felon Feftus:
Frutinal, Templum Veneris Frutis. Les
Anciens difoient *Frux, Fruchis*, ou *Frutis, Frutis*, d'où viennent *Frutex, Fru-
tico.* Enée avoit pris cette Vénus en Sicile, & l'avoit placée dans le Latium.
Voyez Solin à l'endroit cité; mais Scaliger (3) prétend, non fans quelque vrai-
femblance, que *Fruta* ou *Frutis* eft un
mot tronqué & eftropié (par les Etrufques,

---

(1) C'eft la même que la Porte Colline.
(2) Solini Polyhiftor. cap. 11. pag. 10. C.
(3) In notis ad Feftum, pag. 155.

ajoute M. Gori (1), quoique Scaliger ne les nomme pas) pour Αφροδιτη. Marquardus Gudius (2) rapporte une Inscription *Veneri jucundæ*, où il est aussi fait mention d'un Frutinal, ou Temple de Vénus Frutis, qui paroît avoir été bâti sur la Voie Appienne, où a été trouvé le marbre qui contenoit cette Inscription.

Cette Vénus s'appelloit aussi *Dea Seia*, & présidoit aux semailles, de même que la Déesse *Segetia* prenoit soin des moissons, & que *Tutilina* conservoit les bleds dans les greniers. Voyez S. Augustin dans *la Cité de Dieu*, liv. IV. chap. VIII.

Il y avoit dans le Pantheon de Jupiter Vengeur à Rome, c'est-à-dire, dans le neuvieme quartier, une Statue de Vénus remarquable par ses pendants d'oreilles. On sait que Cléopatre avoit parié (3) contre Antoine qu'elle dépenseroit dans un repas dix millions de sesterces. Elle avoit pour pendants d'oreilles les deux plus belles perles qu'on eut jamais vues dans l'Orient. Elle en prit une sur la fin du repas, & la fit dissoudre dans du vinaigre. Elle alloit en faire autant à l'autre,

---

(1) Museum Etruscum. tom. 1, pag. 115.
(2) Antiquæ Inscriptiones Græcæ & Latin. pag. 39 n°. 2.
(3) Plin. Histor. Natural. lib. ix. cap. xxxv. pag. 523 & 524.

lorfque L. Plancus, juge de la gageure, prononça qu'Antoine avoit perdu. On peut juger, dit (1) Macrobe, de la grandeur de cette perle, par celle qui refte. Octave s'étant emparé de l'Egypte, après la bataille d'Actium, elle fut portée à Rome, & coupée en deux, pour fervir de pendants d'oreilles à la Statue de Vénus qu'on voyoit dans le Panthéon. Ce Temple, achevé par les foins(2) d'Agrippa, en fon troifieme Confulat, comme le porte l'Infcription, & brûlé fous (3) l'Empire de Titus, l'an de Rome 833, fut dans la fuite rétabli, & fubfifte encore maintenant fous le nom de Ste Marie de la Rotonde.

Un Ambaffadeur avoit fait préfent à Alexandre Sévere, pour l'Impératrice, de deux perles d'un poids & d'une grandeur extraordinaires. Ce Prince, ennemi du luxe, en fit des pendants d'oreilles à une Statue de Vénus. Mais Ælius Lampridius, de qui (4) nous tenons cette particularité, ne nous apprend rien fur cette Statue, ni fur l'endroit où elle étoit.

Il y avoit auffi à Rome, au pied du Mont Palatin (5), un Temple de Vénus

(1) Macrob. Saturnal. lib. 11, cap. XIII, pag. 260.
(2) Dio Caffius, lib. LIII. §. 27 pag. 721.
(3) Idem lib. LXVI. §. 24 pag. 1096.
(4) Ælius Lampridius in Alexandro Severo, Tom. 1, Hift. Auguft. pag. 1005.
(5) Dio Caffius, lib. LXIX. §. 4. pag. 1153.

& de Rome. Hadrien, fier de cet ouvrage, en envoya le plan à Apollodore,
célebre Architecte, qui sous l'empire de
Trajan avoit fait le Forum de ce Prince,
l'Odeum, le Gymnase &c. afin de lui
faire voir qu'on pouvoit exécuter quelque
chose de grand sans lui, & lui fit en même
tems demander ce qu'il en pensoit. Apollodore répondit qu'il auroit fallu le construire dans un lieu plus élevé, afin qu'on
pût le voir plus aisément de la Voie Sacrée,
& qu'il auroit dû y pratiquer des souter-
reins, pour y renfermer les machines qui
servoient aux jeux, & qui paroissant à l'im-
proviste dans l'amphithéâtre, auroient fait
un plus grand effet. Il ajouta encore que les
Statues des Déesses étoient plus grandes
que la hauteur du Sanctuaire ne le pouvoit permettre. Car, disoit-il, si les Déesses
vouloient se lever pour sortir de leur
Temple, elles ne le pourroient. Ce dernier
défaut étoit aussi celui du Jupiter Olympien de Phidias, qu'on regardoit cependant comme un chef-d'œuvre. Cette
Statue étoit si grande, dit (1) Strabon,
que quoiqu'elle fût assise & que le Temple
fût très-élévé, elle touchoit presque la
voûte de la tête. L'Artiste, continue Strabon, paroît avoir manqué aux propor-
tions; car si le Dieu eût voulu se lever,

_____

(1) Strab. lib. VIII. pag. 542. C.

L iij

il auroit emporté le comble du Temple. Hadrien fut tellement irrité de voir relever des défauts auxquels il ne pouvoit plus apporter de remede, qu'il fit tuer Apollodore.

Le Sénat ordonna qu'on placeroit les Statues (1) d'argent de Marc-Aurele & de Fauftine, dans le temple de Vénus & de Rome, & qu'on y éleveroit un autel où feroient tenus de facrifier les jeunes filles qui fe marieroient dans la ville, ainfi que ceux qui les épouferoient.

Sévere (2) étant encore particulier, & prêt à époufer Julia Domna, crut voir en fonge l'Impératrice Fauftine lui préparer un lit nuptial dans le Temple de Vénus, qui étoit près du palais.

On difpute s'il y avoit deux Temples, ou s'il n'y en avoit qu'un. Des Autéurs de poids adoptent ce dernier fentiment, & Dio Caffius paroît l'appuyer; mais Prudence & quelques autres font pour le premier. Ce Poëte Chrétien a dit en effet:

(3) *Urbis Veneris que pari fe culmine tollunt Templa : fimul geminis adolentur tura Deabus.*

Dans le Temple de (4) Junon, en de-

---

(1) Dio Caffius lib. LXXI. §. 31. pag. 1195.
(2) Idem lib. LXXIV. §. 3 pag. 1243.
(3) Prudent. contra Symmach. lib. 1. verf. 221.
(4) Plin. Hiftor. Natural. lib. XXXVI. cap. V. tom. II. pag. 730.

dans du Portique d'Octavie, on voyoit deux Statues de Vénus, l'une de Philiscus, l'autre de Polycharme. Celle-ci représentoit Vénus prenant les bains.

Il y avoit dans le Temple de Brutus Callaïcus une Statue de Vénus nue, par Scopas, qui surpassoit, au jugement de (1) Pline, celle même de Praxitele.

On portoit dans la Pompe du Cirque la Statue de Vénus avec celle des autres Dieux :

(2) *At cum pompa frequens cœlestibus ibit*
    eburnis,
  Tu Veneri Dominæ plaude favente manu.

Dio Cassius remarque que cela arriva l'an 712, à l'occasion des jeux célébrés en l'honneur de Vénus *Genetrix*, comme je l'ai observé, *page 230*; mais peut-être passa-t-il en usage de l'y porter.

Céphissodore, fils de Praxitele, avoit fait une (3) Vénus qu'on voyoit dans les monumens d'Asinius Pollio.

On voit encore à-présent à Rome une Statue de Vénus dédiée par les Maronites, avec les titres de Παναγαθος Excellente, de Σωτήρ Sauveur, d'Ευκλεϊα illustre, & d'Ευεργέτης Bienfaictrice. *Boissard Topograph. Roman. F. 116.*

(1) Plin. ibid. pag. 727.
(2) Ovid. Ars Amator. lib. 1. vers. 147.
(3) Plin. Histor. Natural. lib. XXXVI. cap. v. tom. 11. pag. 727.

L iv.

Les Romains établirent leur religion par-tout où ils porterent leurs armes. Sur les confins des Gaules (1) & de l'Espagne, il y avoit un Promontoire avec un Temple de Vénus. Ce Promontoire s'appelloit indifféremment Aphrodisium, ou Massaliotique. C'est le même que Marcianus nomme (2) Promontoire de Pyrene, qui étoit, selon ce Géographe, au levant d'été; il y avoit un Temple de Vénus. On lit dans les Extraits de Strabon que la (3) province de Narbonne est séparée de l'Italie par le Var, & de l'Espagne par le Temple de Vénus Pyrenæa.

Il y avoit à cinq milles de (4) Sagonte, en Espagne, un Temple de Vénus où camperent Cnæus & Publ. Scipion, en marchant contre les Carthaginois.

Près de la ville de Mænacé (5), qui n'étoit pas fort éloignée de Tartesse, en Espagne, étoit un Temple de Vénus.

Il y en avoit un autre un peu au-dessus (6) de Bathia, ainsi que dans l'isle d'Erythie, où étoit un Promontoire qui (7) portoit le nom de la Déesse. Cette isle étoit consacrée à Vénus Marine.

---

(1) Strab. lib. IV. pag. 269, C. 274. B.
(2) Marciani Periplus, pag. 44 & 45.
(3) Excepta è Strabone, lib. III. pag. 33. Vid. Geograph. Script. minores, tem. II.
(4) Polyb. lib. III. §. 97 tom. I. pag. 344.
(5) Aviani Ora maritima, vers. 437.
(6) Plutarchi Apophthegmata. pag. 196, B
(7) Rufi Festi Aviani Ora maritima vers. 315.

Héfychius (1) parle d'une petite Statue de Vénus, qu'il nomme Oftracis, fans indiquer le lieu où elle étoit.

Je finis par une autre Statue de Vénus qui étoit (2) de pierre d'Aimant. Dans le même Temple étoit une Statue de fer de Mars. On célébroit en ce Temple, un jour de l'année, le mariage de ces Dieux. La porte étoit jonchée de myrtes; la Statue de la Déefse étoit fur un lit de rofes, & dès qu'on en approchoit celle de Mars, Vénus l'enlevoit avec violence par la vertu de l'Aimant, & l'embrafsoit avec la plus vive ardeur. On ignore fi cette Statue a véritablement exifté. Si elle eft de l'invention de Claudien, l'idée en eft ingénieufe.

On ne fçait point aufsi où étoient les tableaux fuivans de Vénus. Nicéarque l'avoit peinte (3) au milieu des Graces & des Amours. Il avoit peint aufsi Hercule afsligé de la folie qui lui avoit fait tuer fa femme Mégare & les enfans qu'il en avoit eus. On ne connoît point d'autre ouvrage de ce Peintre, & l'on ignore fa patrie.

Néalcès, Peintre (4) ingénieux & très-habile, avoit aufsi peint la Déefse. Il étoit ami d'Aratus (5).

(1) Héfychius voc. Οστρακίς.
(2) Claudiani Eidyll. v. pag. 674.
(3) Plin. Hiftor. Natural. lib. XXXV. cap. XI. tom. II. pag. 707.
(4) Idem ibid.
(5) Plutarch. in Arato, pag. 1032.

L v

Artémidore (1) mauvais Peintre, qu'a omis François Junius dans son ouvrage *de Picturâ Veterum*, avoit peint la Déesse.

Eumélus avoit fait un Tableau de Vénus, si l'on en croit François Junius ; mais ce tableau n'a jamais eu d'existence que dans le Catalogue des Peintres de cet Auteur.

Je pourrois parler ici de la Déesse Friga, la Vénus des peuples du Nord ; mais cet objet est étranger au plan de l'Académie.

Après avoir rapporté toutes les différentes Vénus dont ont fait mention les Anciens, il ne me reste plus à parler que du culte qu'on lui rendoit, & des fêtes & des sacrifices institués en son honneur.

J'ai remarqué plus haut (2) que pour plaire à la Déesse, les femmes se prostituoient à Babylone, à Héliopolis, à Aphaques, à Sicca Veneria en Afrique, & en quelques endroits de l'isle de Cypre. Cette prostitution faisoit une partie essentielle de son culte.

J'ai observé qu'à Paphos, on sacrifioit à Vénus des animaux mâles, & que l'on consultoit avec confiance les entrailles des boucs. Les Grecs ayant pris leur Vénus des Orientaux, il est naturel de penser qu'ils empruntèrent aussi des mêmes peuples le culte qu'ils lui rendoient. Cela

(1) Martial. lib. v. Epigramm. 41.
(2) Ci-dessus, pages 12, 13, 48 & 49.

est confirmé par Paufanias, qui nous apprend qu'on (1) lui offroit les cuifles des victimes, excepté celles des porcs, & par un paffage des (2) Acharnes d'Ariftophane, où il eft dit qu'on n'immole point de porcs à Vénus, ce qui fuppofe qu'on facrifioit en fon honneur d'autres animaux. La Déeffe ne pouvoit fouffrir (3) le pourceau, à caufe de la malpropreté de cet animal. Cependant on lui en facrifioit en quelques pays, peut-être par la même raifon qu'on immoloit des boucs à Bacchus, quoique ce Dieu dût être leur ennemi, à caufe qu'ils rongent la vigne. Témoins les Argiens, comme nous le voyons dans les (4) Commentaires d'Euftathe fur Homere, & dans (5) Athénée; ce qui avoit fait donner le nom d'Hyfteria Υστηρια à la fête que ce peuple célébroit en fon honneur. L'obfcur Lycophron a pris de-là occafion (6) d'appeller Enée fils de Choiras, dont il fait une épithete de la Déeffe, parce qu'elle fe plaifoit aux facrifices des porcs, χοιρος étant un porc, ou bien, parce que ce mot fignifie auffi la partie fexuelle de la femme.

---

(1) Paufanias Corinthiac. five lib. II. cap. X. p. 135.
(2) Ariftophan. Acharn. verf. 793.
(3) Phurnutus de Naturâ Deorum, c. XXIV. p. 199.
(4) Euftath. ad Homeri Iliad. l. XI. p. 853 lin. 34.
(5) Athen. Deipnofoph. lib. III. cap. XVI. p. 96. A.
(6) Lycophron. Alexandra verf. 1234.

L vj

On prétendoit que la Vénus Caſtnia, dont j'ai parlé ci-deſſus, *page* 85, étoit la ſeule à qui on ſacrifioit des pourceaux; mais Strabon (1) obſerve qu'il y en avoit beaucoup d'autres, & nomme en parti-culier la Vénus de Tricca, capitale de l'Eſtiæotide.

On immoloit à Vénus Pandémos une chevre blanche, ſuivant (2) Lucien, & à Uranie une geniſſe, ainſi qu'à la Vénus, dans les Jardins, dont j'ai fait mention plus haut, page 70 &c. Une note grec-que en marge d'un Manuſcrit de cet Auteur de la Bibliothèque du Roi, & qui a été imprimée dans l'Edition d'Amſter-dam, dit qu'on ſacrifioit à Vénus Pande-mos une chevre, à cauſe de la lubricité de cet animal, διὰ τὸ τῦ ζώκ συγεταστικόν τε καὶ παρὰ τὰ Αφροδίσια ἀκρατές. Il faut donc lire συνεσιαστικόν en la place de συνες-τατικόν qui ne fait aucun ſens. La même note ajoute qu'on immoloit à Uranie une geniſſe, parce qu'on mettoit cet animal ſous le joug, & qu'il indique d'une maniere allégorique le joug légitime du mariage. Ovide dit auſſi qu'on ſacri-fioit des geniſſes aux cornes dorées, dans la fête la plus célebre de Vénus, & dont je dirai deux mots dans un moment.

On immoloit une geniſſe à Vénus Κυρο-

---

(1) Strab. lib. IX. pag. 669. A.
(2) Lucian, Dialog. Meretric. VII. tom. III. p. 295.

τρόφος, qui nourrit les enfans, avant de con-
duire les jeunes mariées à la maison de leurs
maris : témoin ce distique de Nicomede (1)
de Smyrne, qui est du nombre de ceux
qu'on appelle Anacycliques, & que je
vais rapporter par cette raison :

Κύπριδι Κουροτρόφῳ δάμαλιν ῥέξαντες ἔφηβοι,
   Χαίροντες νύμφας ἐκ θαλάμων ἄγομεν.

en commençant par les derniers mots, les
vers subsisteront.

Ἄγομεν ἐκ θαλάμων νύμφας χαίροντες ἔφηβοι,
   Ῥέξαντες δάμαλιν Κουροτρόφῳ Κύπριδι.

Nous autres adolescens, nous conduisons
avec plaisir ces jeunes mariées à la
maison de leurs époux, après avoir im-
molé une genisse à Vénus Courotrophos.

On lui sacrifioit aussi des colombes :

(2) *Sed cape torquatæ, Venus ô Regina, co-
   lumbæ,*
   Ob meritum ante tuos guttura secta focos.

le lievre (3) lui étoit une victime agréable.
Feu M. Dacier a donc eu tort d'avancer
dans ses Notes (4) sur Horace, que les
Grecs n'avoient jamais versé de sang dans
les sacrifices de Vénus.

---

(1) Analecta Veterum Poetarum Græcorum tom.
II. pag. 382.
(2) Propert. lib. IV. eleg. v. vers. 63.
(3) Philostrat. Icon. lib. I. VI. pag. 772.
(4) Voyez ses Notes sur l'Ode XIX. du Livre I.

Héfychius nous parle d'un facrifice en l'honneur de Vénus, qu'il nomme Za- coria ; mais, comme il fe contente de cette fimple dénomination, & qu'il n'en eft fait mention dans aucun autre Auteur, nous ne pouvons en rien dire de plus. Nous ne répéterons pas ce que nous avons dit à l'Article d'Uranie, fur les facrifices & la fête de Vénus, qui fe faifoient à Amathunte & ailleurs.

Les Lydiens célébroient (1) une fête de la Déeffe avec beaucoup de magni- ficence. Ils faifoient une proceffion où ils étaloient toutes leurs richeffes. Créfus étoit né en ce jour.

Il y avoit à Seftos (2) une fête fuperbe en l'honneur de Vénus & d'Adonis. On s'y rendoit de toutes parts, & même de l'Ifle de Cypre, fi l'on peut ajouter foi au Pfeudo-Mufée, de qui nous avons un Poëme fur les Amours de Léandre & de Héro.

On célébroit dans la Troade une fête (3) de Vénus, & les nouvelles mariées fai- foient en ce jour une proceffion. Quel- ques jours avant leur mariage, les jeunes filles fe rendoient fur les bords du Sca-

---

(1) Ptolemæi Hephæft. lib. III. Vide Photii Bibliothec. Cod. 190 pag. 477 lin. 40.
(2) Mufæus de Herone & Leandro, verf. 42.
(3) Æfchinis Epiftolæ ex edit. Taylor. tom. II,
pag. 738.

mandre, se baignoient dans ses eaux, & s'adressant au fleuve, elles lui disoient: Scamandre, reçois ma virginité. Cette coutume donna occasion à une aventure de Cimon, compagnon de voyage d'Eschines, que celui ci raconte dans sa dixieme Lettre, & dont La Fontaine a fait un de ses Contes.

Nous avons parlé de plusieurs fêtes de la Déesse dans l'Isle de Cypre, à l'occasion de Vénus Uranie. Il y en avoit une, sur-tout, très-célebre, dont Ovide parle en termes généraux, & qui est peut-être la même, que quelqu'une de celles dont j'ai déja fait mention ; mais j'aime mieux m'exposer à une redite, que d'être accusé d'avoir oublié quelque chose d'essentiel. On immoloit à cette fête des genisses, dont on avoit doré auparavant les cornes :

(1) *Festa dies Veneri, totâ celeberrima Cypro Venerat, & pandis inductæ cornibus aurum Conciderant ictæ niveâ cervice juvencæ.*

Nous nous sommes beaucoup étendu sur les honneurs qu'on rendoit à Vénus, à Eryx en Sicile. Il est naturel de penser qu'une Ville, qui avoit tant de dévotion pour la Déesse, célébroit quelque fête

---

(1) Ovid. Metamorphos. lib. x, vers. 270.

particuliere en son honneur. Aussi y en avoit-il deux remarquables, l'une que l'on appelloit la fête du Départ, & l'autre celle du Retour. Le départ de Vénus pour l'Afrique, donna occasion à la premiere. On conjecture en effet, dit (1) Elien, qu'elle se rend en ce tems-là en Libye, parce qu'on n'apperçoit point alors de colombes dans le Pays, quoiqu'il y en ait une très-grande quantité le reste de l'année. Les Habitans d'Eryx prétendent qu'elles vont servir la Déesse. Car elles font, disent-ils, ses plaisirs, & tous les hommes en sont persuadés. Au bout de neuf jours, on apperçoit revenir de la Libye une colombe d'une grande beauté, dont la couleur (2) ne ressemble point à celle des autres. Elle est couleur pourpre, & telle qu'Anacréon nous peint Vénus, quand il chante quelque part dans ses vers πορφυ.ῆν Αφροδίτην, *Purpuream Venerem* : mais ce pourpre tire aussi sur l'or, & nous représente la même Déesse, telle qu'Homere la décrit dans ses vers, lorsqu'il dit χρυσῆ Αφροδίτη, *Aurea Venus.* Les autres colombes l'accompagnent en troupes. Les Habitans célébrent à cette

_____

(1) Ælian. de Naturâ Animal. lib. IV. cap. II. pag. 177.
(2) J'ai suivi les corrections de Corneille de Paw qui m'ont paru sûres. Voyez son Anacréon p. 272.

occasion une nouvelle fête qu'ils appellent le Retour.

Meursius ne parle point de ces deux fêtes, non plus que de beaucoup d'autres. Elien prend au propre, comme on vient de le voir, les termes de *Purpurea* & d'*Aurea*, qui expriment seulement, à mon avis, la beauté de la Déesse, & qui n'auroient dû se prendre qu'au figuré. C'étoit aussi le sentiment de Saumaise, dont l'autorité est en ces matieres du plus grand poids. Voyez ses notes, *ad Aram primam Dosiadæ*, pag. 139.

Mais peut-être l'épithete de χρυσῆ, *Aurea*, lui a-t-elle été donnée à cause de la richesse de ses Temples, ou parce que les jeunes filles aiment à porter de l'or, des bijoux d'or. On connoit ce vers d'Homere, χρυσὸν φορέοντα ηὖτε Κούρη, qui porte de l'or, comme une jeune fille : ou parce que l'or sert beaucoup en amour, témoin la fable de Jupiter & de Danaë : ou enfin, parce que la couleur blonde étoit celle à laquelle les Anciens donnoient la préférence pour la chevelure des femmes.

Il pourroit se faire aussi qu'on ait donné à la Déesse le nom de Πορφυρῆ *Purpurea*, parce que l'Isle de Cytheres, qui lui est particuliérement consacrée, s'appelloit anciennement Πορφυρῆσα, comme nous l'apprenons d'Etienne de Bysance au mot

Κύθερα, ou, Πορφυρᾶσα, comme on le trouve écrit dans les Commentaires d'Euftathe (1) fur Homere, ou Porphyris (2) avec Pline.

On célébroit à Thebes (3) la fête appellée Aphrodifia, lorfque les Magiftrats étoient prêts à fortir de Charge. On leur ameneit les plus belles femmes de la Ville. Mais je ne puis dire fi cette licence étoit d'ufage, ou fi c'étoit un abus introduit, pendant que la citadelle de cette Ville étoit au pouvoir des Lacédémoniens, & que ceux de ce parti gouvernoient leurs Concitoyens avec une verge de fer. Polyen (4) raconte la même chofe, avec quelque légere différence, & l'on voit par Plutarque que cela fe pafla en hiver; car il remarque que le jour (5) que les exilés rentrerent dans Thebes, il tomba beaucoup de neige.

Les Eginetes (6) faifoient tous les ans la commémoration de leur retour de Troie. La fête duroit feize jours. On la commençoit par un facrifice à Neptune, & on la terminoit par un autre à Vénus.

---

(1) Euftath. in Homerum pag. 1024 lin. 48.
(2) Plin. Hiftor. Natural. lib. iv. cap. xii, tom. i. pag. 208 lin. 15.
(3) Xenophont. Hellenic. lib. v. pag. 566 E. Editionis Parifienf.
(4) Polyæni Strategemata libr. ii. cap. iv. §. 3 pag. 167.
(5) Plutarch. in Pelopidâ, pag. 282. A.
(6) Plutarchus Quæftion. Græcanic. pag. 301. E.

Le quatrieme jour de chaque mois on célébroit à Athenes la fête de Vénus Pandémos, comme on le voit dans Athénée (1), qui cite à cette occasion des vers du Flatteur de Ménandre.

Lyncée de Samos parle (2) de la fête de Vénus, que solemnisa Antigone à Athenes. Athénée qui nous a conservé cette particularité, répete encore la même chose, livre IV, chap. I, pag. 128.

Νηφάλιος θυσία *fobrium facrificium* étoit un facrifice, felon Polémon (3) dans un ouvrage adreffé à Timée, qui fe faifoit chez les Athéniens, en l'honneur de Mnémofyne, de l'Aurore, du Soleil, de la Lune, des Nymphes, & de Vénus Célefte. Les libations ne fe (4) faifoient point avec du vin, mais avec de l'hydromel. Empédocle met auffi les libations de miel au nombre des offrandes faites à Vénus, dans un paffage que je vais rapporter en entier, parce qu'il y eft parlé de différentes manieres d'honorer la Déeffe. « On fe rend (5) propice Vénus, » dit-il, par des Statues, en lui offrant » des animaux peints, des parfums, de

____
(1) Athen. Deipnofophift. lib. xiv. cap. xxii. pag. 659. D.
(2) Idem lib. iii. cap. xxi. pag. 101. F.
(3) Scholiaft. Sophoclis ad Œdipum Col. verf. 101. Suidas voc. Νηφάλιος θυσία pag. 619.
(4) Suidas voc. Νηφάλιοι θυσίαι, pag. 620.
(5) Athen. Deipnofoph. lib. xii. cap. i. p. 510. D.

» la myrrhe, de l'encens, & en faifant
» en fon honneur des libations de miel. »
Ce qu'il y a d'étonnant, c'eſt qu'on célébroit fouvent des Néphalies (1) en l'honneur de Bacchus.

Les Délies avoient été inſtituées en
l'honneur de Vénus par Théſée, à fon
retour de Crete, fi l'on peut ajouter foi
à Dom de Montfaucon ; mais ce Sçavant
Religieux ne peut fonder fon opinion que
fur un paſſage de Plutarque, qu'il n'a
point entendu. Voyez fon Antiquité Expliquée, vol. 1, partie 2, *pag.* 214, &
Plutarque, *in Theſeo, pag.* 9. D.

Il y avoit à Corinthe une fête de Vénus, que les Courtiſanes célébroient en-
ſemble, & les femmes libres en leur particulier, comme nous l'apprend le Poëte
Comique (2) Alexis, dans la Piéce intitulée l'Amante.

Philochorus aſſure (3) qu'il y avoit une
fête où les femmes ſacrifioient à Vénus
en habit d'homme, & les hommes en
habit de femme. Cette fête me paroît
celle que l'on appelloit, fans doute par
cette raifon, Ὑϐριστικὰ *Contumelioſa*, dont
fait mention (4) Plutarque, & qui fut
inſtituée pour perpétuer la mémoire d'un

(1) Plutarch. de Tuendâ Valetudine, pag. 132. E.
(2) Athen. Deipnoſophiſt. lib. XIII. c. IV. p. 574. B.
(3) Macrob. Saturnal. lib. III. cap. VIII. pag. 283.
(4) Plutarchus de Virtutibus Mulierum, pag. 245.

exploit des femmes d'Argos, contre les Spartiates.

J'ai parlé plus haut (1) du culte qu'on rendoit à Rome à Vénus & à Adonis, & de la fête de Vénus (2) *Genetrix*, qui se faisoit le cinq des Calendes d'Octobre.

Les Vinales Rustiques étoient une fête en l'honneur de la Déesse, comme on le voit dans Festus, aux mots *Rustica Vinalia*. Ovide en parle au quatrieme livre des Fastes, Vers. 877. Vous demandez, dit-il, pourquoi on appelle *Vinalia* la fête de Vénus. La réponse qu'il fait à cette question, me semble obscure. Celle de Plutarque, quoiqu'au fond la même, me paroissant plus claire, doit trouver place ici. Pourquoi, se demande ce judicieux Auteur, verse-t-on du Temple de Vénus beaucoup de vin dans la fête des Vinales? (3) διὰ τί τῶν Ουενεραλίων τῇ ἑορτῇ πολὺν οἶνον ἐκχέουσιν ἐκ τῦ ἱεϱῦ τῆς Αφϱοδίτης. On voit au premier coup d'œil que le texte est corrompu, & qu'il faut lire τῶν Ουιναλίων. Feu M. Reiske n'a point fait de remarques sur ce Traité de Plutarque. Mais revenons à la réponse de cet Ecrivain : « Seroit-ce, dit-il, comme on » le raconte communément, parce que

» Mézence, Général des Tyrrhéniens,
» envoya offrir la paix à Enée, à condi-
» tion qu'on lui donneroit tous les ans le
» vin, & qu'Enée n'ayant pas voulu
» l'accepter, il promit aux Tyrrhéniens
» de leur abandonner ce vin, s'il rempor-
» toit la victoire. Enée, informé de cette
» promesse, consacra le vin aux Dieux,
» & ayant rassemblé après la victoire
» tout ce qui avoit été recueilli, il ré-
» pandit (1) le vin devant le Temple de
» Vénus. Ou plutôt, ne veut-on pas
» nous apprendre par cet emblême, qu'il
» faut célébrer les fêtes des Dieux avec
» sobriété, & non point en s'enivrant,
» parce que les Dieux prennent plus de
» plaisir à ceux qui répandent beaucoup
» de vin, qu'à ceux qui le boivent. »

Cette histoire de Plutarque me fait
croire qu'il s'agit ici des secondes Vinales, ou Vinales Rustiques, qu'on célébroit le douze ou le treize des Calendes
de Septembre. Elle ne peut absolument
convenir aux premieres Vinales qui se
faisoient le 22 Avril. Cela est confirmé
par Varron (2): *Vinalia Rustica dicun-*
tur, ante diem duodecimum Kalendas
septembris quod tum Veneri dedicata Ædis

_____

(1) Je lis ici πρὸ τῶ ἱερῦ au lieu de ἱεροῖς qui ne
fait point de sens.
(2) Varro de Linguâ Latinâ, pag. 48.

& horti ejus tutelæ adsignantur, ac tum sunt feriati Olitores.

Les Courtisanes célébroient (1) aussi en ce jour la fête de Venus :

Numina vulgares Veneris celebrate puellæ.
 Multa professarum quæstibus apta Venus.
Poscite ture dato formam, populi que favorem :
 Poscite blanditias, digna que verba joco.

Le mois d'Avril étoit (2) consacré à Vénus, & l'on célébroit à Rome une fête en son honneur, le premier de ce mois, si l'on en croit l'ancien Calendrier qu'on place communément au devant des Fastes d'Ovide. Cela est aussi confirmé par le quatrieme livre des Fastes, vers 61, &c. où ce Poëte prétend que le mois d'Avril, *Aprilis*, a été nommé d'un mot grec ; en changeant sans doute la lettre aspirée Φ en sa tenue Π. On sait que les Grecs appelloient Vénus en leur langue Aphrodite, & qu'Aphros signifie de l'écume. On connoît aussi ces vers du même Poëte : (3).

Quo non livor abit ? Sunt qui tibi mensis ho-
 norem
 Eripuisse velint, invideant que, Venus.
Nam quia ver aperit tunc omnia, dense que
 cedit

(1) Ovid. Fastor. lib. IV. vers. 865. &c.
(2) Plutarch. Quæst. Roman. pag. 285. **A.**
(3) Ovid. Fastor. lib. IV. vers. 85.

Frigoris asperitas, fœta que terra patet,
Aprilem memorant ab aperto tempore dictum :
Quem Venus injectâ vindicat Alma manu.

Je conteste d'autant moins cette étymologie, qu'Ovide étoit Sçavant, &
qu'il n'étoit pas seul de cet avis : *secun-*
dum (1) *mensem nominavit* (*Romulus*)
Aprilem, ut quidem putant cum aspira-
tione, quasi Aphrilem ; *à spumâ quam*
Græci Aphron vocant, unde orta Venus
creditur. Mais je ne dois pas dissimuler que
Cincius étoit d'un autre sentiment, ainsi
que Varron. Macrobe nous (2) apprend
que cet Auteur soutenoit dans un ouvrage
qu'il a écrit sur les Fastes, que les Anciens n'ont point nommé le second mois
de l'année *Aprilis*, à cause de Vénus,
mais parce que les germes se dévelop-
pent en ce mois, & que la terre paroît
en quelque sorte s'ouvrir. Cet Auteur
le prouve, parce qu'on ne trouve en ce
mois aucune fête remarquable de Vénus,
aucun sacrifice d'institution ancienne :
parce que cette Déesse n'étoit pas même
connue à Rome dans (3) les anciens tems,
puisqu'il n'en est fait aucune mention dans

---

(1) Macrob. Saturnal. lib. I. cap. XII. pag. 170.
(2) Idem ibidem.
(3) J'en ai dit un mot page 198.

les

les vers des Saliens, quoiqu'il y foit parlé du refte des Dieux. Varron penfoit aufli que fous les Rois de Rome, les Romains n'avoient eu aucune connoiffance du nom grec ou latin de Vénus, & par con-féquent qu'ils n'avoient pu donner au mois *Aprilis* le nom de cette Déeffe.

Quoi qu'il en foit fur le tems où cette fête fut inftituée, on paffoit en réjouif-fances la nuit qui la précédoit, (1) *quid? tu Venerin' pervigilare te vovifti, Phædrome?* Dans des bocages, & fous des tentes de verdure, faites avec des bran-ches de myrte entrelaffées,

> (2) *Inter umbras arborum*
> *Implicat cafas virentes*
> *E flagello myrteo.*

& les deux nuits fuivantes. La jeuneffe, libre de tout autre foin, formoit des chœurs, fe répandoit dans les bocages, & couronnée de fleurs, s'affembloit dans des maifons de myrte. Cérès, Bacchus, & le Dieu de la Poëfie, ne manquoient pas de s'y trouver. On paffoit les nuits entie-res à chanter les louanges de Vénus.

> (3) *Jam tribus choros videres (nempe Diana)*
> *Feriatos noctibus*

---

(1) Plauti Curculio, act. 1. fc. 3 verf. 25.
(2) Pervigilium Veneris verf. 10.
(3) Ibidem verf. 67. &c.

M

Congreges inter catervas,
Ire per saltus tuos,
Floreas inter coronas,
Myrteas inter casas.
Nec Ceres, nec Bacchus absunt,
Nec Poetarum Deus.
Te sinente, tota nox est
Pervigilanda cantibus.

Nous apprenons par Ovide, que dans cette fête, les femmes ôtoient à la Déesse ses ornemens, afin de la laver, & qu'enfuite on les lui remettoit, avec des bouquets de fleurs, & sur-tout de roses:

(1) *Rite Deam Latiæ colitis Matres que Nurus*
que ;
Et vos, quis vittæ longa que vestis abest.
Aurea marmoreo redimicula solvite collo :
Demite divitias : tota lavanda Dea est.
Aurea siccato redimicula reddite collo :
Nunc alii flores, nunc nova danda rosa est.

Il nous est resté de cette fête un Poëme très-altéré, qui a été assez bien rétabli par le Pere Sanadon, & sur-tout par feu M. le Président Bouhier. L'Académie voit que je veux parler du *Pervigilium Veneris,* que j'ai déja cité plusieurs fois.

Il y avoit une (2) sorte de pois chiche,

---

(1) Ovid. Faftor. lib. iv. verf. 133, &c.
(2) Plin. Hiftor. Natural. lib. xviii. cap. xii. tom. ii. pag. 116.

blanc, rond, léger, qu'on appelloit pois chiche de Colombe ou de Vénus, *Cicer Columbinum quod alii Venerium vocant*, dont on mangeoit dans les Veillées de Vénus.

Thulla étoit une fête de Vénus, dont Meurſius ne nous dit aucune particularité. Mais Héſychius ajoute que ce mot ſignifioit auſſi des branches ou des feuilles. De-là je conjecture que cette fête ſe célébroit au commencement du printems, ſaiſon où la nature ſe renouvelle, & où tous les animaux reconnoiſſent l'empire de la Déeſſe. On portoit ſans doute en cette fête des couronnes de myrte, peut-être y pratiquoit-on des maiſons de verdure avec des branches de cet arbriſſeau, comme on le voit dans le *Pervigilium Veneris*, vers 9, &c.

> *Cras Amorum copulatrix*
> *Inter umbras arborum*
> *Implicat caſas virentes*
> *E flagello myrteo.*

Les Commentateurs d'Héſychius ont remarqué que Θύλλα, venant de Φύω, en changeant le Φ en Θ, comme dans φὴρ dont on avoit fait Θὴρ, on avoit dit Θύω, Θύλλω & τὸ Θύλλον. Mais je m'imagine que Thulla eſt une faute des Copiſtes, & qu'il faut lire Θύλλα.

Le lierre ſauvage étoit proſcrit des

fêtes de Vénus à Thebes, peut-être,
comme le remarque (1) fauſſement Plutarque, parce que cette plante eſt ſtérile
& inutile aux hommes. Il l'étoit pareillement de celles de Junon à Athenes,
& de Jupiter à Olympie. Le Prêtre de
Jupiter à Rome, qu'on appelloit Flamen
Dialis, ne pouvoit en toucher.

Les Anciens avoient une danſe (2) figurée, ou ſi l'on veut, une pantomime,
qui repréſentoit Mars avec Vénus, le
Soleil qui les dénonçoit à Vulcain, &
celui-ci qui les enveloppoit d'un filet im-
perceptible. Lucien en donne une deſcription très-étendue. Cette Pantomime
m'en rappelle une d'Adonis, où Vénus
jouoit un très-grand rôle, comme nous
l'apprenons d'Arnobe.ʺ Vénus oubliera-t-
,, elle, dit ce Pere (3), les offenſes qu'on
,, lui aura faites, en voyant Adonis dan-
,, ſer & jouer la Pantomime : *obliterabit
offenſam Venus, ſi Adonis in habitu geſ-
tum agere viderit ſaltatoriis in motibus
Pantomimum?*

Je ne ſais ſi Arnobe avoit encore en
vue la même Pantomime, ou une autre
plus infame, lorſqu'il s'écrie : *quod* (4)

---

(1) Plutarch. Quæſt. Roman. pag. 290 E. 291 A.
(2) Lucian. de ſaltatione §. 63 tom. II. par. 302.
(3) Arnobius adverſus Gentes, lib. VII. pag. 238.
(4) Idem ibid. lib. IV. pag. 151.

nefarium effet auditu , gentis illa Gene-
trix Martiæ , regnatoris & populi pro-
creatrix amans faltatur Venus , & per
affectus omnes meretriciæ vilitatis impu-
dica exprimitur imitatione bacchari.
St. Auguftin vouloit fans doute parler
des mêmes Pantomimes, lorfqu'il dit dans
la (1) Cité de Dieu : *quid funt ad hoc*
malum .... Veneris lafcivia , ftupra &
turpitudines quæ proferremus nifi quotidie
cantarentur & faltarentur in theatris. Je
pourrois aufli parler de la Pantomime du
Jugement de Paris , que prenoit plaifir
à jouer l'infame (2) Héliogabale. Mais
ces objets , dit avec beaucoup de juftelle
le (3) divin Platon, font d'un trop mauvais exemple.

Vénus avoit non-feulement un mois
de l'année qui lui étoit confacré , mais
encore un jour de la femaine. C'é-
toit le fixieme : *Sexta* (4) *falutigerum fe-*
quitur Venus Alma parentem. On fe cou-
poit les cheveux en ce jour , dit un
Anonyme ; *ungues Mercurio , barbam*
Jove , Cypride crines. Mais Aufone n'approuve point cela.

---

(1) Sanctus Auguftinus de Civitate Dei lib. VII.
cap. XXVI.
(2) Lampridius in Antonino Heliogabalo , tom. I.
pag. 800.
(3) Plato de Republicâ , lib. III. tom. II. p. 350 C.
(4) Aufonius Eclog. 372. verf. 6.

M iij

(1) *Barba Jovi, Crines Veneri decor : ergo*
   neceſſe eſt,
   Ut nolint demi, quo ſibi uterque placet.

On lui offroit des Sacrifices en ce
jour, dit (2) Jamblique. C'étoit ſans
doute parce que le nombre ſénaire étoit
regardé comme le plus parfait. On
croyoit ce nombre tel, parce qu'il eſt
égal, dit (3) Euclide, aux parties qui le
conſtituent. « Le nombre ſénaire eſt,
» ſelon Philon (4) dans ſon Ouvrage,
» ſur la Création du Monde, le plus fé-
» cond, ſuivant les loix de la nature.
» C'eſt après l'unité, le premier nom-
» bre parfait. Il eſt égal aux parties in-
» tégrantes dont il eſt compoſé ; c'eſt-à-
» dire, à un ternaire qui eſt ſa moitié,
» à un binaire qui eſt ſon tiers, & à
» l'unité qui eſt ſa ſixieme partie. Ce
» nombre eſt, pour ainſi dire, mâle &
» femelle, & compoſé des vertus de l'un
» & de l'autre ſexe. Car dans les cho-
» ſes, le nombre (5) impair eſt le mâle,

_____

(1) Idem Eclog. 374 verſ. 3 & 4.
(2) Jamblich. de Vitâ Pythagoræ, pag. 128.
(3) Euclid. lib. VII. definit. XXII. pag. 149.
(4) Philo de Mundi Opificio ſecund. Moſen. pag.
III. lin. 17.
(5) Plutarque dit auſſi la même choſe (Quæſtion.
Roman. pag. 288) & il ſe demande ſi c'eſt par
cette raiſon qu'on impoſoit chez les Romains les
noms aux filles huit jours, & aux garçons neuf jours
après leur naiſſance ; ou bien, ſi c'eſt parce que huit

» & le pair la femelle. Trois eſt le pre-
» mier nombre impair, deux le pre-
» mier nombre pair. De ces deux nom-
» bres vient ſix. „

Ce nombre étoit, par cette raiſon,
conſacré à Vénus. *Hic autem numerus,*
dit Martianus Cappella Lib. VII, *Veneri*
eſt attributus, quod ex utriuſque ſexus
commixtione conficitur ; id eſt, ex triade
qui mas quod impar eſt, numerus habetur ;
& dyade, quæ fœmina paritate ; nam bis
terni hexas fit.

Au jeu de dez, rafle de ſix étoit le
coup victorieux ; τρὶς ἓξ νικητήριος ϐόλος,
dit Héſychius. On l'appelloit Vénus, &
c'eſt de cette maniere qu'on tiroit au
fort le Roi du feſtin : *quem Venus* (1)
Arbitrum dicet bibendi. Caton le Jeune
tiroit auſſi (2) au ſort, dans les feſtins,
la portion que chacun devoit avoir. Lorſque le ſort ne lui étoit pas favorable,
ſes amis le prioient avec inſtance d'accepter la premiere part. Mais il la refu-
ſoit, diſant qu'il ne la prendroit pas
malgré Vénus. Au jeu des oſſelets, le
coup le plus heureux, & qu'on appelloit auſſi (3) Venus, étoit, lorſque les

---

eſt le cube de deux, premier nombre pair, & neuf
le carré de trois, premier nombre impair.

(1) Horat. Od. lib. 11. Od. VII. verſ. 25.
(2) Plutarch. in Catone Minore pag. 762 B.
(3) Lucian. Amor. §. 16 tom. 11. pag. 415.

M iv

nombres ne fe reffembloient point, c'eft-
à-dire, quand on amenoit un as, un
trois, un quatre & un fix. *Talis* (1)
enim jactatis, ut quifque Canem aut
Senionem miferat, in fingulos talos
fingulos denarios in medium confere-
bat : quos tollebat univerfos, qui Vene-
rem jecerat.

Cela eft conforme à la doctrine de
Pythagore, qui donnoit aux (2) nombres
& aux figures de géométrie les noms
des Dieux ; au deux celui de (3) Vénus, de Dioné, de Muchaia & de Cythérée, qui font des furnoms de cette
Déefle, dont j'ai fait mention plus haut.
Le Carré lui étoit (4) confacré, & je
me rappelle d'avoir remarqué en parlant (5) d'Uranie, qu'elle étoit repréfentée à Athenes par une pierre (6) quadrangulaire, près d'un Temple qu'elle
avoit dans le quartier appellé *les Jar-*
dins. Le nombre cinq (7) s'appelloit Vénus, Cythérée, Gamélia & Androgynia.
Voici la raifon qu'en apportoient les Py-

---

(1) Suetonius in Augufto cap. LXXI.
(2) Plutarch de Ifide & Ofiride pag. 381 F.
(3) Photii Bibliotheca in Nicomachi Gerafeni Excerptis, Cod. 187 col. 461 lin. 17.
(4) Plutarch. de Ifide & Ofiride pag. 363. A.
(5) Voyez ci-deffus pages 70 & 73.
(6) Paufanias Attic., five lib. 1. cap. XIX. p. 44.
(7) Photii Bibliothec. in Nicomachi Gerafeni Excerptis Cod. 187 col. 464 lin. 46.

-thagoriciens, selon l'auteur des *Theolo-goumèna Arithmeticæ.* " Ils (1) appel-
,, lent Vénus le nombre cinq, parce que
,, les nombres mâles & femelles font tif-
,, fus enfemble. On le nomme auffi, par
,, la même raifon, Nuptial & Androgy-
,, ne. ,, Καὶ Αφροδίτην (πεντάδα) ὀνομά-
ζυσι, διὰ τὸ ἐμπλέκεσθαι ἀλλήλοις ἄρρηνα
καὶ θῆλυ ἀριθμόν· κατὰ τὸν αὐτὸν δὲ τρό-
πον, καὶ γαμηλίαν, καὶ ανδρογυνίαν. Le
même Auteur avoit dit, un peu plus
haut, *pag.* 25 : «le cinq.... eft appellé
» γάμος mariage, parce qu'il eft compofé
»du mâle & de la femelle». πεντὰς.... γα-
μος καλεῖται, ὡς ἐξ ἄρρηνος καὶ θηλέℱ. On
voit auffi, dans (2) Plutarque, que le
nombre cinq eft nommé mariage, à
caufe de la reffemblance du nombre pair
avec la femelle, & du nombre impair
avec le mâle.

Il eft bon de remarquer que chez les

---

(1) τὰ Θεολογύμενα τῆς Αριθμητικῆς pag. 35. Parifiis
1543 in-4⁰. M'entretenant un jonr avec M. de Vil-
loifon fur les nombres de Pythagore, ce jeune Savant, qui eft fur le point de nous donner une excellente édition de Phurnutus, ou plutôt Cornutus
de Naturâ Deorum, me parla de ce paffage, que je
connoiffois d'autant moins, que le livre, d'où il eft
tiré, ne m'eft jamais tombé entre les mains. Comme
je travaillois alors à ce Mémoire, je fentis à l'inftant
l'utilité dont il pouvoit m'être, & j'en fis ufage.
*Cette note a été ajoutée après que le Prix m'a été
adjugé.*

(2) Plutarchus de E'ι apud Delphos, pag. 388 A.

Romains on portoit aux noces cinq flam-
beaux allumés. Plutarque (1), qui fe
demande la raifon de cet ufage, répond
que le nombre cinq eft de tous les nombres impairs celui qui convient le mieux
aux noces, parce que trois eft le premier nombre impair, deux le premier
nombre pair, & que du mêlange de
ces deux nombres, comme du mâle &
de la femelle, vient cinq. Il répond
encore que ceux qui fe marient croient
avoir befoin du fecours de cinq Dieux;
Jupiter parfait, Junon parfaite, Vénus,
Pitho, (la Déeffe de la Perfuafion) & Diane
qu'invoquent les femmes en travail.

Si les nombres étoient confacrés aux
Dieux, les doigts de la main l'étoient
pareillement. Le pouce étoit appellé le
doigt de Vénus, comme on le voit dans
l'ouvrage que Mélampus (2) adreffe au
Roi Ptolémée fur la Divination, par le
moyen des Treffaillemens. " Le treffail-
„ lement du pouce, dit-il, indique l'ac-
„ quifition de grands biens, que fa fem-
„ me & fes enfans donneront bien de la
„ joie, car c'eft le doigt de Vénus. „

On avoit auffi confacré à la Déeffe

(1) Id. Quæftion. Roman. pag. 263 F. 264 A.
(2) Mclampus περὶ Παλμῶν Μαντική. Ce Traité fe
trouve dans l'édition toute grecque d'Ariftote, don-
nee par Sylburge à Francfort, chez les Wechel, en
1587. in-4°.

quelques animaux, l'Aphron (1), petit poiffon de mer, qu'on appelle encore Aphrya
ou Aphya, parce que la Déeffe étoit née
de l'écume, & qu'Aphron fignifie de l'é-
cume ; le Chryfophrys ou Dorade (2) ;
le Phalaris, forte d'oifeau de mer, dont
le nom françois m'eft inconnu, parce que
ce nom (3) fait allufion au Phalle ; une
efpece de Héron (4) qu'on appelloit
Αφροδισιος. J'ai parlé amplement de l'Iunx
pag. 56 & 57. L'Hirondelle (5) lui étoit
confacrée, ainfi que la (6) Tourterelle blanche. La Colombe l'étoit auffi. Voici
la raifon qu'en donne Lutatius, ancien
Scholiafte de Stace, qui l'avoit puifée
lui-même dans les anciens Mythologues.
Vénus & Cupidon étant venus, dit-
il (7), dans une prairie, fe difputerent,
à l'envi l'un de l'autre, à qui cueille-
roit le plus de fleurs. Cupidon l'emportoit par fon agilité & par l'ufage de fes
aîles ; mais la Nymphe Periftera vint au
fecours de la Déeffe, & il fut vaincu.

---

(1) Athen. Deipnofophift. lib. VII. cap. XXI. pag.
325 B.
(2) Idem ibid. cap. XXIV. pag. 328 A.
(3) Idem ibid. cap. XXI. pag. 325.
(4) Euftath. commentar. in Homeri Iliad. K. pag.
804 lin. 63.
(5) Ælian. de Naturâ Animal. lib. X. cap. XXXIV.
pag. 583.
(6) Idem ibidem lib. X. cap. XXXIII. pag. 583.
(7) Lutat. ad Statii Thebaïd. lib. IV. verf. 226.

Ce petit Dieu indigné changea la Nymphe en Colombe. La Déesse la prit sous
sa protection, & pour la consoler dans son
malheur, elle voulut que cet oiseau lui
fût consacré. On sçait que la colombe
s'appelle en Grec περιστερά. Quand les
Grecs ne pouvoient rendre raison de
quelque chose, ils avoient recours à des
fables puériles. Le Scholiaste d'Eschyle
me paroît plus sensé. Tous les oiseaux
(1), dit-il, ne font des petits qu'une
fois l'an, la colombe en fait en tout
tems. C'est par cette raison, ajoûte-t-il,
qu'elle est consacrée à Vénus. Elle est
appellée, continue-t-il, περιστερά parce
qu'elle aime excessivement περισσὰ ἐρῶσα
en mettant le τ par pléonasme. Le Scholiaste d'Apollonius (2) prétend aussi, d'a-
près Apollodore dans son ouvrage sur
les Dieux, qu'elle a été consacrée à la
Déesse, à cause de sa lasciveté. Du reste,
il apporte la même étymologie que le
Scholiaste d'Eschyle.

Le char de Vénus étoit traîné par des
Cygnes:

(3) *Sic fata, levavit*
Sidereos artus, Thalami que egressa superbum

(1) Scholiast. Æschyl. ad septem contra Thebas, vers. 300.
(2) Scholiast. Apollonii Rhodii ad lib. III. pag. 189.
(3) Statii Sylvar. lib. I. Sylv. 2 vers. 140.

Limen, Amyclæos ad fræna citavit Olores.

(1) *Molles agitat Venus Aurea Cycnos.*

Remarquez auffi, je vous prie, Meffieurs, l'Epithete d'Aurea, fi familiere aux Poëtes, en parlant de cette Déeffe, & fur laquelle je ne m'arrête pas, parce que je l'ai fait en plufieurs endroits de ce Mémoire & fur-tout *pag.* 256 &c.

Le char de Vénus n'étoit pas feulement trainé par des colombes & des cygnes, mais encore par des Paffereaux, comme on le voit dans une Ode de Sappho, qui nous a été confervée par Denys d'Halicarnaffe dans fon Traité fur l'Arrangement des Mots, περὶ Συνθέσεως Ὀνομάτων.

Ἅρμ' ὑποζεύξασα, καλοὶ δὲ τ' ἄγον
Ὠκέες στρᾶθοι περὶ γᾶς μελαίνας
Πυκνὰ δινῦντες πτέρ' ἀπ' ὠραν' ὠθέ-
ρος διὰ μέσσω.

" De charmans Paffereaux tiroient ra-
„ pidement votre char du haut du ciel
„ par le milieu de l'air „

Athénée, après avoir remarqué (2) que le Paffereau étoit très-enclin à l'amour, & que, felon Terpficlès, ceux qui s'en nourriffoient, y étoient auffi très-

---

(1) Idem Sylvar. lib. 111. Sylv. 4. verf. 22.
(2) Athen. Deipnofophift. lib. V111. cap. x, p. 391. F.

portés, ajoute, seroit-ce par cette raison
que Sappho fait traîner le char de Vénus
par des Passereaux.

Passons maintenant aux plantes qui
étoient consacrées à la Déesse. J'ai parlé
amplement du myrte page 206 &c. des
pommes page 124 &c. Jupiter avoit
voulu que la rose (1) fût sous la protection de Vénus, ainsi que le laurier l'é-
toit sous celle d'Apollon. Pausanias (2)
avoit dit auparavant, avec beaucoup
d'autres Auteurs, que la rose & le
myrte lui étoient consacrés ; & c'étoit
par cette raison qu'à Elis, les Graces,
qui ne la quittoient point, portoient à
la main, l'une une rose, l'autre une
branche de myrte. On trouve aussi dans
une Epigramme de (3) Nossis, que celui que n'a point aimé Vénus, ne connoît pas quelles sortes de fleurs sont les
roses de Vénus.

Les roses, de blanches (4) qu'elles
étoient, devinrent rouges, à l'occasion
que je vais dire. Vénus aimoit Adonis
& Mars aimoit Vénus. Celui-ci, qui
étoit jaloux, & qui s'imaginoit que la
mort de son rival mettroit fin à cet

---

(1) Nonnus Dionysiacor. lib. XII. vers. 3.
(2) Pausanias Eliacor. Posterior. sive lib. VI. cap.
XXIV. pag. 514.
(3) Poëttiarum Fragmenta ex Editione Wolfii p. 88.
(4) Geoponicorum lib. XI. cap. XVII. pag. 312.

amour, le tua (1). La Déesse indignée de ce meurtre, se jetta sur des roses, sans se donner le temps de prendre sa chaussure. Leurs épines la piquerent, & l'Ichor (2) qui sortit de ses piquures teignit la rose, & lui donna la couleur & l'odeur qu'elle a actuellement. D'autres disent que dans un festin qui se donna au ciel, & où l'on but beaucoup de Nectar, l'Amour en dansant renversa, d'un coup d'aîle, un cratere de Nectar, & que cette liqueur étant tombée sur terre, donna à la rose la couleur qu'on lui voit à présent.

J'ai déjà remarqué que les Grecs, au défaut d'une bonne Physique, inventoient mille fables ingénieuses pour rendre raison des phénomenes qu'ils ne pouvoient expliquer.

Le Philyra, peau fort déliée qui se trouve entre l'écorce des arbres & l'aubour, étoit consacré à Vénus, parce que ce terme comprend, dit (3) Phurnutus, celui de φιλεῖν aimer. Cette peau servoit à entrelasser les couronnes de fleurs,

---

(1) J'ai lu quelque part, mais je ne me rappelle pas en quel endroit, que Mars se changea en sanglier pour tuer son rival.

(2) Les Dieux ne se nourrissant point des dons de Cérès & de Bacchus, n'ont point de sang, mais une liqueur qu'Homere appelle Ichor.

(3) Phurnutus de Naturâ Deorum. c. XXIV. p. 199.

dont les Anciens faifoient un grand ufage, comme l'ajoute le même Auteur. On connoît auffi ce vers d'Horace.

Difplicent nexæ philyrâ coronæ.

Si l'on en croit encore le même (1) Phurnutus, on fe gardoit bien d'offrir du buis à la Déeffe : τὸν δὲ πύξον φυλάτ-τονται τῇ Θεῷ πρόσφερειν, ἀφιερωσόμενοι πως ἐπ'αὐτοῖς τὴν πυγμήν. Thomas Gale traduit ainfi : *cavent autem, ne Veneri buxum offerant, expiantes fuam falacitatem.* Je n'oferois décider lequel eft le plus ab-furde, ou la leçon des imprimés, ou la traduction. Les variantes portent ἀφοσιέμενοι πως ἐπ'αὐτοῖς τὴν πυγήν. Com-me j'ignorois que le buis fût en hor-reur à Vénus, & comme je ne voyois pas le rapport qu'il y avoit entre le buis πύξος & la lutte πυγμή, où les feffes πυγή, je lifois en partie d'après les Manufcrits, & en partie d'après mes conjectures : τὸν δὲ λυγον φυλάττονται τῇ Θεῷ προσφέρειν, ἀφο-σιέμενοί πως ἐπ'αὐτοῖς τὴν ἀγονίαν. On fe garde bien d'offrir à la Déeffe de l'Agnus Caftus, à caufe de l'averfion qu'elle a pour la ftérilité. On fait que les feuilles de cet arbriffeau éteignent les ardeurs du tempérament, & que pour fe conferver

---

(1) Idem ibidem.

chaftes, les femmes, qui devoient célébrer les Myſteres de la Bonne Déeſſe, cou-
choient ſur des feuilles de cet arbuſte,
qu'on appelloit auſſi Ἄγνος.

Mais après y avoir bien réfléchi, j'ai
reconnu que les Manuſcrits avoient con-
ſervé la vraie leçon, ſi l'on excepte
ἐπ᾽αὐτοῖς qu'il faut changer en ἐπ᾽αὐτῷ.
Ceux qui ſe ſont familiariſés avec les
Manuſcrits, ſavent que l'Oméga eſt ſouvent confondu avec un Omicron ſuivi
d'un Iota, & que l'Iota s'écrit a côté au
lieu d'être ſouſcrit, ce qui a donné bien
des fois occaſion de le prendre pour un Sigma. Je lis donc : τὸν δὲ πύξον φυλάττονται τῇ
Θεῷ προςφέρειν, ἀφοσιύμενοί πως ἐπ᾽ αὐτῷ τὴν
πυγήν. "On ſe garde bien d'offrir à la
„ Déeſſe du buis, parce qu'on a, en
„ quelque ſorte, en horreur les plaiſirs
„ contraires à la nature renfermés dans
„ ce mot. „ M. de (1) Villoiſon, dont
les connoiſſances devancent de beaucoup
les années, & qui a une ſagacité ſinguliere pour reſtituer les paſſages les plus
déſeſpérés, avoit bien vu qu'il falloit
lire avec les Manuſcrits ἀφοσιύμενοί πως. ....
τὴν πυγήν. Ainſi, il n'y a dans cette correction que ἐπ᾽ αὐτῷ qui ſoit à moi.

Cette Leçon paroîtra certaine, ſi l'on

_____

(1) Cette phraſe a été ajoutée après que le Prix
m'a été adjugé.

fait attention qu'il n'eſt preſque queſtion dans ce Chapitre de Phurnutus que de jeux de mots. On conſacroit à Vénus le Philyra, parce que ce mot comprenoit φιλεῖν aimer, & l'on écartoit le buis de ſes autels, parce que dans πύξος *buis*, étoit renfermé πυγὴ *nates* deux mots dont l'origine eſt commune. *Voyez* Euſtathe ſur Homere, *page* 1322, ligne 38.

Si le ſavant Alciat ſe fût rappellé ce paſſage de Phurnutus, il n'auroit point dit de cet arbriſſeau, *Emblem.* 207.

Deliciis apta eſt, teneris & amantibus arbor ;
*   Pallor ineſt illi, pallet & omnis amans.*

Le Lys étoit (1) odieux à Vénus, parce qu'il lui diſputoit la beauté. Auſſi pour s'en venger, fit-elle croître au milieu de ſes pétales le membre de l'âne. Nicandre entendoit ſans doute les piſtiles avec les ſommets qui s'élevent du fond du calyce. Je me rappelle cependant qu'un autre Poëte nomme cette fleur les délices de Vénus χάρμα. Mais ayant oublié d'en faire la remarque, je n'ai pu retrouver ce paſſage, & vérifier ſi ma mémoire ne me trompe point.

Après avoir parlé des fêtes & des ſa-

_____

(1) Nicandri Alexipharmac. verſ. 406. &c,

crifices en l'honneur de la Déesse, des animaux & des plantes qui lui étoient consacrés, il est naturel de dire un mot des offrandes qu'on lui faisoit. Pour ne point répéter ce qu'on a vu dans le cours de ce Mémoire, je me contenterai de dire que les jeunes filles étoient dans l'usage de consacrer à Vénus de petites figures; témoin ce passage de (1) Perse : *Veneri donatæ à virgine pupæ.* Cela est confirmé par trois vers du cinquieme livre des Odes de Sappho, rapportés par (2) Athénée, qui nous apprennent encore qu'on lui consacroit des ornemens de tête. Cela est aussi apuyé par une Inscription (3) Antique, trouvée depuis peu à Athenes sur un marbre encastré dans le mur de l'Eglise dite *Panagia Spiliotissa.* On voit par cette Inscription, qui est fort altérée, que la personne dont il y est fait mention, & dont le nom est effacé, avoit consacré à ses dépens une petite Statue de la Déesse avec la lampe qui brûloit devant. On sait que les Payens allumoient des lampes dans leurs Temples : (4) *placuere & lychnuchi pensiles in delubris.* On représentoit

(1) Pers. sat. II. verf. 70.
(2) Athen. Deipnosoph. lib. IX. pag. 410 E.
(3) Inscriptiones Antiquæ. Oxonii 1774. in-fol°. pag. 55.
(4) Plin. Histor. Natural. lib. XXXIV. cap. III. pag. 641 lin. 21.

même quelquefois la Déesse un flambeau
à la main.

(1) *Contectam myrto Venerem veneratur Aprilis;*
   Lumen turis habet, quo nitet alma Ceres.
Cereus & dextrâ flammas diffundit odoras.
   Balsama nec desunt, quîs redolet Paphie.

Elle est représentée telle qu'elle est décrite dans ces vers, dans un Manuscrit de
la Bibliotheque Impériale, & Pierre Lam-
becius l'a fait graver (*in Comment. de
Biblioth. Vindobon. in Appendice, ad
Lib. IV*, pag. 277 *& seq.*), & Dom de
Montfaucon, dans le premier Volume du
Supplément à l'Antiquité Expliquée, *pag.*
29 & suiv.
   Ceux qui quittoient une profession
avoient coutume d'en suspendre les instrumens dans les Temples des Dieux qui
présidoient à cette profession. Il en étoit
de même de ceux qui abandonnoient la
milice de l'Amour. Ils offroient à Vénus
les instrumens de musique qui avoient su
toucher le cœur de leurs Maîtresses, les
torches & les leviers qui avoient servi à
brûler ou à enfoncer leurs portes. Horace le dit bien clairement dans cette
Ode (2).

---

(1) Anthologia Latina tom. 11. lib. v. Epig. LXXV.
(2) Horat. Carm. lib. 111. Od. XXVI.

Vixi puellis nuper idoneus,
Et militavi non fine gloriâ ;
Nunc arma defunctum que bello
Barbiton hic paries habebit,
Lævum marinæ qui Veneris latus
Cuftodit. Hic, hic ponite lucida
Funalia, & vectes & arcus
Oppofitis foribus minaces.

Il y a, dans l'Anthologie Grecque (1) de Conftantin Céphalas, publiée par feu M. Reiske, une Epigramme, où Méleagre confacre à Vénus la lampe qui avoit été le témoin de fes plaifirs, & dans la même Collection une Epigramme de (2) Marcus Argentarius, qui dédie fa bouteille à la Déeffe.

Les Courtifanes lui offroient auffi les inftrumens de leur profeffion ; témoin cette Epigramme d'Afclépiade qu'on trouve dans les *Mifcellanea Lipfienfia Nova*, *Tom. IX,* pag. 465, que je vais mettre en Latin par refpect pour mes Juges :

Tibi, Venus, Lyfidice calcar hoc, do-
mandis-&-regendis-equis-aptum, aureum
ftimulum pedis eleganti-furâ-præditi,
dedicavit. Qui non unum exercuit fegnem
equum ; ipfius tamen femur non cruenta-

---

(1) Anthologiæ Græcæ à Conftant. Cephalâ condita libri III. pag. 16.
(2) Ibid. pag. 39.

vit, ut agiliter motæ. Erat enim curſor non ſtimulandus. Qua propter telum hoc aureum tibi mediis in foribus ſuſpendit.

Elles dédioient quelquefois par reconnoiſſance une Statue à la Déeſſe. On en trouve la preuve dans une Epigramme de Noſſis ſur une Statue d'or, que Polyarchis avoit conſacrée à la Déeſſe, & qu'on lit dans le Recueil des Femmes (1) qui ont écrit en vers, publié par Wolf.

« Nous avons été voir dans le Temple
» de Vénus cette belle Statue d'or de la
» Déeſſe, que lui a conſacré Polyarchis,
» qui a acquis de grandes richeſſes par
» ſa beauté.

Les Courtiſanes, qui ne quittoient point leur profeſſion, faiſoient auſſi quelquefois la même choſe. Dans une (2) Epigramme d'Aſclépiade, Plangone, après avoir vaincu la Courtiſane Philænis, dédie à Vénus ſur la porte de ſon Académie, le fouet & les rênes qui l'avoient ſi bien ſervie, afin d'engager la Déeſſe à lui être propice dans la ſuite. Tous les termes de cette Epigramme, dont je me contente de donner le ſens, étant empruntés de l'équitation, j'eſpere qu'on excuſera celui d'Académie, dont je me ſers pour expri-

_____

(1) Poetriarum octo Erinnæ, myrus, Myrtidis, Corinnæ Fragmenta & Elogia, &c. pag. 90.

(2) Miſcellanea Lipſienſia Nova tom. IX. pag. 463.

mer le lieu où cette Courtifane faifoit fes exercices.

Dans une Epigramme (1) d'Antipater de Sidon, Bitinne confacre à Vénus-Uranie une chauffure charmante, Philænis une coëffure élégante, Anticléa un éventail, la belle Héraclée un voile, comparable pour la fineffe à une toile d'araignée, & Ariftotélia un ferpent d'or qui lui embraffoit le pied. Ces Courtifanes étoient de Naucratis en Egypte, comme on le voit par une Epigramme (2) d'Archias fur ces mêmes perfonnes.

Dans une autre Epigramme de (3) Leonidas de Tarente, Callicratia dédie à Vénus un Amour d'argent, un miroir, des cheveux poftiches, un peigne & la bande tranfparente qui retenoit fon fein Μηλβχον ὑαλόχϱοα (4): car c'eft ainfi qu'il faut lire au lieu de Μελῖχον, qui ne devoit point embarraffer feu M. Reiske. On en lit une autre de Philétas de Samos (5), où Nicias, âgée de cinquante ans & plus,

---

(1) Anthologia Græca à Conftantino Cephalâ condita, pag. 24.
(2) Ibidem pag. 25.
(3) Ibidem pag. 26.
(4) Je me fuis apperçu depuis, que M. Toup, le Prince des Critiques Anglois, & l'un des plus Savans hommes qu'il y ait actuellement en Europe, m'avoit prévenu dans la feconde partie de fes *Emendationes in Suidam* pag. 116.
(5) Anthologia Græca à Conftantino Cephalâ condita, pag. 26.

suspend dans le Temple de Vénus sa chauſſure , ſon miroir & ſa ceinture.

Je rapporte à regret ces traits qui pa-
roiſſent choquer les bonnes mœurs ; j'y
ſuis forcé par mon ſujet. Mais je finis par
l'exemple d'une femme reſpectable , je
veux parler de Cythere (1) de Bithynie
qui conſacre à Vénus une Statue de marbre de Paros , & ne demande à la Déeſſe
que de vivre dans l'union la plus parfaite
avec ſon mari.

Il ne me reſte plus à parler que des
enfans de Vénus & des Dieux qui ſe plai-
ſoient en ſa compagnie.

Vénus eut de Jupiter (2) l'Amour , de
Dionyſus (3) Bacchus , de Bacchus (4)
Priape ; les Anciens en apportoient une
raiſon naturelle dans leur Mythologie. Le
vin , diſoient-ils , excite vivement aux
plaiſirs de l'amour. Elle eut auſſi de Mercure (5) Hermaphrodite , d'Anchiſe Enée,
de Butès Eryx , d'Adonis Beroë , dont j'ai
parlé plus haut , *pages* 62 & 63 ; enfin,
de Mars (6) la Terreur & l'Epouvante,
Antéros (7) & Harmonie (8). La Tradi-

---

(1) Ibid. pag. 25.
(2) Lactant. de Falſâ Religione lib. 1. §. 17 p. 92.
(3) Heſychius voc. Βάκχκ Διώνῃς.
(4) Diodor. Sicul. lib. IV. §. 6. tom. 1. pag. 251.
(5) Lactant. loco laudato.
(6) Heſiod. Theogon. verſ. 934.
(7) Cicero de Naturâ Deorum , lib. III. §. 22.
(8) Heſiodi Theogonia , v. 936 Eurip. Phœniſſ. v. 7.

tion

tion des Anciens ne s'accordoit pas ʃur
cette derniere. Car (1) Dercyllus, ʃuivant
le Scholiaʃte d'Euripide, prétendoit qu'elle étoit fille de Dracon, Roi de Thebes,
que tua Cadmus. Ephorus aʃʃuroit qu'elle
étoit fille d'Electre, petite-fille d'Atlas,
& que Bacchus en naviguant près de Samothrace l'enleva. Démagoras diʃoit qu'E-
lectre, étant venue de Libye en Samothrace, eut dans cette Iʃle de Jupiter,
Dardanus & Harmonie ; & que Cadmus,
qui cherchoit ʃa ʃœur, fut initié aux Myʃ-
teres de Samothrace ; ce qui lui donna oc-
caʃion de voir Harmonie, qu'il enleva
par les ʃoins de Minerve. Cela eʃt confirmé
par (2) Diodore de Sicile. Mais les plus
anciennes traditions portent, comme on
l'a dit, qu'elle étoit fille de Vénus, &
c'eʃt ce qui a fait dire à (3) Nonnus qu'elle
étoit le Sang de la Mer. Elle épouʃa Cadmus, comme je viens de le prouver, &
l'on peut voir ce qu'en dit Nonnus dans
ʃes Dionyʃiaques, Livre III, depuis le
vers 58 juʃqu'à la fin du Livre.

Cette Harmonie étoit belle comme ʃa
mere ; les Matelots, qui étoient ʃur le
vaiʃʃeau où elle ʃe trouvoit, la prennent
pour Vénus, lui adreʃʃent leurs vœux,

---

(1) Scholiaʃt. Euripidis ad Phœniʃʃ. verʃ 7.
(2) Diodor. Sicul. lib. v. §. 48 tom. 1. pag. 369.
(3) Nonnus Dionyʃiacor. lib. XIII. verʃ. 408.

N

& la prient de leur envoyer un vent favorable : (1) πέμπε μοι ἵκμενον οὖρον. Mais Lubin, qui a eſtropié, plutôt que traduit,
les Dionyſiaques de Nonnus, a rendu ce
vers : *mitte mihi humidam pluviam.*

La mere des Amours ſe plaît à unir les
cœurs, le Dieu de la Guerre à les divi-
ſer; Vénus aime les jeux, les ris, la danſe
& tout ce qui inſpire la gayeté; Mars au
contraire ne reſpire que le trouble, le ſang,
le carnage. Par quelle fatalité des Dieux,
qui devroient avoir l'un pour l'autre le
plus grand éloignement, s'uniſſent-ils?
Et comment Harmonie, la douce Harmonie eſt-elle le fruit de leur amour? Les
Anciens auroient-ils voulu dire que l'A-
mour ſubjugue les cœurs les plus féroces?
*fà ſpeſſo cader a Marte la ſanguignoſa
ſpada*; cela peut être. Je ſuis cependant
tenté de croire qu'ils couvroient de ce
voile ingénieux leur ſyſtême ſur la production des êtres. Tel eſt le ſentiment de
de grand nombre d'Anciens très-inſtruits.
J'ignore s'il a été adopté par quelque Moderne. Quoi qu'il en ſoit, tâchons de le
développer en peu de mots.

La matiere étoit éternelle, ſelon les
Anciens. Rien (2) ne s'étoit fait de rien,

---

(1) Idem Ibidem. lib. IV. verſ. 246.
(2) Ἀπόλλυται μὲν οὐδὲν ἁπάντων χρημάτων, οὐδὲ
γίνεται, ὅ, τι μὴ καὶ πρόσθεν ἦν. Hippocrat. de Diætâ,
lib. I. § 5.

& rien ne pouvoit être anéanti. La naiffance, fuivant ce fyftême, étoit, non le
paffage du non-être à l'être, mais le paffage de l'Adès (1), c'eft-à-dire, d'un état
invifible & nullement foumis aux fens,
à un état vifible & fenfible. Car Ἄδης eft
une contraction de Ἀϊδής & vient de l'Al-
pha privatif & de Εἴδω, *je vois.* Delà vient
que dans Homere, Minerve, voulant fe
rendre invifible à Mars, fe couvre la tête
du cafque de Pluton, δῦν Ἄϊδος κυνέην,
μή μιν ἴδοι ὄβριμος Ἄρης. Iliad. E. 845.

Les corps, ou fi l'on veut, les différentes formes, font produits par le mêlange
de principes contraires, qui font continuellement effort l'un contre l'autre.
Tant que l'équilibre fubfifte, le corps demeure fous la même forme ; mais cet
équilibre une fois détruit, ce corps fe dé-
compofe d'une maniere ou d'autre, felon
le principe qui prend le deffus. » L'hom-
» me & tous les animaux, dit Hippocrate
» au premier Livre de la Diete, §. IV,
» font compofés de deux chofes contrai-
» res par leur qualité, mais utiles par leur
» (2) mêlange, je veux dire, le feu &

---

(1) On dit auffi Hadès, avec une afpiration. Ce
mot fignifie Pluton, Enfer &c.
(2) Ce paffage d'Hippocrate eft altéré dans l'original, je l'ai rétabli plus haut, pag. 88 &c. & l'ai
traduit en confequence.

» l'eau. » Tant que ces deux principes
reſtent en équilibre, l'animal vit; mais il
périt, dès que l'un ou l'autre prédomine.
C'eſt de cette union de parties contraires,
& faiſant perpétuellemant effort l'une ſur
l'autre, que réſulte l'harmonie du monde;
car pour me ſervir de l'expreſſion (1)
d'Héraclite, « elle eſt compoſée, cette
» harmonie, de choſes diſcordantes, &
» eſt telle que celle d'une lyre. »

Il eſt aiſé d'expliquer d'après ces principes, les amours de Mars & de Vénus,
& la naiſſance d'Harmonie, fruit de ces
amours. « Suivant les Mythologues, dit
» (2) Plutarque, Harmonie nait de Mars
» & de Vénus, le premier cruel, & aimant
» les querelles, l'autre douce & aimable.
» Les Philoſophes ſont d'accord avec eux.
» Car Héraclite nomme ouvertement la
» Guerre, le Pere, le Roi, le Seigneur de

---

(1) Παλίντροπος ἁρμονία Κόσμω ὥσπερ λύρης... κατ'
Ἡράκλειτον. Plutarch. de Iſide & Oſiride, p. 369 B.

(2) Ἐκ δὲ Ἀφροδίτης καὶ Ἄρεως Ἁρμονίαν γεγονέναι
μυθολογοῦσιν, ὧν ὁ μὲν ἀπηνὴς καὶ φιλόνεικος, ἡ δὲ
μειλίχος, καὶ γενέθλιος. Σκόπει δὲ τοὺς φιλοσόφους τούτοις
συμφερομένους. Ἡράκλειτος μὲν γὰρ ἄντικρυς Πόλεμον ὀνο-
μάζει πατέρα καὶ βασιλέα, καὶ κύριον πάντων, καὶ τὸν
μὲν Ὅμηρον εὐχόμενον

Ἔκτε θεῶν Ἔριν, ἔκ τ' ἀνθρώπων ἀπολέσθαι.

λανθάνειν φησὶ τῇ πάντων γενέσει καταρώμενον, ἐκ
μάχης καὶ ἀντιπαθείας τὴν γένεσιν ἐχόντων. Plutarch.
de Iſide & Oſaide pag. 370 C. & D.

» toutes choſes, & ce Philoſophe ajoute,
» qu'en formant des vœux, pour que la
» Diſcorde fût bannie du ſéjour des Dieux
» & des Hommes, Homere faiſoit, ſans
» s'en douter, des imprécations contre
» l'origine de tout, puiſque toutes cho-
» ſes doivent leur exiſtence à cette guer-
» re & à cette diſſenſion. »

C'eſt ce qu'avoit dit Empédocle en d'autres termes, lorſqu'après avoir parlé des
quatre élémens (1), le feu, l'eau, la terre
& l'air, il ajoute que « l'amitié eſt le lien
» qui les unit, & la diſcorde ce qui les
» déſunit. » Il ne faut point croire cependant que ce Philoſophe ſe ſoit ſervi de
termes vagues, ou n'ayant aucun ſens.
Il entendoit par celui d'*amitié* le juſte mêlange des deux principes contraires qui
fait qu'un corps exiſte, & par celui de
diſcorde, la prédominance de l'un ou l'autre de ces deux principes. Ce que je dis
des deux principes qui compoſent tous les
corps ne contredit point le paſſage que je
viens de citer d'Empédocle, par où il paroît qu'il y avoit ſelon lui quatre élémens.
Car, Héraclite & beaucoup d'autres Philoſophes n'admettoient d'autre principe
que le (2) feu. Cet élément condenſé s'hu-

(1) Στοιχεῖα μὲν εἶναι τέτταρα, πῦρ, ὕδωρ, γὴν, ἀέρα. φιλίαντε ἢ συγκρίνεται, καὶ νεῖκος ᾧ διακρίνεται. Diogen. Laert. lib. VIII. Segment. 76.

(2) Diogen. Laert. lib. IX. Segment. IX.

N iij

meᵉtoit, & étant épaiſſi devenoit eau, l'eau coagulée ſe changeoit en terre : πυκνύμενον γάρ τὸ πῦρ ἐξυγραίνεσθαι, συνισλά-μενόν τε γίνεσθαι ὕδωρ· πηγνύμενον δὲ τὸ ὕδωρ εἰς γῆν τρέπεσθαι. On voit que Diogene Laerce a oublié l'air, quoique Héraclite l'admette, comme on peut le voir dans Plutarque *de Placitis Philoſophorum, Lib. I. Cap. III.* Ce paſſage eſt donc cor-rompu. Que veut dire en effet, le feu condenſé *devient humide?* Je mets donc en la place de Ἐξυγραίνεσθαι : ἀέρα γίνεσθαι, je répete ἀέρα qui a été omis, & je lis le paſſage entier : πυκνύμενον γὰρ τὸ πῦρ ἀέρα γίνεσθαι, συνιστάμενόν τε τὸν ἀέρα ὕδωρ· πηγνύμενον δὲ τὸ ὕδωρ εἰς γῆν τρέπεσθαι. Le feu con-denſé devient air, l'air épaiſſi devient eau, & l'eau coagulée ſe change en terre.

Lucrece confirme par ces beaux vers la correction qu'on vient de lire :

(1) *Et primum faciunt ignem ſe vertere in Auras Aëris, hinc Imbrem gigni, Terram que creari Ex Imbri, retroque à Terrâ cuncta reverti; Humorem primum, poſt Aëra, deinde calorem.*

Le ſentiment d'Empédocle, je veux dire, l'amitié & (2) la diſcorde, étoit celui de l'Auteur de la vie d'Homere attribuée à Denys d'Halicarnaſſe. Après avoir dit

(1) Lucretius, lib. 1. verſ. 783.
(2) Voyez la page précédente.

que les élémens font compofés de contraires, du fec & de l'humide, du chaud
& du froid ; que l'univers étoit formé du
jufte mêlange & de la proportion convena-
ble de ces contraires ; que ces contraires,
fe réuniffant quelquefois par l'amour, forment un tout, & font d'autres fois, em-
portés par leurs querelles, il ajoute : "c'eft
„ (1) ce que nous montre d'une maniere
„ énigmatique la fable de Mars & de Vé-
„ nus. Celle-ci a le même pouvoir que
„ l'amitié dans Empédocle, & Mars équi-
„ vaut à la difcorde de ce Philofophe.
„ Delà vient qu'ils s'accordent quelque-
„ fois, & que d'autres fois ils fe féparent.
„ Le Soleil les indique, Vulcain (2) les
„ lie & Neptune les détache. Il eft clair
„ par-là que la fubftance chaude & féche,
„ & que la froide & l'humide, qui lui
„ eft contraire, forment quelquefois le
„ tout, & le diffolvent quelquefois auffi. »
Euftathe (3) explique cette fable de
plufieurs manieres dans fes Commentaires fur l'Odyffée d'Homere. Il commence
par un fens moral très-alambiqué ; delà

(1) Homeri vita. Vide Opufcula Mythologica,
Phyfica, &c. edita à Thom. Gale, pag. 328.
(2) Mas ignis..... aqua femina, quod fetus ab
ejus humore & eorum *vindione* fumit Venus. Varro
de Linguâ Latinâ, lib. IV. pag. 18.
(3) Euftath. Commentar. in Homeri Odyff. Θ.
pag. 1597. lin. 49, 53 & 59.

il paffe au fyftême d'Empédocle, qu'il ne me paroît pas avoir bien faifi, & finit enfuite par une explication tirée des Principes Mathématiques, dont j'efpere que l'Académie me permettra de lui faire grace.

Après avoir parlé des Enfants de Vénus, il me refte à dire deux mots des Dieux qui ne la quittoient point, & qui fe plaifoient en fa compagnie.

Cérès étoit fon amie & fa parente : *fufcipit* (1) *Ceres : tuis quidem lacrymofis precibus & commoveor & opitulari cupio, fed cognatæ meæ (Veneris) cum quâ etiam antiquum fœdus amicitiæ colo, bonæ præterea fœminæ, malam gratiam fubire nequeo.*

Dionyfus étoit frere de Vénus, fuivant (2) Nonnus, & de fon commerce avec cette Déeffe, il eut Bacchus. *Voyez* Orphée Hymn. 56, vers 3 & 4 ; Héfychius au mot Βάκχε Διώνης. Praxilla de Sicyone fait auffi Bacchus fils de Vénus, Héfychius *ibidem.* Mais il eft bon de remarquer que Nonnus ne met point de diftinction, comme Orphée, entre Dionyfus & Bacchus. Si vous ôtez l'autorité de Praxilla, les autres font de peu de poids.

---

(1) Apul. Metamorphof. lib. vi. pag. 175.
(2) Nonnus Dionyfiacor. lib. xix. verf. 122. lib. xxix. verf. 83.

Quoï qu'il en foit, ce Dieu fe plaifoit beaucoup avec Vénus, & cette Déeffe lui avoit fait (1) préfent d'un cratere d'or, ouvrage de Vulcain. On connoît le proverbe rapporté par (2) Térence, *fine Cerere & Libero friget Venus*; & même l'on facrifioit à Vénus & à Bacchus, comme le dit Phurnutus (3), parce que le vin excite aux plaifirs de l'amour. Κινητικὸν γὰρ πρὸς συνεσίαν ὁ οἶνΘ· Διὰ τᗕτο ἐνίων κοινῇ μεθυόντων Διονύσῳ καὶ Ἀφροδίτη. Je rapporte ce paffage en entier, afin d'avoir occafion de le corriger. Μεθυόντων ne faifant aucun fens, je lis en la place μὲν θυόν7ων. Je crois cette correction indubitable ; cependant on pourroit lire avec un Manufcrit διὰ τᗕτο ἔνιοι κοινῇ θύᗕσι K. T. Λ. C'eft par cette raifon qu'elle eft appellée φιλάκρητος aimant le vin pur, dans (4) Nonnus & qu'Euripides (5), dit que fans vin il n'y a point de Vénus. Apulée (6) nomme ce Dieu *Veneris Armiger*, & Ariftophane dit, au rapport (7) d'Athénée, que le vin eft le lait de Vénus.

Orphée appelle (8) Vénus ΠάρεδρΘ

---

(1) Idem, lib. XIX. verf. 118, 119 & 122.
(2) Terent. Eunuch. Act. IV. fcen. V. verf. 6.
(3) Phurnutus de Naturâ Deorum, cap. 30, p. 218.
(4) Nonnus Dionyfiacorum, lib. XLVIII. V. 685.
(5) Euripides in Bacchis, verf. 772.
(6) Apul. Metamorphof. lib. 2. pag. 46.
(7) Athen. Deipnofoph. lib. X. cap. XII. P. 444 D.
(8) Orph. Hymn. 54 verf. 7.

N v

adsessor de Bacchus , Σεμνὴ Βάκχοιο Πάρε-
δρε , vénérable Asseseur de Bacchus. Anacréon donne aussi (1) à ce Dieu les mêmes mœurs qu'à l'Amour , & en fait l'a-
mant de Vénus & le pere des Graces.
L'allégorie est claire , & ce seroit faire
injure à mes Juges que de m'arrêter à
l'expliquer.

Les Jeux , les Amours ne la quittent
point (2) , *quam Jocus circumvolat & Cupido :* les Graces se trouvent toujours en
sa compagnie , ainsi que Mercure & la
Déesse Pitho , (la Persuasion) dont j'ai
parlé plus haut (3) à l'occasion de Vénus
Pandémos. La raison en est sensible. Mercure est le Dieu de l'Eloquence , & le don
de la parole , les Graces & la Persuasion
conduisent , dit (4) Phurnutus , les personnes qu'on aime au but qu'on se pro-
pose. On lit dans Plutarque (5) que les
Anciens plaçoient Mercure à côté de Vénus , parce que les plaisirs du mariage ont
besoin d'éloquence ; & qu'ils y avoient
mis aussi Pitho & les Graces pour apprendre aux personnes mariées à chercher par
la persuasion & non en se querellant , ce
qu'elles souhaitent mutuellement l'une

(1) Anacreon Od. 41 ex edit. Barnesii.
(2) Horat. Carmin. lib. 1. od. 2 vers. 34.
(3) Ci-dessus , page 78.
(4) Phurnutus de Naturâ Deorum cap. XXIV p. 197,
(5) Plutarchi Conjugial. Præcepta, pag. 138 C.

de l'autre. Mais le trop subtil Séneque (1)
prétend que c'est une fantaisie de Peintre. On voit aussi dans (2) Apulée que
Vénus ne peut rien sans la présence de Mercure. La Déesse avoit à Halicarnasse (3) un
Temple conjointement avec Mercure,
que lui avoit fait bâtir Mausole, Roi de
Carie. Il étoit placé sur la pointe droite
de la Colline, près de la Fontaine de
Salmacis.

Ces Dieux s'appelloient Σύνναοι, parce
qu'ils étoient adorés dans les mêmes Temples ; Σύμβωμοι, parce qu'ils participoient
aux mêmes Autels ; Σύνθρονοι, Πάρεδροι,
parce qu'ils étoient assis l'un à côté de
l'autre ; les Dieux, en effet, étoient souvent représentés assis ; témoin la critique
que fit l'Architecte Apollodore de la grandeur des Statues placées dans le Temple
de Vénus & de Rome. *Voyez* ce que j'en
ai dit, *page* 245. Πάρεδροι pourroit aussi signifier des Dieux dont les Statues sont
près l'une de l'autre ; car Ἕδραι signifie des
Statues dans Eschyle (4) & ailleurs. Cependant on n'entendoit communément
par ce mot que l'égale autorité dont jouis-
soient ces Dieux. Aussi Gisbert Cuper (5)

---

(1) Seneca de Beneficiis lib. I. cap. I. pag. 594.
(2) Apul. Metamorphos lib. VI. pag. 175.
(3) Vitruvius lib. II. cap. VIII.
(4) Æschyl in Supplicib. vers. 506.
(5) Observation. lib. IV. cap. III. pag. 388.

& Ezechiel Spanheim (1) me semblent avoir eu tort de prétendre que les Dieux Πάρεδροι ou *Adsessores* étoient d'un rang inférieur, tandis que les Dieux Σύνθρονοι étoient égaux en dignité. Pindare appelle Bacchus Πάρεδρος de Cérès. Quand vous engendrâtes, dit ce (2) Poëte, Bacchus à la longue chevelure, *qui est assis* auprès de Cérès. Vénus & la Déesse Rome (3) étoient des Dieux Σύνναοι ou adorés dans le même Temple. Mars & Vénus l'étoient aussi : *sex* (4) *pulvinaria in conspectu fuere : Jovi ac Junoni unum ; alterum Neptuno ac Minervæ ; tertium Marti ac Veneri.* Les Muses étoient regardées comme les sœurs de Vénus & se plaisoient en sa compagnie : ἀδελφαὶ γὰρ ἀλλήλων, καὶ ἀσπάζονται τὴν κοινωνίαν, dit (5) Thémistius.

On joignoit aussi la Fortune à Vénus. On trouve parmi les Inscriptions de Gruter celle-ci :

VENERI ET
FORTUN. PRIM.

---

(1) De Præstantiâ & Usu Numism. tom. 11. p. 335.
(2) Pindar. Isthm. Od. vii. vers. 3.

Χαλκοκρότα πάρεδρον
Δαμάτερος ἁνίκ᾽ εὐρυχαίταν
Ἀντείλας Διόνυσον.

(3) Dio Cassius lib. LXIX. §. 4 pag. 1153 lin. 23.
(4) Tit. Liv. lib. XXII. cap. X.
(5) Themist. Hortat. ad Philosoph. Orat. XXIV. pag. 303. A.

SACR.
L. CALVIUS. L. F. PAL.
VARIUS —
AR. ET CUPIDINES II
D. D.
L. D. D. D.

L. Calvius & Varius ont confacré à Vénus & à la Fortune Primigénie un autel & des Amours.

Elle aimoit beaucoup Hefpérus, que les Grecs appelloient Φωςφόρ☉ avant le lever du Soleil, & les Latins Lucifer. On le nommoit auffi Etoile de Vénus. Cette Etoile étoit favorable aux jeunes mariés; quand elle commençoit à paroître, on conduifoit la nouvelle époufe à la maifon de fon mari.

(1) *Vefper adeft, Juvenes, confurgite. Vefper Olympo*
   Expectata diu vix tandem lumina tollit.
   Surgere jam tempus, jam pingues linquere meyfas,
   Jam veniet virgo, jam dicetur Hymenæus.

L'Hyménée ne doit pas être paffé fous filence. Je ne dois pas omettre non plus Tychon, Orthanès & Priape, dont je me ferois abftenu de parler, fi je n'euffe craint le reproche de n'avoir pas connu ces Dieux.

_____

(1) Catullus LXI.

Je ne m'étendrai point fur l'Hyménée,
il eft trop connu. A l'égard de Tychon,
c'étoit, felon quelques-uns, un petit Dieu,
parmi les Dieux d'un rang inférieur. C'étoit
une Divinité du peuple, dont le crédit
étoit très-borné, comme on le voit dans
une Epigramme de Perfes, qu'on lit *page
175* de l'Anthologie Grecque de Conftantin Céphalas, donnée par feu M. Reiske.
Tychon étoit auffi regardé par quelques
autres, comme Mercure, & par d'autres
encore, comme une Divinité de la fuite
de Vénus. Héfychius l'affure pofitivement :
Τύχων, ἔνιοι τὸν Ἑρμῆν· ἄλλοι δὲ, τὸν περὶ τὴν
Ἀφροδίτην. La raifon qui avoit fait donner
ce nom à Mercure & à un Dieu de la fuite
de Vénus, me paroît fenfible. Τύχη fignifie la fortune, la bonne fortune. Or, on
fait que Mercure préfidoit aux gains inef-
pérés, & que la bonne fortune en amour
doit être du goût de Vénus. D'autres prétendoient que Tychon étoit (1) Priape
lui-même.

Orthanès ne devoit pas moins plaire à
cette Déeffe. Il étoit de fa fuite & de la
dépendance de Priape, comme le dit le (2)
Scholiafte de Lycophron : ἔστι δὲ καὶ Ὀρθάνης
δαίμων πριαπώδης παρὰ τῇ Ἀφροδίτῃ. Car c'eft

_____

(1) Diodor. Sicul. lib. IV. §. 6 pag. 252.
(2) Lycophronis Scholiaft. ad Alexandram verf.
538 pag. 64 col. 1 lin. 8.

ainſi qu'il faut lire & non point Ὀρθάγης, qui ne fait aucun ſens. Ce Scholiaſte l'explique très-bien, lorſqu'il ajoute (1) τὸν καταφερῆ, παρὰ τὸ ὀρθιᾷν. Ὀρθάνης ſignifie impudique, & vient de ὀρθιᾷν *arrigere*. Il eſt bien étonnant, après cela, que Canter, Meurſius & Potter, qui ont donné des Editions de Lycophron, ne ſe ſoient point apperçu de cette faute, non plus que de celle de Lycophron, où il faut lire auſſi Ὀρθάνην au lieu d'Ὀρθάγην. S'il pouvoit encore reſter quelque doute, Héſychius ſuffiroit pour le lever. Ὀρθάνης, τῶν ὑπὸ τὸν Πείαπόν ἐστι θεῶν, καὶ αὐτὸς ἐντετα-μένον ἔχων αἰδοῖον. Orthanès eſt un des Dieux ſoumis à Priape, *arrectam & ipſe habens mentulam*.

Il faut mettre auſſi dans le même rang la Déeſſe *Pertunda*, laquelle, comme s'exprime (2) Arnobe, *in cubiculis præſto eſt virginalem ſcrobem effodientibus maritis*. St. Auguſtin (3) demande avec raiſon, dans ſon Traité de la Cité de Dieu, pourquoi on ne l'appelle pas plutôt le Dieu *Pretundus*. Le Dieu *Subigus* & la Déeſſe *Prema* ſont auſſi connus par St. Auguſtin. Celle-ci, comme dit ce Pere, étoit honorée *ut ſubacta à ſponſo virgo non ſe*

---

(1) Arnob. adverſus Gentes lib. IV. pag 132.
(2) Idem ibidem lin. 10 & 11.
(3) Auguſtin. de Civitate Dei VI. 9.

commoveat , quum premitur. Voyez le Traité de la Cité de Dieu, VI. 9.

Génétyllis (1) étoit une Déeſſe de la Compagnie de Vénus, Auteur de la Génération. Son nom vient de la génération des enfants. Il y avoit pluſieurs Déeſſes de ce nom, dit (2) Pauſanias, & l'on voyoit leurs Statues au Promontoire Colias.

Je finis ce que j'avois à dire ſur Vénus par cette Ceinture merveilleuſe qui enchante, perſuade & ſéduit les cœurs des Sages. Elle étoit d'une broderie admirablement diverſifiée, dit le (3) Prince des Poëtes : là ſe trouvoient tous les charmes les plus ſéducteurs, les attraits, l'amour, les deſirs, les entretiens ſecrets, les innocentes tromperies, & le charmant badinage, qui inſenſiblement ſurprend l'eſprit & le cœur des plus ſenſés. C'eſt ce que feu M. de la Motte, ce grand Détracteur d'Homere, me paroît avoir aſſez heureuſement imité dans ces vers, que je crois devoir mettre ici, afin d'égayer la ſécherefſe de cette Diſſertation.

Ce tiſſu, le ſymbole & la cauſe à la fois
Du pouvoir de l'amour, du charme de ſes loix.
Il enflamme les yeux de cette ardeur qui touche,
D'un ſourire enchanteur il anime la bouche,

---

(1) Suidas voc. Γενετυλλίς.
(2) Pauſanias Attic. ſive lib. 1. cap. 1. pag. 5.
(3) Homeri Iliad. lib. XIV. verſ. 215.

Paſſionne la voix, en adoucit les ſons,
Prête ces tours heureux, plus forts que les rai-
    ſons ;
Inſpire, pour toucher, ces tendres ſtratagêmes,
Ces refus attirants, l'écueil des ſages mêmes :
Et la nature enfin y voulut renfermer
Tout ce qui perſuade & ce qui fait aimèr.

Le Taſſe a imité la Deſcription d'Homere dans la Ceinture Magique d'Armi-
de, qu'on ſera d'autant moins fâché de
retrouver ici qu'elle eſt agréable & très-
courte.

(1) *Teneri ſdegni, e placide e tranquille*
    Repulſe, cari vezzi, e liete paci,
    Sorriſi, parolette, e dolci ſtille
    Di pianto, e ſoſpir tronchi, e molli baci;
    Fuſe tai coſe tutte, e poſcia unille,
    Ed al foco temprò di lente faci :
    E ne formò quel sì mirabil cinto,
    Di ch' ella aveva il bel fianco ſuccinto.

Ce Ceſte enchanteur rendit à Junon les
graces touchantes qui avoient autrefois
captivé le cœur de Jupiter, & ce Dieu
ſentit rallumer une flamme éteinte; & ce
fut par la vertu de ce même Ceſte qu'Harmonie (2), dèvenue ſenſible, chercha pour
époux Cadmus qu'elle venoit de fuir. Delà
ces expreſſions ſi familieres à (3) Nonnus,

_____

(1) Gieruſalemme Liberata Canto XVI. ſtanc. XXV.
(2) Nonnus Dionyſiacor. lib. IV. verſ. 177 & ſeq.
(3) Idem ibid.

ἤλασε Κεϛῷ *agitavit Cesto.* (1) Ἔρως ἐϛεμάϛπε Κεϛῷ; l'amour vous a-t-il fait fentir les coups de fon Cefte? Dans un autre endroit, ce Cefte (2) régit les Amours Πόϑων ἰϑύντοει Κεϛῷ. Homere, dit (3) Plutarque, inftruit, par cette fable de Vénus, les perfonnes attentives qu'une mufique efféminée, des chanfons & des difcours lubriques, corrompent la jeuneffe, la rendent efféminée & lui font aimer le luxe, la molleffe & le commerce des femmes.

Si l'on peut s'en rapporter à l'ignorant & trop crédule (4) Malalas, Paris avoit compofé un Hymne en l'honneur de Vénus, qui s'appelloit le Cefte.

Après avoir raffemblé avec foin tout ce que les Anciens ont dit fur Vénus, il ne me refte plus qu'à préfenter en peu de mots le réfultat de ce Mémoire.

L'Afie eft le bercéau de la Philofophie & des fuperftitions qui en ont arrêté les progrès. Les anciens Philofophes difcouroient beaucoup fur l'origine des chofes, fur la production du monde, fur le premier principe, la force vivifiante. Les

(1) Idem ibid. lib. xxxiii. verf. 33.
(2) Idem ib'd. lib. v. verf. 190 lib. xxxii. verf. 6.
(3) Plutarch. de Audiendis Poetis pag. 19 F. 20 A.
(4) Joannis Antiocheni Cognomento Malalæ Chronographia lib. v. pag. 115.

uns vouloient que ce fût l'air, d'autres que ce fût l'eau, & d'autres enfin que ce fût le feu. Ces Philofophes cacherent, fuivant l'ufage des Orientaux, leurs fyftêmes fous le voile ingénieux de l'allégorie. Le principe vivifiant fut peint fous les traits d'une Déeffe, qui donne la vie à toute la nature, & dont l'empire s'étend fur tous les êtres. Les yeux du vulgaire ne purent percer ce voile, ce fut pour lui une barriere infurmontable. Il prit l'allégorie pour une hiftoire réelle, & la fable ingénieufe, inventée pour fon inftruction, devint la fource de toutes fes erreurs. Il ceffa d'appercevoir cette force motrice, effentielle à la nature ; il ne vit plus que Milidath, Alilath, Mithra &c. noms fous lefquels ce principe fut connu dans les diverfes contrées de l'Orient, quand on vint à l'allégorifer.

Ce principe abftrait ayant pris de la confiftence au moyen de l'allégorie, devint l'objet de la vénération de ce même vulgaire, & fut adoré, comme une Déeffe qui préfide à la reproduction de tous les êtres. Son culte devoit être pur dans l'origine, parce que les idées qu'on avoit alors de cette divinité, tenoient plus ou moins dans cette enfance des chofes, des qualités abftraites du principe auquel elle devoit fon exiftence. Son culte continua fans doute quelque temps dans fa pureté primitive ;

mais lorfqu'on eut fait l'application de ces qualités abftraites à l'union des deux fexes , foit dans le mariage , foit hors du mariage , & quand on eut fait préfider à cette union ce principe , de quelque maniere qu'il eût été allégorifé, fon culte dut peu-à-peu dégénérer , & Vénus , de Célefte qu'elle étoit , devint bientôt une proftituée. Il n'y avoit qu'un pas à faire, le principe Créateur étant le même dans la débauche & dans l'union légitime. De-là ce culte infame, dont elle fut honorée prefque par-tout l'Orient, & dont j'ai parlé d'une maniere affez étendue au commencement de ce Mémoire.

Je fuis perfuadé qu'on diftingua long-tems ces deux Vénus, quoique je ne puiffe en apporter de preuves directes ; mais les indirectes font affez fortes pour autorifer mon opinion.

Les Grecs prirent des Orientaux une partie de leurs Dieux. Vénus fut de ce nombre. Elle fut chez eux bien caractérifée. Vénus Célefte fut toujours une Divinité chafte. Harmonie, fille de Cadmus , lui donna le nom de Célefte , comme je l'ai remarqué ci-deffus, *pag. 63 & 64* d'après Paufanias, pour exprimer fon amour honnête & dégagé des fens. Cadmus fut fans doute le premier qui la fit connoître aux Grecs. Je ne déciderai point fi fon culte étoit à (1) Athenes antérieur ou poftérieur à cette époque. Mais ce qu'il y a de certain, c'eft qu'il y étoit très-ancien. La pierre (2) quadrangulaire, Type, fous lequel cette Déeffe y étoit connue, en prouve l'ancienneté, & le pays qui lui avoit donné naiffance. Le carré (3) étoit confacré à la Déeffe, & cette opinion tenoit au fyftême des Orientaux fur les nombres & leurs propriétés que Pythagore puifa dans la fuite chez ces peuples.

Ce qui n'étoit qu'une allégorie chez les Orientaux, parut une hiftoire réelle aux Grecs, encore groffiers & ignorans, & ceux-ci ne donnerent à cette Déeffe le nom d'Aphrodite, & ne parlerent de fon origine, que lorfqu'ils commencerent à s'inftruire & à percer le voile des allégories Orientales. Jupiter donne naiffance à Vénus, parce que ce Dieu eft l'air (4) le plus fubtil, & l'on fait par Julius Firmicus Maternus (5) que les Affyriens regardoient cet élément comme le pre-

_____

(1) Les Athéniens étoient Pélafges d'origine, & non point Hellenes. Ainfi l'on ne peut décider s'ils eurent connoiffance de Vénus par la Colonie Phénicienne qui s'établit en Béotie, ou fi cette connoiffance leur vînt d'ailleurs.

(2) Voyez ci-deffus, page 70.

(3) Plutarch. de Ifide & Ofiride pag. 363. **A.**

(4) Phurnutus de Naturâ Deorum cap. XIX. p. 181.

(5) Jul. Firmicus Maternus, de Errore Profanarum Religionum, pag. 9.

mier, & qu'ils l'adoroient fous le nom de
Vénus Vierge.

Les autres opinions fur la naiffance de
cette Déefle, tiennent aux autres fyftêmes philofophiques des Orientaux, fur
le premier principe. Ceux qui vouloient
que ce principe fût l'eau, la firent naître
dans la mer. Ceux qui prétendoient que
c'étoit le feu, lui donnerent pour pere,
Uranus. Je ne m'étendrai point fur cet
objet, afin de ne point répéter ce que j'ai
dit ailleurs.

Les opinions des Mythologues fur Vénus Uranie, étoient donc fondées fur les
allégories dont les Orientaux envelop-
poient leur Philofophie. On n'a pas plus
de peine à reconnoître l'origine de Vénus Pandémos, Porné, Etæra ou Courtifane, que celle d'Uranie. Elles pafferent
auffi de l'Afie en Grece, & fe répandirent dans les pays où les Grecs porterent
leur Religion avec leurs ufages. Les autres Vénus ont plus ou moins de rapport
avec Uranie ou Pandémos. Celles, par
exemple, qui font connues fous les noms
de Limnefia, d'Acræa, d'Euplœa, &c,
viennent manifeftement d'Uranie, qui
étant fuppofée fille d'Uranus & de la mer,
devoit naturellement préfider à l'élément
où elle étoit née. Les Vénus Apoftrophia,
Epiftrophia, Verticordia, Nicéphore,
Armée, Belthès, Epitalaria, &c. ont

aussi un rapport manifeste à Uranie. Les
Vénus Volgivaga, Porné, Etæra, Cast-
nia, Péribasia ou Divaricatrix, Salacia,
Lubia, Lubentina, Volupia, &c. doivent être placées sous la dénomination
de Pandémos. En un mot, toutes les
Vénus possibles, si l'on en excepte quelques unes qui doivent leur origine à la
flatterie, ou, à des événemens particuliers, pourroient se ranger sous l'une ou
l'autre de ces deux classes; mais en mettant plus d'ordre dans ce Mémoire, on
y auroit répandu une monotonie, qu'on
n'auroit jamais pu faire disparoitre avec
tout l'art possible.

Après avoir parlé des différentes Vénus,
de ses Noms & Surnoms, des Temples,
Autels & Statues qu'on lui a élevés, j'ai
traité de son Culte, des Sacrifices & des
Fétes instituées en son honneur, sans oublier les animaux, les plantes, & autres
choses qui lui étoient consacrées. Je finis
enfin par ses Enfants, les Dieux qui se
plaisoient en sa compagnie, & par la
description de son Ceste. Ce Mémoire
m'auroit paru manquer essentiellement,
si j'eusse omis ces derniers articles.

Il ne me reste plus, Messieurs, qu'à
vous présenter différents index, que je
crois, non-seulement utiles, mais encore
indispensables pour se rappeller les prin-

cipaux objets de cette Differtation. Le premier, des Auteurs & des Editions dont j'ai fait ufage, vous mettra à portée de comparer mes citations. Le fecond fera des Auteurs corrigés & expliqués. Le quatrieme, des Noms & Surnoms de Vénus. Le troifieme, des Temples & Autels de Vénus. Le cinquieme, des Statues de la Déeffe ; le fixieme, des Tableaux de la Déeffe ; le feptieme, enfin, des Artiftes qui fe font illuftrés par ces ouvrages.

Iᴇʀ INDEX

Des Auteurs & des Editions dont je me fuis fervi.

1　ÆLIANUS de Naturâ Animalium Græ. & Lat. cum notis Variorum Londini. 1744. *in-*4°. 2 vol.

2　Æfchinis Orationes. *Voyez* le N°. 109.

3　Æfchyli Tragœdiæ cum notis Stanleii & Corn. de Paw. Hagæ Comitum. 1745. *in-*4°. 2 vol.

4　Alexandri ab Alexandro Genialium Dierum, lib. VI cum notis Variorum. Lugd. Bat. 1673. *in-*8°. 2 vol.

5　Sti. Ambrofii Opera. Parifiis. 1686. *in-fol.* 2 vol.

6 Ammiani Marcellini Rerum Gesta-
rum libri qui superfunt cum notis Lin-
denbrogii, Valefiorum & Gronovii.
Lugd. Bat. 1693. *in-fol.*

7 Anacreontis Opera ex Editione Bar-
nefii. *in-8o.*

8 Analecta Veterum Poëtarum Græcorum. Græce. Editore Rich. Franc. Phil.
Brunck. Argentorati. 3 vol. *in-8o.*

9 Anonymi Defcriptio Ponti Euxini
Græ. & Lat. *Voyez* le No. 62.

10 Anthologia Græca ex Edit. Henrici
Stephani. 1566. *in-4o.*

11 Anthologiæ Græcæ à Conftantino Ce-
phala conditæ Libri tres, cum notis
Reiske, Lipfiæ, 1754, *in-8o.*

12 Anthologia Latina cum Notis Variorum. Curâ Petri Burmanni Secundi.
Amftelodami. 1759. &c. *in-4o.* 2 vol.

13 Antiquæ Infcriptiones Græcæ à Mar-
quardo Gudio collectæ. Leovardiæ.
1731. *in-fol.*

14 Antiquitates Afiaticæ; per Edm. Chif-
hull. Londini. 1728. *in-fol.*

15 L'Antiquité Expliquée & Repréfentée
en figures; par Dom de Montfaucon:
Paris. 1719. &c. *in-fol.* 15 vol.

16 Antonini Liberalis Transformationum
Congeries. Græ. & Lat. cum Notis
Munckeri & Verheyk. Lugd. Bat.
1774. *in-8o.*

17 Apollodorus **de Diis.** *Voyez* le
No. 73.

O

18 Apollonii Rhodii Argonautica, antiquis unà & optimis cum Commentariis. Græce. Venetiis Aldus 1521. *in-8º.*

19 Appiani Alexandrini Historiæ Romanæ. Græ. & Lat. Amstelæd. 1670, 2 vol. *in-8º.*

20 Apuleii Opera cum Interpretatione & Notis Jul. Floridi. ad usum Delphini. Parisiis. 1688. 2 vol. *in-4º.*

21 Arati Phænomena, Theonis Scholia, Eratosthenis Catasterismoi, Dionysii Hymni. Græce. Oxonii. 1672. *in-8º.*

22 Aristæneti Epistolæ Græ. & Lat. ex Edit. Abresch. Zwollæ. 1749 *in-8º.*

23 Aristotelis Opera. Parisiis. 1619. *in-fol.* 2 vol.

24 Aristophanis Comœdiæ Græ. & Lat. cum Notis Kusteri. Amstelod. 1710, *in-fol.*

25 Arnobi Afri adversus Gentes lib. VII. cum integris omnium Commentariis. Lugd. Bat. 1651. *in-4º.*

26 Arriani Periplus Ponti Euxini. Græ. & Lat. *Voyez* le Nº. 62.

27 Artemidori & Achmetis Oneirocritica. Parisiis 1603. *in-4º.*

28 Athenæi Deipnosophistarum libri XV Græ. & Lat. cum Notis Casauboni. Lugduni. 1612. *in-fol.*

29 Auctores Mythographi Latini cum Notis Van Staveren & Variorum Lugd. Batavor. 1742. *in-4º.*

30 Sti. Augustini Opera. Parisiis. 1679. *in-fol.* 11 vol.

31 Aviani Ora Maritima. *Voyez* le 4e. volume du N. 62.

32 Auli Gellii Noctes Atticæ cum Notis Variorum. Lugd. Batav. 1666. *in-8o.*

33 Ausonii Opera cum Interpretatione & Notis Floridi, quibus suas adjecit Jo. Bapt. Souchai Parisiis. 1730. *in-4o.*

C.

34 Julius Capitolinus. *Voyez* le N. 72.

35 Catulli opera cum Notis Vulpii. Patavii. 1739. *in-4o.*

36 Charitonis de Chæreâ & Callirrhoë Amatoriarum Narrationum libri VII: Græ. & Lat. Amstel. 1750. *in-4o.*

37 Ciceronis Opera.

38 Claudiani Opera cum Notis Heinsii & Burmanni. Amstelod. 1760. *in-4o.*

39 Clementis Alexandrini Opera. Græ. & Lat. cum Notis Potteri. Oxonii 1715. *in-fol.* 2 vol.

40 Codinus de Originibus Constantinopoleos. *Voyez* le 7e. vol. du No. 100.

41 Coluthi Raptus Helenæ. Græ. & Lat. cum Notis van Lennep. Leovardiæ 1747. *in-8o.*

D.

42 Damascius de Principiis. In Anecdotis Wolfii.

43 Demofthenis Orationes. Græ. & Lat. cum Notis Wolfii & Taylor. Cantabrigiæ *in-4°.* 2 vol.

44 Diodori Siculi Bibliotheca Hiftorica Græ. & Lat. cum Notis Weffelingii. Amftelod. 1746. *in-fol.* 2 vol.

45 Diogenis Laertii de Vitis & Dogmatibus clarorum Philofophorum. Libri X. Græ. & Lat. Amftel. 1692. 2 vol. *in-4°.*

46 Caffii Dionis Hiftotiæ Romanæ quæ fuperfunt Græ. & Lat. cum Notis Reimari. Hamburgi. 1750 *in-fol.* 2 vol.

47 Dionyfii Halicarnaffenfis Hiftoria Romana. Græ. & Lat. cum Notis Jo. Hudfon. Oxonii 1704. *in-fol.* 2 vol.

48 Dionyfii Periegetæ Orbis defcriptio. *Voyez* le 4e. volume du No. 62.

49 Alex. Donatus de Urbe Româ. *Voyez* les Antiquités Latines de Grævius.

E.

50 Emendationes in Suidam, Auctore Joh. Toup. Londini 1760. &c. *in-8°.* 4 vol.

51 Ennii Fragmenta quæ fuperfunt recognita ftudio Heffelii, cum Notis Voffii & aliorum. Amftelod. 1707. *in-4.*

52 Eratofthenis Enarrationes eorum quæ in Aftra funt relata. Græce. *Voyez* le No. 21.

53 Etymologicum Magnum. Heidelber-
gæ. 1594. *in-fol.*

54 Euclidis Opera Græ. & lat. Oxonii.
1703. *in-fol.*

55 Euripidis Tragœdiæ Græ. & Lat.
cum Notis Josuæ Barnesii. Cantabrigiæ.
1694. *in-fol.*

56 Eusebii Pamphili Præparatio Evangelica. Græ. & Lat. cum Notis Vigeri.
Parisiis 1628. *in-fol.* 2 vol.

57 Eusebii Pamphili , Socratis , Sozomeni, Theodoreti , &c. Historia Ecclesiastica. Græ. & Lat. cum Notis
Valesii & Gul. Reading. Cantabrigiæ.
1720. *in-fol.* 3 vol.

58 Excerpta ex Dionysii Byzantii Anaplo
Bospori Thracii. *Voyez* le trois. vol.
du No. 62.

F.

59 Sexti Pompei Festi de Verborum
significatione cum Notis Dacerii. Amsf-
telod. 1700. *in-4°.*

60 Julius Firmicus Maternus de Errore
Profanarum Religionum. ad calcem
Minutii Felicis.

61 Fulgentii Mythologicon Libri Duo.
Voyez le No. 29.

G.

62 Geopraphiæ veteris Scriptores Græci

minores. Græ. & Lat. Oxonii. 1698. *in-8o.* 4 vol.

63 Geoponicorum five de Re Ruftica Libri XX. Græ. & Lat. ex Edit. Petri Needham. Cantabrigiæ. 1704. *in-8o.*

64. Gierufalemme Liberata da Torquato Taffo.

65 Gori Mufeum Etrufcum. Florentiæ 1737. *&c. in-fol.* 3 vol.

H.

66 Harpocrationis de Vocibus liber. Græce cum Notis & Obfervationibus Jaccobi Gronovii *&c.* Lugd. Batav. 1696 *in-4o.*

67 Hephæftionis Enchiridion de Metris cum Scholiis antiquis. Græce. cum Notis Joh. Cornel. de Paw. Ultrajecti. 1726. *in-4o.*

68 Herodiani Hiftoriarum Libri VIII. Græ. & Lat. cum Notis. Oxonii. 1704. *in-8o.*

69 Herodoti Hiftoriarum Libri Græc. & Lat. cum Notis Wefieling & Valckenaer. Amft. 1763. *in-fol.*

70 Hefiodi Opera Græc. & Lat. cum Notis Variorum & Thom. Robinfon. Oxonii. 1737. *in-4o.*

71 Hefychii Lexicon cum Notis Alberti Lugd. Bat. 1746, &c. *in-fol.* 2 vol.

72 Hiftoriæ Auguftæ Scriptores cum No-

tis Salmasii & Variorum. Lugd. Batav.
1671. *in-8°.* 2 vol.

73 Historiæ Poëticæ Scriptores Antiqui.
Græc. & Lat. cum Notis Th. Gale.
Londini 1676. *in-8°.*

74 Hippocratis Opera Græc. & Lat. ex
Editione Van. der Linden. Lugd. Batav. 1665. *in-8o.* 2 vol.

75 Homeri Ilias & Odyssea Græc. cum
Commentariis Eustathii. Rômæ. 1542,
1550. *in-fol.* 4 vol.

76 Homeri Vita Græc. & Lat. *Voyez* le
N . 108.

77 Horapollinis Hieroglyphica Græc. &
Lat. cùm integris Observationibus &
Notis Merceri, Hœschelii, Caussini &
Joh. Corn. de Paw. Trajecti ad Rhe-
num. 1727 *in-4°.*

78 Horatii Opera.

79 Hospinianus de Origine Festorum
Ethnicorum.

80 Hygini Fabulæ. *Voyez* le N°. 29.

J.

81 Jamblichus de Vitâ Pythagoræ. Græc.
& Lat. cum Notis Kusteri. Amstelod.
1707. *in-4°.*

82 Inscriptiones Antiquæ, pleræque non-
dum editæ: in Asia minori & Græciâ,
præsertim Athenis Collectæ, cum Appendice, curâ Ricardi Chandler. Oxonii. 1774. *in-fol.*

83 Flavii Josephi Opera Græc. & Latin. cum Notis Havercampi. Amstel. 1726. *in-fol.* 2 vol.

84 Justini Historiæ cum Notis variorum. Lugd. Batav. 1760. *in-8°.* 2 vol.

L.

85 Lactanti Opera quæ extant cum Notis Variorum. Lugd. Batav. 1660 *in-8°.*

86 Ælius Lampridius. *Voyez* le N°. 72.

87 Luciani Opera Græc. & Lat. cum Notis Hemsterhusii & Gesneri. Amstelod. 1743. 4 vol. *in-4°.*

88 Lucretii de Rerum Naturâ, Lib. sex.

89 Lycophronis Alexandra Græc. & Lat. cum Scholiis Græcis. Oxonii. 1702. *in-fol.*

M.

90 Macrobii Opera cum Notis Variorum. Londini. 1694. *in-8°.*

91 Joh. Antiocheni Malalæ Historia Chronica cum Interpretatione & Notis Chilmeadi. Græc. & Lat. accedit Epistola Rich. Bentleii ad Millium. Oxonii. 1692. *in-8°.*

92 Manilii Astronomicon ex Recensione & cum Notis Rich. Bentleii. Londini. 1739. *in-4°.*

93 Marciani Periplus Græ. & Lat. *Voyez* le N°. 62.

94 Marmora Oxoniensia. Oxonii. 1763. *in-fol.*

95 Martialis Epigrammata cum Notis ad usum Delphini. Amstelod. 1701. *in-8o.*

Maximi Tyrii Dissertationes. Græc. & Lat. Londini. 1740. *in-4o.*

97 Melampus περὶ παλμῶν Μαντικὴ. Ad calcem Aristotelis Francofurtani.

98 Mémoires de l'Académie des Inscriptions & Belles-Lettres. *in-4o.* 37 vol.

99 Mémoires sur l'Egypte Ancienne & Moderne, par M. Danville. *in-4o.* 1766.

100 Meursii Opera omnia. Florentiæ. 1741. *in-fol.* 12 vol.

101 Minucii Felicis Octavius cum integris omnium Notis ac Commentariis. Lugd. Batav. 1672. *in-8o.*

102 Miscellanea Græcorum aliquot Scriptorum Carmina. Londini. 1722. *in-4o.*

103 Miscellanea Lipsiensia Nova. Lipsiæ. *in-8o.* 10 vol.

104 Musæi de Herone & Leandro Carmen. Græc. & Lat. cum Scholiis Græcis & Notis Math. Rover. Lugd. Batav. 1737. *in-8o.*

N.

105 Nicandri Theriaca & Alexipharmaca Græc. & Lat. & Ital. Florentiæ. 1764. *in-8o.*

106 Nonni Panopolitæ Dionysiaca Græc. & Lat. Hanoviæ. 1605. *in-8o.*

O v

O

107 Julii Obfequentis quæ fuperfunt ex
    Libro de Prodigiis cum Notis Schef.
    feri. Curâ Franc. Oudendorpii. Lugd.
    Batav. 1720. *in-8o.*

108 Opufcula Mythologica, Ethica, &c.
    Græc. & Lat. Amft. 1688. *in-8o.*

109 Oratorum Veterum Orationes. Græ.
    ex Edit. Henrici Stephani. Henr. Ste-
    phanus. 1575. *in-fol.*

110 Orphei Argonautica, Hymni, &c.
    Græc. & Lat. cum Notis Henr. Ste-
    phani, Efchenbachii & Gefneri. Lipfiæ.
    1764. *in-8o.*

111 Jac. Philippi d'Orville Sicula quibus
    Siciliæ Veteris rudera illuftrantur.
    Amftel. 1764. *in-fol.*

112 Ovidii Opera.

P.

113 Pantheon Ægyptiorum, Auctore Ja-
    blonski Francofurti ad Viadrum. 1740.
    in-8o. 3 vol.

114 Onuphri Panvinii Defcriptio Urbis
    Romæ, *in-fol. Voyez* les Antiquités
    Latines de Grævius.

115 Paufaniæ Defcriptio Græciæ. Græc. &
    Latin. cum Notis Kuhnii. Lipfiæ.
    1696. *in-fol.*

116 Pervigilium Veneris cum Notis Variorum. Hagæ Comitum. 1712. *in-8°.*

117 Petronii Satyric. quæ superfunt cum integris Doctorum Virorum Commentariis, curâ Petri Burmanni. Amstel. 1743. *in-4°.* 2 vol.

118 Philonis Judæi Opera Græc. & Lat. cum Notis Mangey. Londini. 1742. *in-fol.* 2 vol.

119 Philoftratorum quæ superfunt omnia Græc. & Lat. cum Notis Olearii. Lipfiæ. 1709. *in-fol.*

120 Photii Bibliotheca Græc. & Lat. Rhotomagi. 1653. *in-fol.*

121 Phurnuti de Naturâ Deorum Com. mentarius Græc. & Latin., ex Edit. Thom. Gale. *Voyez* le N°. 105.

122 Pindari Opera Græc. & Latin. cum Scholiis Græcis. Oxonii. 1697. *in-fol.*

123 Platonis Opera Græc. & Lat. ex Interpretatione Serrani. Cum Adnotationibus Henr. Stephani. Parifiis. 1578. *in-fol.* 3 vol.

124 Plinii Hiftoria Naturalis cum Notis Harduini. Parifiis. 1723. *in-fol.* 3 vol.

125 Plutarchi Opera Græc. & Lat. Parifiis. 1624. *in-fol.* 2 vol.

126 Poëtriarum Octo Erynnæ, Myrûs, &c. Fragmenta & Elogia. Græc. & Lat. cum Notis Wolfii. Hamburgi. 1734. *in-4o.*

127 Polybii Hiftoriarum Libri qui super-

funt. Græc. & Lat. Amftelod. 1670.
*in-8*o. 3 vol.

128 Porphyrius de Abftinentiâ ab efu
Animalium. Græc. & Lat. Trajecti ad
Rhenum. 1767. *in-4*o.

129 Priapeia, five diverforum Poetarum
Lufus, cum Notis Franci, Scaligeri
& Lindenbruch. Patavii. 1664. *in-12*.

130 Procli Philofophi Hymni. Græce. *Voy.*
le No. 102.

131 Propertii Opera cum Notis Vulpii.
Patavii, *in-4*o. 2 vol.

132 Prudentii quæ extant ex recenfione
& cum Notis Nic. Heinfii. Amftelod.
Elzevir. 1667. *in-12*.

133 Ptolemæi Tabulæ Urbium infignium.
Voyez le 3e vol. du No. 62.

134 Ptolemæi Hephæftionis Hiftoria. Græ.
& Lat. *Voyez* le No. 108.

R.

135 Rofini Antiquitates Romanæ, cum
Notis Dempfteri. Trajecti ad Rhenum.
1701. *in-4*o.

S.

136 Seldeni de Dis Syris Syntagmata duo.
Amftelod. 1680. *in-8*o.

137 Luc. Annæi Senecæ quæ extant cum
Notis Variorum. Amftelod. 1672.
*in-8*o. 3 vol.

138 Servii Commentarius in Virgilium.

139 Scriptores Rei Rusticæ Veteres Latini, Cato, Varro, Columella, &c. curâ Gesneri. Lipsiæ. 1773. *in-4o.* 2 vol.

140 Socratis Historia Ecclesiastica Græc. & Lat. cum Notis Valesii & Gul. Reading. Cantabrigiæ. 1720. *in-fol.*

141 Solini Polyhistor & Claudii Salmasii Exercitationes Plinianæ, in C. Julii Solini Polyhistora. Trajecti ad Rhenum. 1689. *in-fol.*

142 Sophoclis Tragœdiæ Græc. & Latin. cum Scholiis Græcis. Londini. 1746. *in-8o.* 3 vol.

143 Sozomeni (Hermiæ) Historia Ecclesiastica. Græc. & Lat. cum Notis Valesii & Gul. Reading. Cantabrigiæ. 1720. *in-fol.*

144 Spanheim de Usu & Præstantiâ Numismatum Antiquorum. Londini & Amstel. 1706 & 1717. *in-fol.* 2 vol.

145 Statii Opera cum Notis Variorum. Lugd. Batavor. 1671. *in-8o.*

146 Statii Sylvæ. cum Notis Marklandi. Cantabrigiæ. 1728. *in-4o.*

147 Stephanus Byzantinus, Græc. & Lat. cum Notis Berkelii. Lugd. Batav. 1694. *in-fol.*

148 Strabonis Rerum Geographicarum Libri XVII. Græc. & Lat., cum Notis Casauboni. Amst. 1707. *in-fol.*

149 Suetonius cum Animadverfionibus Ernefti. Lipfiæ. *in·8°.*

150 Suidæ Lexicon Græc. & Lat. cum Not. Kufteri. Cantabrigiæ. 1705. *in·f.* 3 vol.

151 Symmachi Epiftolarum Lib.X. Lugd. Batav. 1653.

T·

152 Tacitus cum Notis Brotier. Parifiis. 1771. *in-4°.* 4 vol.

153 Tertulliani Opera cum Notis Rigaltii. Parifiis. 1634. *in-fol.*

154 Themiftii Orationes Græc. & Lat. cum Notis Petavii & Harduini. Parifiis. 1684, *in-fol.*

155 Theocriti quæ fuperfunt, Græce, cum Notis Joh. Toupii & Th. Warton. Oxonii. *in-4*o. 2 vol.

156 Theodori Prodromi Rhodantes & Dioclis Amorum , Libri IX. Græc. & Lat. Parifiis. 1625. *in-8o.*

157 Τὰ Θεολογύμενα τῆς Ἀϱιϑμετικῆς. Parifiis. 1543. *in-4°.*

158 Thucydidis de Bello Peloponnefiaco Libri VIII. Græc. & Lat. cum Notis Dukeri. Amft. 1731. *in-fol.*

159 Titi Livii Hiftoriarum Libri qui fuperfunt omnes , cum Notis integris Variorum ; curâ Arnoldi Drackenborch. Lugd. Batav. 1738 , &c. *in-4o.* 7 vol.

V.

160 Valerii Flacci Argonautica, cum Notis Petri Burmanni. Lugd. Batav. 1724. *in-4°.*

161 Valerii Maximi Factorum Dictorum que Memorabilium Libri novem , cum Notis Variorum & Abrah. Torrenii. Leidæ. 1726. *in-4°.*

162 Varro de Linguâ Latinâ. Parisiis. 1585. *in-8°.*

163 Publ. Victor de Regionibus Romæ. *Voyez* les Antiquités Latines de Grævius.

164 Vincentii Bellovacensis Speculum Historiale.

165 Vitruvii de Architecturâ Libri X. cum Notis diversorum. Ex Edit. Joh. de Laer. Amstelod. 1649. *in-fol.*

X

166 Xenophontis Opera omnia Græc. & Lat. Oxonii. 1703. *in-8°.* 5 vol.

Z.

167 Zosimi Historiæ Novæ, Libri sex. Græc. & Lat. Oxonii. 1679. *in-8°.*

SECOND INDEX

Des Auteurs corrigés & expliqués dans ce Mémoire.

TROISIEME INDEX.

Des Noms, Surnoms & principales
Epithetes de Vénus.

P

QUATRIEME INDEX.

Des Temples & Autels de la Déeffe

P v.

CINQUIEME INDEX.

Des Statues de Vénus.

SIXIEME INDEX.

Des Tableaux de Vénus.

354 MÉMOIRE

Tableau de Mars & Vénus furpris par le
Soleil, omis par François Junius. 122
- - - - - - - - & 123

Total des Tableaux. 7

SEPTIEME INDEX.

Des Artiftes.

Total des Artistes. 24

F I N.

A P P R O B A T I O N.

J'AI LU, par ordre de Monfeigneur le Garde des Sceaux, un Manufcrit qui a pour titre : MÉMOIRE SUR VÉNUS, *auquel l'Académie Royale des Infcriptions & Belles-Lettres a adjugé le Prix de la Saint Martin 1775,* par M. LARCHER, de l'Académie des Sciences & Belles-Lettres de Dijon. Le fuffrage d'une auffi célébre Compagnie ne peut que donner la plus haute idée des Recherches favantes & curieufes de l'Auteur, & affure aux Lecteurs leur fidelité & leur exactitude. A Paris, ce 16 Novembre 1775.

Signé, PIDANSAT DE MAIROBERT.